AtV

LEONHARD FRANK wurde am 4. September 1882 in Würzburg geboren. Sein Vater war Schreiner, er selbst ging zu einem Schlosser in die Lehre, arbeitete als Chauffeur, Anstreicher, Klinikdiener. Talentiert, aber mittellos, begann er 1904 ein Kunststudium in München. 1910 zog er nach Berlin, entdeckte seine erzählerische Begabung und schrieb seinen ersten Roman, »Die Räuberbande«, für den er 1914 den Fontane-Preis erhielt. Im Kriegsjahr 1915 mußte er in die Schweiz fliehen, weil er Zivilcourage gezeigt und seine pazifistische Gesinnung handgreiflich kundgetan hatte. Hier schrieb er Erzählungen gegen den Krieg, die 1918 unter dem berühmt gewordenen Titel »Der Mensch ist gut« erschienen. Von 1918 bis 1933 lebte er wieder in Berlin, nun schon als bekannter Autor. 1933 mußte er erneut emigrieren, diesmal für siebzehn Jahre. Die Schweiz, England, Frankreich, Portugal und zuletzt Hollywood und New York waren die Stationen seines Exils. 1952, zwei Jahre nach der Rückkehr aus den USA, veröffentlichte er den autobiographischen Roman »Links wo das Herz ist«. Zu seinen bekanntesten Werken gehören die Romane »Das Ochsenfurter Männerquartett« und »Die Jünger Jesu«, der Novellenzyklus »Der Mensch ist gut«, die Erzählung »Karl und Anna« sowie eine Reihe wirkungsvoller Kurzgeschichten. Leonhard Frank starb am 18. August 1961 in München.

Leonhard Franks Biographie ist voller Höhen und Tiefen, auf die Entfaltung schöpferischer Produktivität folgen Phasen des Scheiterns und Mißlingens. Ob in der Münchner Kunstboheme oder der Weltstadt Berlin, ob in Zürich als Zuflucht des verfolgten Pazifisten oder in Hollywood als letztem Ort des Ausgebürgerten, immer strebt Leonhard Frank alias Michael Vierkant nach künstlerischem Selbstausdruck und politischem Engagement, ersehnt Liebe und Erfolg, erleidet Niederlagen und Zurückweisungen. Der Roman vermittelt ein anschauliches Bild vom Denken und Empfinden des Autors wie den Antrieben seines literarischen Schaffens.

Leonhard Frank

Links wo das Herz ist

Roman

Aufbau Taschenbuch Verlag

Mit einem Nachwort von Armin Strohmeyr

ISBN 3-7466-1437-6

1. Auflage 2003
Aufbau Taschenbuch Verlag GmbH, Berlin

Einbandgestaltung Preuße & Hülpüsch Grafik Design unter Verwendung eines Fotos aus dem Schiller-Nationalmuseum • Deutsches Literaturarchiv
Leonhard Frank mit Lucie Mannheim (l.) und Käthe Dorsch
Druck Ebner & Spiegel, Ulm
Printed in Germany

www.aufbau-taschenbuch.de

Meiner Frau
Charlotte
gewidmet

I

Michael war das Sorgen vermehrende unerwünschte vierte Kind gewesen. Sein Vater, ein Schreinergeselle, der Parkettböden legte und glatthobelte – zehn Stunden im Tag auf den Knien, die Stirn nahe dem Boden, den er hobelte, hartes Buchenholz –, verdiente achtzehn Mark in der Woche. Am Eßtisch gab es große Augen und kleine Bissen. Acht Monate im Jahr liefen die vier Kinder, zwei Buben und zwei Mädchen, keine Schuhsohlen durch. Aber im Winter, wenn Schnee lag und der Main zugefroren war, konnten sie nicht mehr barfüßig in die Schule gehen.

Daß die Mutter es vollbrachte, Geld für Holz und Kohlen abzuzwacken, dem schwer arbeitenden Vater jeden Morgen Vespergeld mitzugeben, Schuhe und Winterkleider für zwei Erwachsene und vier Kinder beizuschaffen und dennoch die Miete zu bezahlen und täglich zweimal Essen für sechs auf den Tisch zu stellen, alles von achtzehn Mark in der Woche, war ein Wunder, vergleichbar mit dem des Wundertäters Jesus, der mit fünf Broten und zwei Fischen fünftausend Hungrige speiste.

Eine nicht vorauszuberechnende und unvermeidliche Geldausgabe hatte diese schlaue, kampfgewohnte und siegreiche Mutter, die aus Resten, die von anderen in den Müllkübel geworfen werden, ein schmackhaftes Essen machte und aus Lumpen etwas, das kleidsam war, während der ganzen Kindheit Michaels nicht wieder einzusparen vermocht. Er war an Diphtheritis erkrankt, und sie hatte, um den Doktor und die Medizin bezahlen zu können, den Sonntagsanzug des Vaters im Leihhaus für fünf Mark versetzt, an einem Mittwoch, und ihn am Samstag mit fünf Mark von des Vaters Wochenlohn wieder ausgelöst. Infolgedessen waren am nächsten Mittwoch kein Pfennig und kein Bissen Brot mehr im Haus gewesen. Sie hatte den Sonntagsanzug wieder versetzt. Und so war es weitergegangen, diese fünf Mark hatte die Mutter trotz ihrer Schwarzkunst nie wieder einzusparen vermocht. Jeden Mittwoch war kein Brot mehr im Haus gewesen – Jahre und Jahre hindurch den Anzug ins Pfandhaus und Samstag wieder heraus und am Mittwoch kein Brot im Haus. Der Längsbalken des Kreuzes, das die tapfere Mutter während ihres ganzen Lebens auf dem Rücken schleppte, war lang.

Aber für Michael gab es in den Jahren, bevor er in die Schule kam, trotz allem auch Minuten reinen Glücks. Die Mutter kommt mit dem großen Henkelkorb voll Kartoffeln und Gemüse vom Markt zurück. Er fragt erwartungsvoll gespannt nur mit den Augen, und sie schüttelt betrübt den Kopf. ›Nichts! Dazu hat's nicht gereicht!‹ Der Fünfjährige kann die Hoffnung nicht aufgeben, er sucht mit der Hand in den Bohnen und Kartoffeln, den Blick über den Marktkorb hinweg ins Hoffnungsland gerichtet, findet plötzlich die fünf Zwetschgen, eingewickelt in ein Salatblatt, und sie lacht Tränen, weil es ihr gelungen ist, ihn so zu überraschen, daß seine Augen noch größer werden und die Lippen sich öffnen.

Michaels Mutter, eine schöne Frau, dünn, mit großen Feueraugen, liebte ihren Mann und war ihm so himmelhoch überlegen, daß er es in seinem ganzen Leben niemals bemerkte.

Die große Not, herzabdrückend und die Seele verwundend, begann für Michael erst in der Schule.

Der Schlag ins Gesicht, dem ein viele Sekunden währender Wutblick des Lehrers in die Augen des hypnotisierten Schülers voranging, und die mit vollster Wucht verabreichten Hiebe mit dem Rohrstock, daß Fingerspitzen und Handballen blau anliefen, auf den Hintern, daß die Striemen schwollen, rot-violett und dick wie Würmer, waren nicht das Ärgste, das der Volksschullehrer Dürr seinen vierzig Prügelknaben zufügte. Das Ärgste war die Angst. Seine Erziehungsmethode war, die Knaben in Angstbesessene zu verwandeln. Das Schulzimmer war mit Angst geheizt. Angst war nachts der Trauminhalt seiner Schüler. Frühere Schüler fuhren seinetwegen noch als verheiratete Männer aus Angstträumen hoch und wichen auf der Straße zur Seite, wenn er unverhofft ihres Weges kam.

Auch während des Religionsunterrichts, wenn Adam und Eva im Paradies und das ewige Himmelreich das Thema war, ging er, fanatisch lächelnd in Erwartung der falschen Antwort, wie ein Tierbändiger hin und her, in der Hand den Rohrstock, als hätte er nicht vierzig Kinder für den Weg ins Leben vorzubereiten, sondern vierzig Bestien zu dressieren. Er benutzte seine überwältigende Autorität dazu, die Persönlichkeit des Schülers auszurotten, und beging den Seelenmord gründlich. Nach kurzer Zeit bestand die Mehrzahl aus Kreaturen mit allen Eigenschaften des Untertanen, fertiges Material für die nächste Autorität, den Feldwebel im Kasernenhof, und die Empfindsameren trugen den Stempel des Irrenhauskandidaten auf der Stirn.

Sein Lächeln war besonders gefürchtet. Wenn er morgens, bei Schulbeginn, »Kopfrechnen!« gerufen hatte, lächelte er vom Katheder aus zuerst eine Weile hinab in die Totenstille, bis die vierzig Knaben vor Angst gehirntaub waren und die sinnverwirrende Furcht, aufgerufen zu werden, selbst einen zehnjährigen Immanuel Kant unfähig gemacht haben würde, auszurechnen, daß acht mal sieben sechsundfünfzig ist.

Michael, ein empfindsamer Knabe, der vor der Schulzeit fließend gesprochen und unter dem Hammer des Lehrers plötzlich gestottert hatte, ein Leiden, das er erst nach Jahrzehnten wieder überwand, wurde nicht mehr aufgerufen, da er so dumm sei, daß nichts von ihm kommen könne und sowieso nie im Leben etwas aus ihm würde. Der Lehrer hatte den Stotterer in die letzte Bank gesetzt, ihn allein. Nur zur Belustigung der Klasse rief er ihn noch manchmal auf, und sie durften zusammen mit dem Lehrer über Michael lachen, wenn er seine falsche Antwort stotternd herauspreßte.

Als Michael nach sieben Jahren die Schule verließ, war er ein schwerverwundeter Junge, der nur deshalb nicht Selbstmord beging, weil er im Gefühl noch nicht wußte, daß der Mensch, wenn er nicht mehr weiterkann, Selbstmord begeht. Unbewußt unternahm er mehrere Selbstmordversuche. Seine Überzeugung, daß er zu nichts fähig und von allen der Dümmste sei, wich hin und wieder plötzlichen Anfällen ungezügelter Wildheit. In diesem Zustand raste er, um sich und seinen Freunden von der Straße zu beweisen, daß er zu allem fähig sei, auf dem schmalen Steingeländer im Galopp über die Mainbrücke, haushoch über dem Wasserspiegel im Wettlauf mit dem Tod, oder kletterte von Mauervorsprung zu Mauervorsprung zwanzig Meter außen am Kirchturm empor. Zweimal wurde Michael, der nicht schwimmen konnte und seinen Freunden hatte beweisen wollen, daß er unter einem Floß durchschwimmen könne, der Mutter bewußtlos ins Haus gebracht, also schon tot.

Erst als er siebzehn war und seine Lehrzeit bei einem Schlossermeister schon hinter sich hatte, endeten die unbewußten Selbstmordversuche. In dieser Zeit entstand die Sehnsucht nach etwas, dem er keinen Inhalt geben konnte. Er sehnte sich danach, »etwas« zu werden, und wußte nicht, was. Ein Doktor oder Rechtsanwalt könne er selbstverständlich nicht werden, er, der allein in der letzten Bank gesessen hat. Er fragte fortgesetzt ins Nichts, zerquält von ziellos unbestimmter Sehnsucht, und fand die Antwort nicht. Sein Zustand war der einer jungen Pflanze, die mit einer so dicken Schicht Asche bedeckt wurde, daß sie nicht durchwachsen kann. Jahre hindurch grübelte er am Schraubstock immer wieder und wieder darüber nach, was er werden könnte, und erreichte damit nur, daß er ein schlechter Schlosser wurde. Der Druck unter dem Brustbein wich nicht.

An einem Sonntagnachmittag zeichnete Michael vor dem Spiegel auf ein Blatt Papier sein linkes Auge, in natürlicher Größe, und darüber die Braue, jedes Härchen, jede Wimper. Das linke Auge, mit äußerster Genauigkeit gezeichnet, wie der Hase von Albrecht Dürer, nur nicht so gut, blickte ihn an. Noch ahnungslos, was sich ereignen würde, begann er, auch das rechte Auge zu zeichnen, zufällig in der richtigen Entfernung vom linken. Erst als das zweite Auge fertig war, fragte er sich: ›Und warum eigentlich jetzt nicht auch die Nase dazwischen und darunter den Mund?‹

Nach zehn Stunden starrte Michael, der anfangs nur ein

Auge hatte zeichnen wollen, sein Selbstporträt an, plötzlich glühend in unbegreiflicher Begeisterung, als der Gedanke einschlug, daß er vielleicht Kunstmaler werden könnte. Die innere Befreiung riß ihn in die Wolken.

Den folgenden Samstagabend räumte Michael wie gewöhnlich seine Werkbank auf, wischte mit einem Klumpen alter Putzwolle die Feilspäne herunter, auch vom Schraubstock, an dem er Jahre hindurch vergebens darüber nachgegrübelt hatte, was er werden könnte, und sagte zu seinem Meister, daß er am Montag nicht mehr komme. Auf die Frage des erstaunten Meisters nach dem Grund antwortete er nur, er müsse fort aus Würzburg. Die Begründung leuchtete dem Meister nicht ein. Da er aber seit jeher der Meinung gewesen war, daß Michael eigensinniger sei als der bockigste Esel, versuchte er nicht, ihn zu halten.

Am Montag nahm Michael Abschied. Die Mutter weinte. Unschlüssig, in welche Richtung er wandern solle, stand er vor dem Haus auf der Straße und fragte sich, wo er besser Kunstmaler werden könne – flußaufwärts oder flußabwärts, und da gerade ein Fuhrmann, der seinen Gaul am Zügel in die Schmiede führte, vorüberging, flußaufwärts, ging auch er flußaufwärts.

Michael hatte die Absicht, bei einem Zimmermaler als Anstreicher zu arbeiten, da die Anstreicher in den Wintermonaten keine Arbeit haben und dafür in den Sommermonaten besser bezahlt werden. Im Winter wollte er mit dem ersparten Geld Kunstmaler werden. Er war dreiundzwanzig.

Das neu erbaute Schlachthäuschen von Rothenburg ob der Tauber stand zwei Kilometer vom Städtchen entfernt inmitten blumenübersäter Wiesen auf einem Grundstück, das von einem Lattenzaun umgeben und beträchtlich größer war als die Höfe sämtlicher Schlachthäuser Chikagos.

Den Zaun, der ein unübersehbar großes Oval bildete und aus mehr als fünfhunderttausend Latten bestand, sollte Michael zweimal mit Ölfarbe streichen, zweimal von außen herum, zweimal von innen.

Nur mit einem guten Fernglas hätte jemand vom südlichen Bogen des Zaun-Ovales aus das Figürchen zu sehen vermocht, das am nördlichen Bogen Streichbewegungen machte, auf und ab, auf und ab.

Beständig nichts als Latten vor den Augen, von früh sechs bis abends sechs, hatte Michael im Laufe der drei schönen Sommermonate des Jahres 1905 schließlich und endlich den Lattenzaun einmal gestrichen, einmal von außen herum, einmal von innen herum. Er hatte auch nachts im Schlaf und Traum Latten gestrichen. Es gab nur noch Latten und Zwischenräume zwischen Latten.

Als er am Montagmorgen um sechs Uhr wieder vor dem Zaun erschien, um den zweiten Anstrich zu beginnen, starrte er voller Grauen auf die grasgrün gestrichenen Latten und durch die Zwischenräume auf die gegenüberstehende ferne Lattenreihe, bei der er erst nach Monaten angelangt sein würde. Er konnte nicht beginnen. Er zog sein Skizzenbuch heraus und zeichnete den Büschel Löwenzahn, der am Rande der Wiese blühte. Er zeichnete jeden Zacken der gezackten Blätter und mit größter Sorgfalt jedes Blättchen der schwellenden trompetengelben Blüten.

»Wenn so etwas noch einmal vorkommt, können Sie zum Teufel gehen«, sagte der Meister, der lautlos hinter Michael getreten war und schon eine Weile seinen zeichnenden Anstreicher erzürnt beobachtet hatte.

Michael sagte sich, als der Meister gegangen war, für seine Kunst müsse der Künstler jedes Opfer bringen. Aber das Opfer dürfe nicht so groß sein, daß der Künstler dabei draufgehe und blödsinnig werde. Er stieß den Pinsel zurück in den Topf, daß die Farbe hochspritzte, und ging quer über die Wiesen davon, diesmal flußabwärts.

Nachdem Michael in Frankfurt am Main zusammen mit vier Kollegen im Laufe eines Monats die eiserne Flußbrücke mit stahlgrauer Ölfarbe gestrichen hatte, fuhr er nach München, im Brustbeutel die ersparten sechzig Mark, mehr als genug, um Kunstmaler zu werden, und zweifellos der berühmteste von allen.

II

Das Bohemecafé Stefanie bestand aus einem Nebenraum, an dessen Fenstertischen Münchener Berühmtheiten jeden Nachmittag Schach spielten vor zuschauenden Straßenpassanten, und dem größeren Hauptraum mit einem glühenden Kohlenofen, versessenen, stark nach Moder riechenden Polsterbänken, roter Plüsch, und dem Kellner Arthur, der in ein zerschlissenes Büchlein, notdürftig zusammengehalten von einem Gummiband, die Pfennigsummen notierte, die seine Gäste ihm schuldig blieben. Der überfüllte Hauptraum hatte seinen eigenen warmen Geruch, eine spezielle Mischung aus Kaffee- und dumpfem Moderduft und dickstem Zigarettenrauch. Wer hier eintrat, war daheim.

Irgendwo im Haus oder im Himmel mußte ein Elektrizitätswerk sein. Die Gäste, angeschlossen an den Starkstrom, zuckten unter elektrischen Schlägen gestikulierend nach links und nach rechts und vor und von den Polsterbänken hoch, fielen ermattet zurück und schnellten mitten im Satz wieder hoch, die Augen aufgerissen im Kampf der Meinungen über Kunst. Hier und dort saß ein Jüngling, reglos grübelnd über das täglich wiederkehrende Problem, wie er Arthur diesmal überzeugen solle, daß er seine Zeche morgen ganz bestimmt bezahlen werde.

Im Café Stefanie gab es Kreise. Der Magnet eines Kreises war Johannes Wohl, ein innerlich wohlig ausgeglichener Oscar Wilde mit blauen Plüschaugen, der immer einen Strichjungen und einen Band Stefan George bei sich hatte und um seiner kantenlos warmen Liebenswürdigkeit und weichen Schönheit willen von wohlhabenden älteren Damen verehrt und hin und wieder auch gepflegt wurde, wenn er es sich gönnte, ein wenig krank zu sein und schön im Bett zu sitzen. Er war eine pfenniglose Lilie auf dem Felde, die nicht säte und dennoch erntete und gerne gut aß.

Hugo Lück, der hoch über dem Menschengewürm durchs Café zu seinem Tische schritt, den Kopf im Nacken, duldete nur differenzierte Anhänger, die wußten, daß ihre Bibel, »Die Blumen des Bösen« von Baudelaire, nur von den Gedichten übertroffen werden würde, die Hugo Lück demnächst schreiben werde. Er setzte mit seiner Geliebten pornographische Zeichnungen Beardsleys in die Praxis um und blickte mit einem imaginären Fernglas aus grauer Einsamkeit hinab auf die Zeitgenossen des zwanzigsten Jahrhunderts. Kürzlich hatte er eine Ausnahme gemacht und einen kerngesunden jungen Maler in seinen Kreis aufgenommen, Carlo Holzer, der soeben im Begriffe war, das Lungenflugzeug zu erfinden. Der Apparat brauche natürlich keinen Motor, er sei ganz einfach, er habe Atmungsklappen, nichts als Atmungsklappen, nämlich Lungen, und werde deshalb das Luftmeer beherrschen und darin leben, so selbstverständlich wie ein Vogel. Den Vogelrumpf und die mächtigen schwungvoll ausgreifenden Flügel hatte Carlo schon gezeichnet. Die paar technischen Kleinigkeiten für die stählerne Lungenmaschinerie mußten noch erfunden werden, unter der Oberaufsicht Hugo Lücks, der gesagt hatte: »Ich bin entschlossen, unser Lungenflugzeug, das den Atlantischen Ozean zu einer Regenpfütze reduzieren wird, ans Kriegsministerium zu verkaufen.«

Auch Doktor Otto Kreuz hatte einen Kreis von Anhängern. An seinem Tische saßen ein knochenmagerer, zwei Meter langer Russe mit einem winzigen Knabenköpfchen, Fritz, ein verbummelter Student aus Karlsruhe, der einen mißglückten Selbstmordversuch hinter sich hatte und seitdem fröhlich trank, ein junger Schweizer Anarchist, hager, mit Schweizer Gebirgsnase, der zwei Jahre im Gefängnis gewesen war, wegen eines Raubüberfalles, begangen im Dienste der anarchistischen Weltanschauung, und die Malerin Sophie Benz, eine zwanzigjährige primitive Madonna aus dem dreizehnten Jahrhundert, mit Stupsnase und einfach geschnittenen Augen im milden Jungfraugesicht.

Doktor Kreuz, dreißig Jahre und verheiratet, hatte an der Grazer Universität Psychiatrie studiert. Die Oberpartie seines Gesichtes – blaue, kindlich unschuldig blickende Augen, Hakennase und volle Lippen, die immer ein wenig offen standen, als trüge er, lautlos keuchend, alles Leid der Welt – stimmte nicht überein mit der schwächlichen Unterpartie, dem Kinn, das nur angedeutet war und sich nach hinten ganz verlor. Wer das fanatische Vogelgesicht, das aus leicht getöntem Porzellan zu sein schien, einmal gesehen hatte, vergaß es nie. Doktor Kreuz kannte die Philosophie Nietzsches mit dem Herzen und war einer der frühesten Anhänger Freuds.

Diesen Abend saß auch Michael am Tisch. Er hatte Sophie in der Malschule kennengelernt und sie ins Café begleitet, in dem er vorher nie gewesen war.

Im überfüllten Hauptraum wurde es plötzlich still, als schwebte ein Gespenst durch. Arthur, der Napoleon seines Reiches, betrachtete, das Kinn hochgereckt, mit einem Rundblick seine verstorbenen Gäste. Ein bleicher Mann sagte, während er am Tisch vorüberschlich, zu Doktor Kreuz: »Freud – alles Unsinn! Glatter Unsinn!«

Der Gesprächssturm setzte ebenso plötzlich wieder ein. Doktor Kreuz sagte, während er eine Zigarette drehte, halb Tabak, halb Tee, lächelnd zu seinen Anhängern: »Den meisten erscheinen die Erkenntnisse Freuds heute noch als Unsinn; ich denke, die Ergänzung Nietzsches durch Freud könnte der große Glückszufall des zwanzigsten Jahrhunderts sein.«

Der lange Russe sagte entschlossen: »Kein Zweifel, Nietzsche und Freud ermöglichen es uns, den Weg zu bereiten für den komplexfreien hemmungslosen Übermenschen. Das ist das brennende Problem der Epoche. Wenn wir es gelöst haben, werden wir in dünner Luft gefährlich leben.« Er stützte die Stirn in die Hand. »Da ist nur ein Hindernis, allerdings ein sehr ernstes, äußerst ernstes – das Christentum.«

Der Anarchist, seiner Sache ganz sicher, entgegnete ruhig: »Das Christentum ist durch Nietzsche ins Schwanken geraten. Nietzsche hat den Unterbau des Christentums gelockert.«

»Ah, ja, das hatte ich vergessen«, sagte der Russe erleichtert.

Doktor Kreuz schien eine bissige Bemerkung zu unterdrücken, er verzog stirnrunzelnd das Gesicht, als schmerzte ihn der Kopf von dem Gerede seiner allzu gelehrigen Schüler.

Michael, der die Namen Nietzsche und Freud noch nie gehört hatte, verstand nicht das geringste. Um seine Unwissenheit vor Sophie und ihren Freunden zu verbergen, preßte er, als sei er vom Gespräch abgelenkt durch einen Schmerz, sein rechtes Handgelenk, in dem er immer noch das Anstreichen des Lattenzaunes spürte.

Henry Ring, ein junger Franzose, mit dem zusammen Michael in einem Atelier wohnte, trat ein und setzte sich rittlings auf den Stuhl, die verschränkten Arme auf der Lehne, das Kinn auf den Armen. Doktor Kreuz fragte ihn höflich, warum er München Paris vorziehe. Henry, in dessen knospenhaft festem Gesicht alles viereckig war, auch der Mund, sagte vergnügt lächelnd, das viereckige Kinn noch auf den Armen: »Meine Mutter ist fünfundvierzig und sieht aus wie fünfundzwanzig. Zu verstehen, daß sie keinen erwachsenen Sohn im Haus haben will. Es würde ihr Geschäft ruinieren – meine Mutter ist eine Hur.« Er war sechzehn.

Der Russe blickte den Anarchisten an, bedeutungsvoll, als sei da ja schon ein junges hemmungsloses Übermenschlein im Kommen.

Arthur hielt Henry schweigend den Schuldenzettel hin und sagte, nachdem Henry nur die Augen verdreht hatte: »Ich brauche mein Geld, das ist doch logisch. Ich bin verheiratet und habe vier Kinder, das ist doch logisch.«

Als Henry grinsend sagte: »Da hätten Sie eben nicht heiraten sollen, das ist doch logisch«, hieb Arthur die Serviette unter den Arm und eilte zur Tür, da soeben neue Gäste eintraten, bürgerlich solide Leute, die offensichtlich ihren Kaffee bezahlen konnten.

Doktor Kreuz schnellte hoch, als wäre dicht neben ihm soeben ein Blitz herabgezuckt. Alle standen auf. Arthur eilte herbei und verbeugte sich ruckartig, als Doktor Kreuz sagte: »Schreiben Sie nur alles auf meine Rechnung.« Er war ein sicherer Gast. Frau Doktor Kreuz erschien von Zeit zu Zeit im »Stefanie« und in den benachbarten Tabakläden und bezahlte die Schulden ihres Mannes.

Sie gingen langsam in der Richtung zu Doktor Kreuz' Wohnung, im Gespräch über Nietzsche und Freud, ein Grüppchen, isoliert vom Alltagsleben der Straße. Michael, von Sophie freundlich aufgefordert, ging auf dünnstem Eise mit. Seit er in München war, hatte er im Kopf die Empfindung, in einem Kreisel zu stecken, der mit ihm herumwirbelte, so verwirrend schnell vorbei an neuen und immer anderen neuen Lebensbildern, daß er nicht dazu kam, eines festzuhalten und darüber nachzudenken.

Doktor Kreuz sank beim Gehen tief in die Knie und schnellte mit jedem Schritt federnd hoch auf die Zehenspitzen in Kraft verschwendendem Auf und Ab.

Seine Frau, maisblond wie er, mit schweren Beinen und etwas zu starker Nase – in linealgerader Linie mit der Stirn –, eine üppige Nofretete, die schön aussah, sooft beim Lächeln die großen, ebenmäßigen Zahnbögen sichtbar wurden, machte belegte Brote zurecht, einen Berg – in den langen Russen ging viel hinein.

Doktor Kreuz, der die Frauen verehrte, das Prinzip des Weiblichen, wie er sich auszudrücken pflegte, und der

Ansicht war, daß ihre Sexualkomplexe nicht nur analysiert, sondern auch tapfer im Bett abreagiert werden müßten, forderte seine Anhänger durch Blicke auf, Sophie und Michael im kleinen Zimmer allein zu lassen. Daß Sophie, die er besonders schätzte, noch unberührt war, erschien ihm gefährlich komplexhaft und ihrer nicht würdig. Alle verließen das Zimmer, Hals über Kopf, als hätten sie soeben entdeckt, daß Sophie die Cholera habe.

»Hoffentlich wird er Sophie deflorieren, damit auch sie das brennende Problem der Epoche mit den Augen der Mitte sieht«, sagte der Russe und schob mit seinen langen, delikat gespreizten Fingern einen riesigen Streifen Brot mit Schinken in den Mund, ohne anzustoßen.

Sophies Gesicht war bis zum Haaransatz glührot geworden. Michael, der die Blicke des Doktors ebenfalls bemerkt hatte und dunkel ahnte, daß sie auch ihn angingen, studierte interessiert das Tapetenmuster. Plötzlich streckte Sophie das Kinn hoch, resolut, als hätte sie sich durch eine innere Anstrengung befreit von ihrer Verlegenheit, und während sie fragte, ob er mit zu ihr kommen wolle, in ihr Atelier, erschien wieder das anmutige warme Lächeln, mit dem sie ihn bei der ersten Begegnung in der Malschule, ohne es zu wissen, zum Gefangenen gemacht hatte.

Sie verließen die Wohnung ungesehen durch die Hintertür und gingen schweigend die Straße hinunter. Obwohl Michael froh war, mit Sophie wieder allein zu sein, hatte er das Empfinden, barfüßig durch Brennesseln zu waten, weil er auch jetzt nicht auszusprechen wagte, was er ihr seit Tagen hatte sagen wollen – wie sehr er wünschte, daß sie seine Freundin würde.

Die Einrichtung ihres Ateliers bestand aus einer Ottomane, einer Kiste mit Spirituskocher, dem zwei Meter langen Zeichentisch, einer runden Sitzbadewanne aus Holz und einem dreiteiligen verstellbaren mannshohen Spiegel, den sie für fünf Mark bei einem Trödler gekauft hatte. An den Wänden hingen, mit Reißnägeln angeheftet, Dutzende Aktstudien, in Tusche, Bleistift, Sepia, Rötel, einige stellenweise leicht aquarelliert, und alle nach demselben schönen Mädchenkörper. Sophie hatte vor dem verstellbaren Spiegel immer wieder das Modell gezeichnet, das nichts kostete – ihren Akt, in allen Größen, mehrmals lebensgroß, in allen erdenklichen Stellungen, kniend, stehend, liegend, und von allen Seiten: eine primitive Madonna mit hochangesetzten kleinen Brüsten und schmalem Becken, das dennoch den weiblichen Schwung hatte und Platz für das Kind.

Sie stellte den Teekessel auf den Spirituskocher. Michael, umgeben von fünfzig nackten Sophies, senkte den Kopf und machte sich Vorwürfe, wie ekelhaft gemein er sei, weil er, dem die Kunst doch über alles gehen müsse, Sophies Akte nicht als Maler angesehen habe.

Ihm gegenüber hingen in der Mitte der Wand zwei größere Sophie-Akte dicht nebeneinander, Rückansicht und Vorderansicht, beide stehend, und darunter ein mit Rötel gezeichneter lebensgroßer liegender Akt, in allen Einzelheiten mit Schatten und Kreide-Glanzlichtern plastisch ausgearbeitet. Sophie lag auf dem Rücken, Kopf schulterwärts geneigt, Augen geschlossen und die entspannte Hand am Leib, wie die Venus von Giorgione. Obwohl Michael sich jetzt energisch befahl, diese lebensgroße liegende nackte Sophie ausschließlich als Kunstwerk zu betrachten, hatte er sich nach Sekunden aufs neue den Pelz verbrannt.

Sie stellten die Kiste vor die Ottomane. Sophie goß Tee

ein. Sie trug ein eng anliegendes hautfarbenes Strickkleid, das erst unterhalb des knapp umspannten Beckens glokkenförmig weit wurde für den Schritt und oben klar zeigte, daß ihr Körper als Modell gedient hatte für die sanften Rundungen und fließenden Linien der Aktstudien an der Wand.

Sophie hatte einen kleinen Kopf, so rund wie ein Mädchenkopf sein kann. Das Gesicht – einfach gezeichnete Lippen, etwas zu starke Backenknochen und runde Stirn – war beständig von innen her belebt.

Sie erhob sich. »Nehmen Sie Zitrone oder Milch zum Tee?« Auch in dieser Sekunde, da sie auf Antwort wartete, hatte ihr Gesicht und selbst der Körper – gereckt stehend, schon ein wenig schief, auf dem Sprung, zu holen, was er wünschte – den Ausdruck lebensmutiger Bereitschaft, die der Grundzug ihres Wesens war.

Sie brachte die Milch und setzte sich wieder neben Michael auf die Ottomane. Er brachte kein Wort hervor. Es wurde eine lange Pause. Schließlich fragte Sophie, in aller Unschuld nichts als die Kunststudentin, wie ihm die Aktstudien gefielen.

»Gut! Sehr gut!« Es war ihm nicht wohl dabei. Er blickte zu Boden.

»Es ist noch nichts, ich weiß. Ich sollte noch viel, viel mehr Akt zeichnen, jahrelang, bevor ich einen Pinsel anrühre.« Sophie, die Tochter eines Gymnasialprofessors, war aus Ellwangen und sprach stark den schwäbischen Dialekt. »Michelangelo hat sicher hunderttausend Akte gezeichnet, bevor er seinen David modellierte und die Sixtinische Kapelle ausmalte. Glauben Sie nicht?«

Darüber kann er jetzt nicht sprechen. Und was ist denn

das – die Sixtinische Kapelle? Jetzt ist er mit ihr allein im Atelier, wenn er es jetzt nicht sagt, kommt vielleicht nie wieder so eine Gelegenheit. Jetzt muß es heraus. Jetzt gleich! Er sagte: »Was die Sixtinische Kapelle anlangt, haben Sie sicher recht.«

Sophie hob zufällig den Kopf, ihr Blick traf auf seinen Blick, der alles sagte. Sie senkte errötend die Lider und klammerte sich an die Teetasse. Michael bemerkte, daß ihre Hand zitterte. Er wußte nicht, warum er sich plötzlich sicherer fühlte. Er sah ihre Hände an, während sie Tee nachgoß, und sagte, nach einem Blick auf den lebensgroßen liegenden Akt: »Und auch wunderbar schöne Hände haben Sie.« Und dann ging es wie von selbst. »Ich möchte Sie etwas fragen – ich meine, ob Sie meine Freundin werden wollen.«

Selbst ihre Ohren erröteten, als sie ihm das glührote Gesicht zudrehte. Da legte sein Arm sich selbsttätig um sie, und die Lippen küßten. Es war ein Kinderkuß. Michael war noch so unerfahren wie Sophie.

Als sei sie es ihrer Ehre schuldig, jetzt tapfer zu sein, sah sie ihn tapfer lächelnd an und ließ sich noch einmal küssen. Es war, als äßen zwei Kinder zusammen einen Apfel. Wie es jetzt weitergehen sollte, wußten beide nicht. Da waren noch Berge und Gletscher dazwischen. Ihm wurde der Kopf heiß. Er sagte, aus Angst vor dem nächsten Schritt, den er nicht wußte, jetzt müsse er heim.

Michael, dunkelblond und gewachsen wie ein Leichtathlet, breitschultrig und beckenschmal, hatte ein längliches, zu mageres Gesicht, glatt wie Säuglingshaut, sehr dünne Lippen und über den Riesenaugen gewölbte Energiehöcker. »Die reine Denkerstirn«, hatte seine Mutter lächelnd gesagt und mit der Fingerspitze darüber gestrichen. (Sie und auch der Vater stammten von unterfränkischen Bauern ab.)

Auf der Straße lag Neuschnee. Michael wurde vom Glück dahingeweht. Die langsam herunterschwebenden großen Flocken sagten lautlos ja zu seinem Glück, und die eingeschneiten Bäume, glitzernd im Lichte der Bogenlampen, waren Frühlingsbäume, die in blendendweißer Blüte standen.

Henry war stehend über den Zeichentisch gebeugt, als Michael heimkam. Er hatte diesen Nachmittag seine erste Zeichnung – krumme, nächtliche Gasse in der Münchener Altstadt und ein Mädchen für Geld, wartend unter der Laterne – an den »Simplizissimus« verkauft und war, voller Begeisterung über seinen Erfolg, schon dabei, eine neue zu zeichnen.

Auf die Frage, wo er gewesen sei, antwortete Michael leichthin wie ein routinierter Frauenjäger: »Ach, nur bei meiner Freundin im Atelier ... Und du? Was hast du gemacht?«

Henry arbeitete weiter, während er sagte: »Ich war bei einer Hur. Zwei Mark fünfzig! Aber sie macht alles.« Er trat fortwährend von einem Fuß auf den anderen und preßte zwischendurch die Schenkel zusammen, halb in die Knie sinkend.

Michael sagte: »Also jetzt geh doch schon endlich hinaus.«

»Ich kann dir ihre Adresse geben. Eine dicke Pauke!« Er machte noch einen Strich, warf einen letzten Blick auf die Zeichnung, schleuderte den Bleistift hin und stürzte hinaus.

›Was meint er damit – sie macht alles?‹ Er hätte gerne gewußt, was man alles machen könne. Aber Henry zu fragen und damit seine Unwissenheit zuzugeben, ließ sein Mannesstolz nicht zu. In der Nacht träumte er von Sophie, von dem lebensgroßen liegenden Akt, der sich bewegte und von der Wand herunterstieg. Auch die zwei Mark fünfzig kamen dazwischen. Er hatte sie in der Hand. Es war ein wirrer Traum, aus dem er gerädert erwachte.

Sophie war noch nicht da, als er gegen neun Uhr früh in die Malschule kam. Er stellte seine Staffelei neben ihre und begann das Aktmodell zu zeichnen, das reglos auf dem Podium stand – ein muskelbepackter junger Bursche mit verwüstetem Gesicht und wulstigen Lippen.

Die Malschule war in der Georgenstraße, in einem Holzhäuschen, das im Garten stand. Unten war das Atelier, aus dem eine steile, hühnerleiterartige Treppe emporführte zu einer Holzgalerie, dem Zugang zu der winzigen Kammer, die der Inhaber der Schule bewohnte, Herr Ažbe. Er lag angekleidet im Bett, in tiefem Alkoholschlaf. Die Kognakflasche stand neben ihm.

Seine Schule war berühmt, er galt als ein genialer Lehrer. Die begabteren jungen Leute verließen die Akademie der Künste, um unter seiner Leitung zu studieren. Aus allen Ländern Europas kamen Kunstjünger zu ihm. Er fragte nicht, ob ein Schüler bezahlen konnte, und wußte auch nie, wer Schulgeld bezahlt hatte und wer nicht. Solange Geld für die Modelle und für Kognak in seiner Nachttischlade lag, war die Buchführung in Ordnung. Viele warteten auf einen frei werdenden Quadratmeter, seine Malschule war überfüllt. »Wer zuerst kommt, malt zuerst«, war sein stehender Scherz, den er und die Schüler, die nicht bezahlen konnten, ganz ausgezeichnet fanden.

Sophie ging auf den Zehenspitzen um den glühenden

Kohlenofen herum zu ihrer Staffelei. Es war warm und still. Alle arbeiteten. Die unbestreitbare Tatsache, daß er gleichberechtigt zu diesen Künstlern gehörte und jetzt auch noch heimlich einen Blick wechseln konnte mit Sophie, die zurücklächelte, schwellte Michaels Brust. Das Leben war dick wie ein bekränzter Preisochse.

In die Arbeitsstille tönte ein Knarren – Ažbe stand oben auf der Holzgalerie, in seinem pelzgefütterten schwarzen Mantel mit Pelzkragen, die schwarze viertelmeterhohe Pelzmütze tief in der Stirn. Er hielt den Mantel, der bis zu den Knöcheln reichte, vorne hoch, stieg Stufe für Stufe herunter, sehr langsam, die Hand am Holzgeländer, und ging langsam auf einen Schüler zu, x-beinig und schleifend wie ein Kind, das Rollschuh laufen lernt.

Die Korrigierstunde, derentwegen er und seine Schule berühmt waren, begann damit, daß er den Schlitten der Staffelei vierzig Zentimeter herunterließ zu seiner Blickhöhe – er war so klein wie ein zehnjähriger Knabe. Die Schüler standen um ihn herum und sahen aufmerksam zu, wie der Akt, der in der Luft gehangen hatte, durch ein paar Striche auf die Füße zu stehen kam, in der richtigen Gewichtsverteilung des Körpers. »So, nämlich«, sagte er und trat langsam vor die Staffelei nebenan.

Dieser Schüler hatte an seiner nur handhohen Aktstudie eine ganze Woche herumgefummelt, Ažbe strich sie mit der Zeichenkohle durch, langsam, von der linken Schulter quer herunter zum rechten Fuß, und sagte: »Keine Knochen, keine Muskeln, keine Anatomie, nämlich.« Während er eine dicke Kontur um die sorgfältig retuschierte Photographie herumzog, erschien unter den Blicken seiner Zuschauer der Akt des Modells, das auf dem Podium stand.

Ažbe war ein Chirurg, er operierte seine Schüler, indem er ihre Arbeiten operierte. Mancher starb unter seinem Messer und verließ die Schule; die Begabten lernten, was von einem Lehrer gelernt werden kann.

Der nächste, ein schwarzhaariger Junge mit dicker Nase und eingefallenem, quittengelbem Gesicht, war so vertieft in seine Arbeit, daß er erst aufblickte, als Ažbe ihn auf die Schulter tippte. Er hatte nicht den Männerakt gezeichnet, sondern einen weiblichen Unterleib, nur den Teil zwischen Nabel und Schenkeln, in dreifacher Lebensgröße. Ažbe, der durch den dicken Pelzmantel fast so breit war wie hoch und trotz der hohen Pelzmütze den Schülern nur bis zur Brust reichte, lachte ein paar dunkle Alkoholtöne und sagte anerkennend: »Gut, nämlich. Aber gehen Sie nicht zum Irrenarzt, sondern zu einem Mädchen, nämlich.«

Ažbe wurde in München nur »Professor Nämlich« genannt. Aus seiner Schule waren anerkannte Maler hervorgegangen. Von ihm selbst hatte niemand ein Bild gesehen. Niemand wußte, ob er je ein Bild gemalt hatte. Niemand wußte etwas aus seinem früheren Leben. Jahre später, in einer kalten Dezembernacht, fiel er auf dem Heimweg in den Schnee, im Kognakrausch, und schlief ein. Er wurde erst am Morgen aufgefunden, erfroren. Seine Herkunft blieb unbekannt. Die Münchener Künstler folgten dem Sarg.

Michael versagte sich das Mittagessen, da das Kapital, mit dem er sein ganzes Studium hatte bestreiten wollen, in den drei Wochen schon bis auf ein paar Mark zusammengeschmolzen war. Er aß um sechs Uhr in einem vegetarischen Restaurant für fünfzehn Pfennige sein Lieblingsgericht, Backreis mit Aprikosenkompott, und erfuhr, als er heimkam, daß er sein Diner mit der Nachspeise begonnen hatte.

Henry hielt triumphierend zwei Zwanzigmarkscheine hoch, das Honorar für seine Zeichnung. Zehn Minuten später saß er mit Michael in der Odeonbar, dem besten und teuersten Restaurant von München.

Sie begannen mit Austern und aßen sich über Schildkrötensuppe und Forellen blau langsam empor zu Hasenrücken mit Preiselbeeren und über Omelette soufflé, Käse und Obst allmählich herunter zu schwarzem Kaffee, Hennessy und importierten Havannas. Sie hatten eine Flasche edlen Frankenweines getrunken, Escherndorfer Lump, Jahrgang 1893, dessen Qualität in der ersten Hälfte des zwanzigsten Jahrhunderts nur von den Jahrgängen 1911, 1917 und 1921 wieder erreicht wurde. »Ein Wein zum Hinknien«, hatte Michael nach dem ersten Schluck gesagt.

In beträchtlich gehobener Stimmung gingen sie heim ins Café Stefanie. Michael sagte: »Es gibt Höhepunkte im Leben, findest du nicht?«

Henry entschloß sich, mit den neunzig Pfennigen, die von den vierzig Mark übriggeblieben waren, die Hälfte seiner Schulden zu bezahlen. Arthur, der manchmal eine halbe Stunde verstreichen ließ, bevor er einem säumigen Schuldner schließlich doch wieder einen Kaffee hinstellte, ließ das Tablett diesmal sofort auf die Marmorplatte gleiten, schwungvoll und eine Sekunde in der Verbeugung verharrend, mit einem innigen Blick der Bereitwilligkeit. Er war ein unfehlbarer Psycholog. Schon an der Art, wie ein Schuldner die Tür öffnete und Kaffee bestellte, roch er, daß Bargeld in der Tasche war.

Hugo Lück trat ein wie ein Ereignis, gefolgt von seiner Freundin Lotte und von Spela Albrecht mit ihrem neuen Mann, die diesen Morgen geheiratet und dem Standesbeamten vorher erklärt hatten, sie heirateten nur aus Witz.

Lotte war ein schön gewachsenes Mädchen mit knabenhaft schmalem Becken, seidigem braunem Haar, kurz geschnitten, und wachsbleicher Haut. Während sie durchs Café ging, ließ sie durch Haltung und Gesichtsausdruck – vornüberhängend, linke Schulter hochgezogen bis zum Ohr und das Kinn zur Schulter gestreckt – keinen Zweifel aufkommen darüber, daß sie Hugos Sklavin war. Spela war dicklich und sehr klein. Die Frisur ihres rostroten Haares hatte die Form eines riesigen Turbans, zweimal so hoch und breit wie das winzige schneeweiß gepuderte Spitzmausgesichtchen, das wissend lächelte, beständig, als trüge sie eine wissend lächelnde Maske.

Die vier setzten sich in die Fensterecke. Hugo Lück lehnte den Hinterkopf an die Wand, Kinn hochgestreckt, und sagte scharf: »Die Tragödie des modernen Menschen ist das möblierte Zimmer.« Sein aschgraues Gesicht bestätigte es.

Michael blickte aufmerksam horchend hinüber, als Albrecht, der eine verkrustete Bißwunde am Mund hatte, ein neues Gedicht von sich rezitierte. Es handelte von düstersüß duftenden Tuberosen, die in Spelas weißen Händchen zu Peitschen wurden. Henry sagte ruhig: »Scheiße.« Lotte schob den Ärmel bis zur Achsel hoch und zeigte Spela die runden rot entzündeten Flecken, die der Geliebte mit der Zigarettenglut in ihre Haut gebrannt hatte. Michael verstand nichts.

Der bleiche Mann, ein schon halb verhungerter Komponist, der zu Doktor Kreuz gesagt hatte: »Freud – alles Unsinn, glatter Unsinn«, trat an den Tisch und fragte, gespenstisch lächelnd, ob die Herren Goethe und Schiller Herrn Beethoven einen Kaffee bezahlen könnten. Lück, der seinen Hunger erfolgreich totgeraucht hatte, zählte sein Vermögen auf den Tisch, fünfundvierzig Pfennige, und schob Herrn Beethoven wortlos zwanzig davon hin.

Rauchwölkchen unzähliger Zigaretten schwebten empor zu der dicken Rauchwolke über den Gästen, deren stürmische Kampfgespräche zusammenklangen, monoton rauschend wie ein Wasserfall. Van Gogh vor allen anderen hatte zu Beginn des zwanzigsten Jahrhunderts im Café Stefanie ein Erdbeben verursacht, und in einigen Köpfen wetterleuchtete schon die Revolution der abstrakten Malerei, die ein paar Jahre später mit den ersten Versuchen durchzubrechen begann.

Als Henry sagte, er werde nur die Hälfte seiner Schulden bezahlen, fragte Arthur, wo denn dann die vierzig Mark vom »Simplizissimus« seien. Das Ereignis hatte sich im Café Stefanie und in ganz Schwabing herumgesprochen und war Arthur vor einer Minute zu Ohren gekommen. Während sie sich nach längerem Hin und Her einigten, neben dem Büfett, kam Johannes Wohl, nachdem er seinem Strichjungen väterlich den Haarschopf geglättet hatte, herüber zu Michael, den Band George wie ein Gebetbuch in der Hand. Er hatte ein kleines Doppelkinnchen unter dem ebenmäßigen weichen Oval. Sein Mund wäre selbst für die schönste Frau eine Zierde gewesen. Er blickte Michael tief in die Augen und sagte: »Sie sind schön geworden.«

Michael wußte noch nichts von Homosexualität. Aber als Wohl ihm den Arm zärtlich um die Schultern legte, schnellte er in instinktivem Abscheu seitwärts und starrte ihn an, fassungslos vor Entsetzen und Zorn.

Professor Nämlich blieb stehen, einen Schritt entfernt, und ließ sich von Arthur ein Wasserglas mit Kognak füllen. Michael grüßte verstört und flüchtete in die Toilette. Er kämmte zehn Minuten sein Haar, das schon die Künstlerlänge hatte, und machte sich dann auf den Weg zu Sophie, mit der er verabredet war.

Er kam zu früh. Als er an die Ateliertür klopfte, stand Sophie noch in der hölzernen Sitzbadewanne, von oben bis unten eingeseift. Sie bedeckte sich unwillkürlich mit den Händen, als stünde Michael schon vor ihr, und rief, er müsse ein bißchen warten.

Er setzte sich auf die Treppenstufe. Plötzlich spürte er wieder Wohls Arm. Sein Rückgrat wurde eisig kalt. Einen Lattenzaun zu streichen war einfacher, als im Café Stefanie zu sitzen und zu begreifen, was da alles vorging. Nietzsche. Freud. Er muß lesen, alles lesen. Johannes Wohl wird er die Faust ins Gesicht knallen. Und was soll er jetzt zu Sophie sagen? Das beste wäre, auf und davon zu gehen. Aber mit ihr ist es ja ganz anders. Und er hat sie ja schon zweimal geküßt. Er wird sie einfach wieder küssen.

Sie öffnete die Tür und streckte den Kopf heraus. Da war wieder das anmutige Lächeln, diesmal mehr verlegen als etwas anderes. Sie hatte absatzlose Filzschuhe an und nur einen dünnen Morgenrock, knapp in die Taille geschnitten. Am liebsten hätte er sie sofort umarmt und geschehen lassen, was der Schöpfer aller Dinge wollte.

Eine Sekunde glaubte er, in ein anderes Atelier geraten zu sein – Sophie hatte ihre fünfzig Akte entfernt. Kein einziger Akt von ihr hing an der Wand. Nur den in Natur hatte sie nicht entfernen können, er war unter dem schmiegsam herabfließenden Morgenrock in seiner ganzen Schönheit da.

In der Ecke war ein Mäuerchen aus Holzscheiten. Das Feuer im Ofen knisterte und krachte. Das Atelier war durchwärmt. Der warme Harzgeruch der brennenden Scheite war hier und dort durchzogen von dem kühlen pfefferigen Duft der weißen Nelken auf dem Zeichentisch, ein dicker Strauß.

Sophie stand vor ihm, im Blick die Frage an das Unbekannte. Die Natur, die erfolgreichste Kupplerin, legte Michaels Arme um Sophie. Helfen konnte Sophie ihm nicht, ihr Körper zitterte.

Michael und Sophie mußten die Liebe erst lernen. Er blieb die Nacht bei ihr. Die Ottomane war schmal.

In München gab es sehr viele Malerateliers. Es gab auch Maler, die ihre Ateliermiete bezahlten. Sehr viele konnten nicht, sie zogen am Ersten jeden Monats um, in ein anderes Atelier. Da die Ateliers nun einmal vorhanden waren und einige Maler tatsächlich Miete bezahlten, riskierten die Münchener Hausbesitzer immer wieder, zu vermieten. Sie waren Spieler. Vielleicht würde der neue Mieter bezahlen. Es war Glückssache. Sie riskierten den Einsatz. Die Nummer gewann selten.

Am ersten Dezember legte Carlo Holzer seinen Kamm, ein Hemd und seine Zeichnungen in eine Mappe und machte sich auf den Weg zu seinem soundsovielten Atelier. Den zusammengerollten Entwurf für das Lungenflugzeug ließ er in der Ecke stehen. Das Lungenflugzeug war überholt. Seit Wochen beschäftigte ihn Tag und Nacht eine neue Idee, inspiriert durch die Sandalen der Landsknechte auf Ferdinand Hodlers Gemälde »Rückzug der Schweizer bei Marignano«. Er hatte einen kleinen Schuster vier Wochen lang bis aufs Blut gepeinigt und ihn an den Rand des Wahnsinns getrieben, bis schließlich nach mehreren mißglückten Versuchen ein Paar Schuhe in der Form dieser Landsknechtssandalen gelungen waren.

Der Menschenfuß sei vorne bei den Zehen breit; der Schuh, mit dem der Mensch sich seit grauen Zeiten den Fuß ruiniere, sei nach vorne zugespitzt. Heller Wahnsinn! Durch den Marignano-Schuh greife die Kunst direkt ins praktische Leben ein. Eine ganz große Sache! Der Schuster werde mit dem Marignano-Schuh ein Wegweiser für die Menschheit sein. Er werde die Menschheit vom Hühnerauge erlösen. Trotzdem hatte der in den Nerven schon vollständig zerrüttete Schuster bei der Ablieferung auf einer Anzahlung bestanden.

Die Marignano-Schuhe waren vorne sechzehn Zentimeter breit, in kurvenloser schräger Linie von der großen Zehe zur kleinen Zehe. Carlo ging sehr langsam, mit dem Marignano-Schuh mußte das Gehen neu gelernt werden. Er mußte das ganze Körpergewicht jeweils auf das eine Bein verlegen und wie eine watschelnde Gans den brettbreit beschuhten Fuß im Bogen vortransportieren.

Es gelang ihm, nicht unter die Räder zu kommen, während er die Straße überquerte, auf Hugo Lück zu, der vor dem Café Stefanie stand. Lück reichte Carlo nur die Fingerspitzen, Ellbogen angepreßt, und sagte: »Im Prinzip ist die Größe unseres Lungenflugzeugs unbeschränkt. Wir könnten im Prinzip einen Apparat für tausend Passagiere bauen, für fünftausend, im Prinzip auch für zehntausend. Und wir werden! Er muß ja nur entsprechend mehr Atmungsklappen haben, eine entsprechend größere Lunge.«

Carlo nickte zustimmend und sah dabei hinab auf die

Marignano-Schuhe, interessiert, welchen Anblick sie im Stehen boten. Er hatte das Gesicht eines Äffchens, mit mächtigem Unterkiefer und einem winzigen Näschen, ein bißchen schief hineingeklebt und durchgebogen wie ein Komma.

Lück sagte: »Ich prophezeite nämlich, daß preußische Truppen demnächst in Indien einmarschieren werden. Meine Prophezeiung war in einem Punkte falsch. Unsere Truppen werden in Indien nicht einmarschieren; sie werden einfliegen. Was sagen Sie jetzt?«

Carlo zeigte lautlos lächelnd das vorgebaute mächtige Affengebiß und preßte Lücks Arm in ganz ehrlicher Bewunderung. Er war durch nichts aus der Fassung zu bringen, er ruhte in sich, abgeschlossen in seiner Welt wie das gefangene Raubtier, dessen Blick der Mensch nicht zu erreichen vermag. Bei jedem Schritt den Fuß im Bogen vorgehoben, watschelte er hinter Lück ins Café und langsam vorüber an Sophie und Michael, die vor Staunen zunächst nicht dazu kamen, über die Marignano-Schuhe zu lachen.

Eine Bekannte von Sophie, die Malerin Anna Haag, kam an den Tisch, in der Hand zwei Billetts, und fragte, ob Sophie und Michael ins Tonhallenkonzert gehen wollten. R... dirigiere. Sie war seit langem hoffnungslos in den Dirigenten verliebt, hatte ihm immer wieder Blumen geschickt, viele Briefe geschrieben und nie eine Antwort bekommen. Zu jedem Konzert, das R... dirigierte, kaufte sie ein Dutzend Eintrittskarten und verschenkte sie im Café Stefanie.

Sie gingen. R... war ein berühmter Dirigent. Die Tonhalle war ausverkauft. Michael saß zwischen den beiden Mädchen. Er hatte bisher nur Militärmärsche gehört, zu Pferd geblasen von der Kapelle des Würzburger Artillerieregiments, und jetzt sanken in die saugende Stille die Töne der Neunten Symphonie von Beethoven.

Durch Michaels Rücken und Glieder strömte ein Schauer, kalt und heiß, und dann schien er nicht mehr derselbe zu sein, der er gewesen war. Etwas Festes in ihm war zergangen, und etwas Neues hatte sich weich in ihm aufgetan, ein neuer Sinn, eine verschlossen gewesene Kammer, ein Wunder, etwas Unnennbares, das mit nichts im Leben zu vergleichen war. Die Tränen kamen sofort.

Anna Haag zeichnete den Dirigenten in ihr Skizzenbuch, fiebrig auf immer neuen Blättern jede Dirigierbewegung der jünglinghaft schlanken Gestalt im Frack. Sie hatte daheim schon hundert Skizzen dieser Art, für eine große Radierung – Orchester, geleitet von R... (Eine Woche später schoß sie sich eine Kugel in die Brust. Er hatte wieder nicht geantwortet. Sie lag zwei Monate im Spital und war nach der Entlassung wie vorher in ihre Liebe verloren. Der Dirigent mit dem eleganten Rücken hatte es ihr angetan.)

Michael schwebte lauschend über ein bewegtes Meer. Der Schlußgesang »Brüder – überm Sternenzelt« war in Michaels Gefühl nicht mehr irdisch; er kam aus dem Himmel, den auch der kennt, der nicht an den Himmel glaubt. In den andauernd hoch gehaltenen Tönen war alles Irdische aufgegangen in himmlische Freudenseligkeit. Er wußte nicht, daß er Sophies Arm gepackt hatte und ihn preßte, und als es ihm bewußt wurde, nahm er ihre Hand und hielt sie.

Auf dem Weg zu Doktor Kreuz' Wohnung vermochte er nicht zu sprechen. Michael verstand nicht das geringste von Musik und war aufgerissen und aufgelöst von der Musik. Er spürte seinen Körper nicht mehr. Gefühl trug den Gewichtlosen neben Sophie her. Plötzlich dachte er, und es war der erste Gedanke dieser Art in seinem Leben: ›Diese Musik hat ein Mensch geschaffen? Das könnte den Gläubigen ungläubig machen – daß es nämlich keinen Schöpfer gibt außer dem Menschen.‹

Als sie in die Straße einbogen, in der Doktor Kreuz wohnte, zögerte Sophie, weiterzugehen, beunruhigt durch den Gedanken, der Doktor könnte glauben, sie sei auf sein Drängen hin Michaels Freundin geworden. Sie verständigten sich nur durch einen Blick und gingen am Haus vorüber.

Doktor Kreuz, der jahrelang Morphinist gewesen war und vor einiger Zeit zu Kokain übergegangen war, saß im kleinen Zimmer und preßte mit beiden Händen die Hand seiner Frau, als er aus eigenem Antrieb versprach, daß er sich noch einmal einer Entwöhnungskur unterziehen werde, damit sie dann ein Kind haben könnten, das bei der Empfängnis nicht benachteiligt sei. Ihre Augen leuchteten vor Freude; seine waren verglast.

Der Schweizer Anarchist, der lange Russe und Fritz, der verbummelte Student, saßen nebenan im Wohnzimmer. Fritz, der immer trank, betrachtete mit einem gewissen Stolz die fünf schon geleerten Bierflaschen und trank schmunzelnd weiter, während der Anarchist berichtete, er habe ermittelt, daß der Inhaber einer Großmetzgerei, namens Rücken, die Tageseinnahme des Sonnabends von ungefähr achthundert Mark jedesmal über Sonntag in seinem Schreibtisch aufbewahre, da die Bank am Sonnabend geschlossen sei.

Er legte die Hand an die flache Seite der riesigen rassigen Gebirgsnase und spitzte lächelnd den winzigen Mund. »Der Metzgermeister und seine Frau sind jeden Sonntagmorgen zwischen zehn und elf in der Kirche, niemand ist in der

Wohnung, und die Schreibtischlade hat ein ganz einfaches Schloß. Es ist eine Kleinigkeit, das Geld zu holen.«

Der Russe, der ein rotlackiertes Spielzeugroulette, nicht größer als eine Untertasse, vor sich stehen hatte, sagte in einem Ton, der jede Diskussion unnötig machen sollte: »Die achthundert Mark werden wir selbstverständlich expropriieren, da das im Sinne Nietzsches ist. Zweifellos ganz im Sinne Nietzsches!«

»Außerdem könnten wir das Geld brauchen. Geld kann man immer brauchen«, sagte Fritz und goß ein.

Der Anarchist lächelte in ehrlicher Verachtung. »Es geht nicht um das Geld; es geht um die Idee – nämlich die Stützen des Staates zu untergraben. Mit allen Mitteln! Darum geht es.«

»Selbstverständlich«, rief der Russe ohne Besinnen. »Außerdem kann ich mit dem Geld nach Monte Carlo fahren, wenn ihr wollt, und es mit meinem System ohne weiteres verhundertfachen. Ohne weiteres!«

Während er auf dem Spielzeugroulette sein System demonstrierte und mit den imaginären achthundert Mark ein imaginäres Vermögen gewann, stand Doktor Kreuz im kleinen Zimmer am Fenster und blickte hinaus auf die nachtstille Straße, in Gedanken an das noch nicht gezeugte Kind. Die Hand des reglos Stehenden griff selbsttätig in die Tasche. Er schaufelte mit einem Glasröhrchen Kokain aus der Schachtel, hielt ein Nasenloch zu und sog im anderen das weiße Pulver hoch. Die Augen glänzten schon, als seine Frau Sekunden später mit dem Teebrett eintrat, noch strahlend vor Freude über das Versprechen ihres Mannes, daß sie ein gesundes Kind haben würden. Sie gingen hinüber zu den Freunden.

Frau Doktor Kreuz, die in einem österreichischen Provinzstädtchen aufgewachsen war, streng gehalten und behütet von den angesehenen Eltern, horchte lebensneugierig lächelnd auf die revolutionären Reden der Freunde ihres Mannes und ließ sich dabei ihren kritischen Verstand nicht trüben.

Michael und Sophie erschienen erst nach dem Einbruch wieder einmal in der Wohnung. Doktor Kreuz behandelte das neue Liebespaar mit äußerster Delikatesse und Vorsicht, als wären die beiden zerbrechliche Vitrinenfigürchen aus dünnstem Glasgebläse. Aber die Freude darüber, daß Sophie keine Jungfrau mehr war, konnte er trotz allen Bemühens nicht verbergen, sie strahlte aus seinen Augen.

Auch Fritz und der Anarchist waren da. Vom Russen war soeben aus Monte Carlo ein Telegramm gekommen, folgenden Inhalts: »Kehre diesen Abend zurück stop Todeswunsch.« Jeder fragte sich, was das Wort »Todeswunsch« zu bedeuten habe. Alle witterten Unheil.

Frau Doktor Kreuz erzählte Sophie im Nebenzimmer, auf welche Weise es ihr gelungen war, ihren Mann zu überzeugen, daß er sich an dem Einbruch nicht beteiligen dürfe. »Um ihn nicht erst recht zu reizen, sagte ich nicht, was ich glaube – daß so etwas gefährlich ist; ich sagte, was ich ebenfalls glaube – du bist zu hoch geboren. Und habe ich damit nicht recht, Sophie?«

Der Einbruch beim Metzgermeister Rücken war planmäßig verlaufen. Während der Russe an jenem Sonntagmorgen Wache haltend in der ganz menschenleeren Straße vor dem Haus hin und her gegangen war, so übertrieben unauffällig, daß der dümmste Polizist Verdacht geschöpft haben würde, hatten der Anarchist und Fritz die Wohnungstür und den Schreibtisch mit Sperrhaken geöffnet. In der Schublade waren nur sieben Mark gelegen. Durch den Raub von sieben Mark könne diese Stütze des Staates nicht untergraben werden, hatte der Anarchist gesagt und Fritz das Geld mit Gewalt aus der Faust gerungen und es wieder in die Schublade gelegt. Den folgenden Tag hatte Frau Doktor Kreuz, beeindruckt von dem System des Russen, das Spielgeld für Monte Carlo gespendet.

Kurz vor Mitternacht kam er. Ein Beamter des Kasinos hatte ihm ein Billett dritter Klasse Monte Carlo–München ausgehändigt, erst auf dem Bahnhof, und ihn in den Zug befördert, und so sah er auch aus – ein noch kleiner gewordenes Bubengesichtchen, schlammgrün wie das einer Wasserleiche. Einen lebensrettenden Arthur, der die Hungrigen sättigte, auch wenn sie nicht bezahlen konnten, hatte es im Speisewagen ebenfalls nicht gegeben.

Er zog den Doktor sofort am Arm ins kleine Zimmer, ging zuerst eine Weile auf und ab, tief in Gedanken, und riß plötzlich den Kopf hoch. »Ja, es gibt keine andere Erklärung – es muß ein Todeswunsch sein. Deshalb verlor ich. Mußte ich ja verlieren, selbstverständlich! Ohne zu wissen, wie ich hingekommen war, stand ich in Monte Carlo plötzlich im Selbstmörderfriedhof und grübelte über meine Kindheit nach.« Er riß den Kopf wieder hoch und schnitt sein Grübeln mit einer Handbewegung endgültig ab. »Ganz zweifellos ein Todeswunsch! Ich habe auf der Rückfahrt natürlich schon mit der Selbstanalyse begonnen.«

Der Doktor hatte einige Monate vorher in zwei aufeinanderfolgenden Heften einer wissenschaftlichen Wochenschrift eine längere psychoanalytische Abhandlung veröffentlicht über den »Todeswunsch des konstellierten

Menschen«. Die Arbeit hatte Aufsehen erregt. In derselben Wochenschrift war später ein scharf ablehnender Artikel erschienen, von einem jungen Psychoanalytiker, und Sigmund Freud hatte in einem Privatbrief anerkennend an den Doktor geschrieben und ihn aufgefordert, in dieser Gedankenrichtung weiterzuarbeiten. Der Russe hatte die Abhandlung über den Todeswunsch gelesen.

Doktor Kreuz war ein kühn und originell denkender Theoretiker und im Leben der Wirklichkeit der denkbar schlechteste Menschenkenner, kindlich gutgläubig bis zur Blindheit. Er sprach mit dem Russen, der über den Spielverlust ehrlich verzweifelt war, die halbe Nacht über den Todeswunsch des konstellierten Menschen.

Im Juni fuhr der Doktor an einen der großen Seen, an dessen bewaldetem Ufer das Sanatorium stand, in dem er sich der Entwöhnungskur unterziehen wollte. Er stieg in einem kleinen Gasthof am See ab.

Der Doktor hatte immer nur im Kokainrausch zu arbeiten vermocht. Aus Furcht, nach der Entwöhnung nicht mehr arbeitsfähig zu sein, schrieb er mit Hilfe riesiger Dosen Kokain im Laufe von vier Tagen und vier Nächten seine Erkenntnisse und neuen Hinweise auf dem Gebiete der Psychoanalyse nieder, in Form einer Broschüre von zweiunddreißig Seiten, und schickte die Arbeit an seine Frau mit der Bitte, einen Privatdruck von hundert Exemplaren herstellen zu lassen und ein Exemplar seinem Gegner zu senden, dem jungen Psychoanalytiker, der ihn in der Wochenschrift bekämpft hatte.

(Als er, von der Kokainsucht befreit, vier Wochen später die möblierte Wohnung in München aufgab, von einer Stunde zur anderen, und mit seiner Frau in die Schweiz fuhr, fand die Besitzerin der Wohnung in der Rumpelkammer die neunundneunzig Exemplare der Broschüre und verkaufte sie als Einwickelpapier an den Metzgermeister Rücken, dessen Geschäft in derselben Straße war. Sie bekam ein Schweinskotelett dafür. Fünfundvierzig Jahre später, in der Mitte des zwanzigsten Jahrhunderts, galt der Psychoanalytiker, dem Frau Doktor Kreuz als einzigem im Jahre 1906 ein Exemplar der Broschüre geschickt hatte, in Europa unbestritten als der genialste lebende Repräsentant und Forscher der psychoanalytischen Wissenschaft. Niemand wußte, daß er seine Lehre, die in manchen Punkten von der Freudschen abwich, auf den frühen Erkenntnissen und entscheidenden Hinweisen des einstigen Gegners Doktor Otto Kreuz aufgebaut hatte. Der Doktor, eine geniale und tragische Erscheinung, war schon Jahrzehnte vorher zugrunde gegangen.)

Er stand am Fenster in seinem Zimmer im ersten Stock des Gasthofes. Die Broschüre war diesen Morgen an seine Frau abgegangen. Er hatte in den vier Tagen und vier Nächten nichts gegessen und zwischendurch hin und wieder nur Minuten in Kleidern auf dem Bett gelegen. Die Kokainschachtel war leer.

Verwüstet, die Augen trüb wie Milchglas, die Nasenlöcher angefressen vom Kokain, stierte er hinab auf den sturmzerwühlten See. Die Gewitterspannung hatte tagelang über dem See gehangen. Diesen Morgen gegen zehn Uhr war das trockene Sturmgewitter durchgebrochen. Es war dunkel. Nur wenn ein Blitz das Tal durchzuckte, wurde der aufgepeitschte weißschäumende See sichtbar. Das große Sanatoriumsgebäude, nur dreißig Schritt entfernt, in dem der Doktor sich zweimal Entwöhnungskuren unterzogen hatte, schien nicht mehr vorhanden zu sein – kein Ufer war zu sehen. Der See war ein uferloses wütendes Meer.

Der Gedanke, auch die dritte Entwöhnungskur werde ihn nicht für immer von seiner Schwäche befreien, zog als weißer Nähfaden, ein armlanges Stück, durch das schmerzende wunde Gehirn und hatte wie das Stück Faden ein Ende – daß er nur durch den Einsatz des Lebens sein Leben retten könne. Im Ruderboot über den Vulkan des Sees! Eine ruinierte Grammophonplatte wiederholte unaufhörlich dieselbe Stelle – nur durch den Einsatz des Lebens kannst du dein Leben retten.

Als er die Treppe hinuntertaumelte, war der verdorbene ausgehöhlte Körper nur noch das Gefäß des Willens, das Leben einzusetzen, um es zu gewinnen. Der heulende Sturmwind empfing ihn vor der Haustür und wehte ihn wie ein gewichtloses Etwas über den menschenleeren Dorfplatz zum Ufer. Er wußte, wo die Ruderboote lagen.

Der Sturm schleuderte das kleine Boot mehrmals zurück ans Ufer und nahm es plötzlich mit hinaus in den tobenden See. Kein Tropfen fiel aus dem fieberkranken Himmel. Heiße Windstöße und wuchtige Gegenstöße rissen das tanzende Boot mit den Wellenkämmen hinab in tiefe Wellentäler und im Übergleiten der Wellenkämme wieder und wieder im Kreise herum.

Der Doktor, der auf der Lebens- und Todesfahrt das gegenüberliegende Ufer des zwei Kilometer breiten Aufruhrs der Natur hatte erreichen wollen, den Preis für seinen Einsatz, wußte nicht mehr, in welcher Richtung welches Ufer war. Alles dasselbe, jedes Ufer war das Leben. Und wenn das Herz platzt – die Ruder läßt er nicht los. Erst wenn das Herz platzt.

Eine dicke Nebelwand, vom Sturmwind dann und wann durchlöchert, in Fetzen zerrissen und wieder zusammengeschweißt, schluckte das steil auf und ab schießende Boot und den schweißnassen Mann. Alles war grau. Er sah nur noch zwei Fäuste an Rudergriffen und war sich nicht mehr bewußt, daß sie zu ihm gehörten. Der selbstherrlich gewordene Wille benutzte die Fäuste zum Rudern.

Als das Boot nach einer stundenlangen zeitlosen Stunde aufs Ufer geschleudert wurde, gegen den Stamm einer Wasserweide, an dem es zersplitterte, hatte der Doktor den Beweis erbracht, daß der Willenskranke, der Anfechtungen unterliegt, die der Gesunde spielend abwehrt, fähig ist zu einem einzigen Willensakt sondergleichen, vor dem der Gesunde zurückschreckt.

Ein Bauer fand ihn und brachte ihn zum Gasthof. Er schlief zwanzig Stunden. Reißender Hunger weckte ihn.

Nach vier Wochen fuhr der Doktor heim, sonnverbrannt und durch und durch gekräftigt, ein gründlich geheilter Mann.

Sie gaben von einer Stunde zur anderen die möblierte Wohnung auf und fuhren in die Schweiz. Ein Jahr später kehrten sie mit einem gesunden Knaben nach München zurück.

Spelas Mann war tot. Albrecht hatte, damit mehr Licht ins Zimmer käme, das verrußte horizontale Glasdach über dem Lichtschacht mit heißem Seifenwasser zu reinigen versucht und war durchgebrochen und die fünf Stockwerke hinabgestürzt. Diesen Morgen war die Beerdigung gewesen, unter Beteiligung vieler Gäste des Cafés Stefanie.

Spela trug Trauerkleidung, ergreifenderweise auch einen mit murmelgroßen Kugeln aus Seidenfilz verzierten, komisch wirkenden schwarzen Schleier, der bis über die Brust hinunterhing, rundherum. Sie saß allein im Café auf der Polsterbank in der Fensterecke, wo sie immer mit ihm gesessen hatte, und drehte das mehlweiße, gepuderte Gesichtchen hin und wieder zur Tür, hilflos fragend, als erwarte sie, daß er eintrete. Sie weinte.

Fritz setzte sich zu ihr. Er hatte einem Spirituosenhändler sechs Flaschen Kognak abgeschwatzt und alle Beerdigungsteilnehmer für diesen Abend in sein Atelier eingeladen. In seiner Heimat war es Sitte, die Trauergäste nach der Beerdigung zum Leichentrunk zu bitten. Seine Idee war, den Leichentrunk mit einem Atelierfest zu verbinden. Das sagte er Spela nicht, aus Feinfühligkeit. Er schleppte sie fürsorglich am Arm hinaus.

Als sie ankamen, waren schon zwei Kognakflaschen leer. Die Trauergäste begrüßten Spela ein wenig verlegen, als schämten sie sich, nicht traurig zu sein, und kehrten wieder zurück zu sich und zum Atelierfest. Sie waren blutjung, sie hatten gleich dem Kind, dessen Vater gestorben ist, den Tod noch nicht im Gefühl. Der Tod war weit. Er bedeutete nichts. Es gab ihn nicht. Und Spela gab ihnen von sich aus keinen Anlaß, erschüttert zu sein und älter als sie waren, sie nahm sich zusammen.

Sie schlug den Schleier zurück und blickte ein wenig erschreckt, wie im Traum, als eine junge Französin mit Basedowaugen, Schülerin des Professors Nämlich, plötzlich entschlossen das Atelier überquerte, die Kerze in der Ecke ausblies und sich auf die Matratze warf, zu Lotte, die sklavenhaft ergeben die Lider schloß und die Lippen öffnete.

Hugo Lück lehnte daneben an der Wand und sah sich das gelassen an.

Wohls neuer Strichjunge, vierzehn Jahre alt, der seinem Lehrmeister, einem Schuster in Augsburg, entlaufen war, saß reglos auf einer niedrigen Kiste, vorgebeugt, die Stirn in der Hand gestützt. Als Wohl ihn zärtlich fragte, was denn mit ihm los sei, antwortete er, ohne die Haltung zu ändern: »Ich denke.«

»Dein Blut spricht nicht zu mir«, sagte eine dickliche, schöne, weißhäutige Russin zu einem Jungen, den sie Rehböckchen nannten, und ging ziehend in eine dunkle Ecke, wo küssende Pärchen auf dem Boden saßen. Das Atelier war nur mit ein paar Kerzen beleuchtet.

Das Jus studierende Rehböckchen bekam von seinem Vater eine dicke Monatsrente. Er verkehrte mit den Bohemiens, die ihm das trockene Jus-Studium versüßten und ihn dafür im Café Stefanie bezahlen ließen. Enttäuscht warf er noch einen Sehnsuchtsblick in die dunkle Ecke und hielt sein Glas hin. Fritz goß ein und pumpte ihn dabei an.

Fritz war geldhungrig und freigebig. Wenn ihm ein Pump gelungen war, gab er jedem, der ihn rechtzeitig stellte. Das gepumpte Geld, weitergepumpt, zirkulierte durch die Gäste des Cafés Stefanie und floß, so sicher wie das Blut durchs Herz, zum Kellner Arthur, der ein paar Zahlen im Schuldenbüchlein ausstrich und den folgenden Tag das Geld in Form von Eiern im Glas und Kaffee wieder durch die Gäste zirkulieren ließ.

Der Kognak hatte auf die leeren hungrigen Mägen unvergleichlich stärker gewirkt, als der Tod auf die Jugend wirkt. Die Gesichter glühten. Augen leuchteten. Die Kampfgespräche über Literatur und Kunst hatten geendet.

Nur noch das Leben selbst war das Ding, um das es ging – in der Mitte des Lebens die bereitwilligen Mädchen. Selbst Carlo Holzer, den nichts außer Fassung bringen konnte, war dem Kognak unterlegen. Die Marignano-Schuhe standen in der Ecke. Er tobte strümpfig im Atelier umher, das Glas in der Hand, und bleckte lächelnd das mächtige Affengebiß.

Tunajec, ein Rumäne mit öligen langen Haaren und Lavallièrekrawatte, der aussah, wie der fünfundzwanzigjährige Dante ausgesehen haben muß, schwor, die Hand auf dem Herzen, einer blonden Riesin: »Ich will Ewigkeit mit dir durch Lebben gehn on Riviera.«

Die hünenhafte Blondine, eine baltische Gräfin, die an den Fingern, Handgelenken und am Hals dicke Brillanten trug, mit denen sämtliche Trauergäste lebenslang versorgt gewesen wären, entgegnete verloren, wo er hingehe, müsse auch sie hingehen, und sie meinte es. Sie hatte den Tag vorher plötzlich, wie vom Blitz gestreift, den Verstand verloren und sich in den jungen Dante verliebt, im »Simplizissimus«, wo er jeden Abend die Träumerei von Schumann langgezogen auf der Geige kratzte, für sein Essen.

(Als Michael sechs Wochen später auf dem Weg ins Café Stefanie durch die Türkenstraße ging, sah er Dante, der im ersten Stock reglos am offenen Fenster stand. Er bewegte die Hand zwischen den Fensterpfosten waagerecht hin und her und sagte dabei tragisch hinunter zu Michael, der ihn nicht persönlich kannte, nur ein einziges Wort: »Vorbei.«)

In einer dunklen Ecke wurde laut und nachdrücklich erklärt, Monogamie sei eine Schweinerei und die Ehe ein Scheidungsgrund. Das betrunkene Rehböckchen hüpfte mit beiden Füßen zugleich vor Begeisterung, als könnte er einstens als Verteidiger in einem Ehescheidungsprozeß diesen Ausspruch verwenden, ohne aus dem Gerichtssaal ins Irrenhaus transportiert zu werden.

Spela saß auf der Matratze zu Füßen ihrer Freundin Lotte, die in den Armen der Französin eingeschlafen war. Die baltische Gräfin war mit ihrem Dante fortgegangen, in eine parfümiertere Welt. Die sechs Kognakflaschen waren leer. Eine unbestimmbare Öde war entstanden. Gegen vier Uhr früh gingen auch die anderen Pärchen. Spela blieb.

Den folgenden Abend, als Michael ins Café kam, saßen Fritz und Spela auf der Polsterbank in der Fensterecke, dicht nebeneinander, wie zwei Täubchen, die zusammengehören.

Fritz hatte dünne Beine und schon einen kleinen Bierbauch. Der zurückgekämmte blonde Haarwald, dick und dicht, ein Urwald, bedeckte auch die Schläfen, bis zum Auslauf der Brauen, und die halbe Stirn, die zusammen mit der mitgeborenen, mitgewachsenen goldenen Brille eine kompakte Einheit bildete. Fritz sah aus wie ein entlaufener Dorfschullehrer.

Er erzählte Michael, daß der verhungerte Komponist, Herr Beethoven, sich während des Atelierfestes im Atelier nebenan aufgehängt hatte, und schloß bedauernd: »Gerade gestern hätte ich ihm etwas geben können, die zehn Mark vom Rehböckchen, oder wenigstens fünf.«

Als Michael fragte, wann die Beerdigung sei, entstand in Fritz' Gesicht zuerst ein breites Lächeln, das er hielt, bis ihm die Antwort einfiel. »Übermorgen.« Dieses Lächeln war nur ein Hilfsmittel, um Zeit zu gewinnen, es entstand jedesmal, wenn jemand ihn etwas fragte, ganz gleich, was. Fritz dachte langsam.

Die verarmte Gräfin Reventlow, klein, schmal und noch

elegant gekleidet, die später ein heiteres Buch über ihre Liebeserlebnisse veröffentlichte, trat ein und winkte. Sie hatte nach dem Sturz in die Armut ihre Heimat in der Boheme gefunden und lächelte seither ruhig ihr: Komme, was kommt.

Michael setzte sich an seinen Tisch und bestellte bei Arthur Eier im Glas. Er hatte in den zwei Jahren, seit er in München war, viel gelernt, von Professor Nämlich in der Malschule und noch viel mehr im Café Stefanie durch die täglichen und meistens nächtelangen Diskussionen über Gott und die Welt und das Leben. Er hatte zuerst gelernt, mitzudenken, wenn die anderen diskutierten, und eines Tages die Sensation erlebt, daß er daheim ganz für sich allein aus eigenem denken konnte. Er hatte im Bohemecafé, wo die Schablonen des Lebens gründlich zerstört und beseitigt wurden, unter anderem auch gelernt, die Dinge des Lebens neu und von sich aus zu sehen.

Das Café Stefanie war seine Universität, wo ihm Denkresultate geliefert wurden, und da das Schicksal ihm Zeit und Geld zum Studium der tausend dicken Bücher versagt hatte, mußte er sich aus eigenem die Vorstufen erarbeiten, um die Resultate zu besitzen. Er hatte sein Examen an der Universität Café Stefanie bestanden und war jetzt Professor mit einem Lehrstuhl an dem Tisch in der Nähe des Ofens. Bei Arthur Eier im Glas zu bestellen, die er nicht bezahlen konnte, hatte er ebenfalls gelernt. Arthur, der Lebensretter, schrieb auf in sein zerschlissenes Büchlein.

Viele Jahre später, als Michael schon ein berühmter Mann war, sagte er sich, daß die Arthurs in den Bohemecafés die wahren Mäzene seien, Lebensretter, die den Bohemien vor dem Hungertod bewahren, bis er durchgedrungen oder hoffnungslos zugrund gegangen ist. Er sagte sich, daß neue

Kunstrichtungen zum Teil auch deshalb schließlich doch durchbrechen, weil die Arthurs Europas den Stürmer, dessen revolutionäre Arbeiten jahrelang nicht gekauft werden, so lange am Leben erhalten, bis sein Werk aus der Entwicklungsgeschichte der Kunst nicht mehr auszustreichen ist. Und er wußte, er hatte es erlebt, daß hundert Bohemiens zugrund gehen und immer nur einer von hundert durchstößt zur Leistung, die auch dieser nicht hätte vollbringen können, wenn die hundert, der Dünger für einen, nicht gewesen wären, mithungernd, mitdenkend, mitkämpfend. Er wußte, daß auch die Hugo Lück, Carlo Holzer, Johannes Wohl, bitter genug leidend, sehnsüchtig einzahlen in den Poker-Pot des Schaffens, den ein anderer gewinnt. Seine Sympathie und Kameradschaft gehörten auch im späteren Leben den Bohemiens und Arthurs Europas, die ihm geholfen hatten zu werden, was er war.

Im Frühling fuhren Michael und Sophie aufs Land, in die Nähe von München. Doktor Kreuz gab Michael ein Dutzend ausgewählter Bücher mit, darunter die zwei Romane, die er in seinem späteren Leben neben »Krieg und Frieden« für die größten der Weltliteratur hielt: »Madame Bovary« und »Rouge et Noir«.

Der Stall, mit zwei Kühen und zwei Dutzend Hühnern, und der Gemüsegarten waren hinter dem neuerbauten unverputzten Backsteinhäuschen, das auf einem Grashügel stand, nur hundert Schritt von dem mächtigen Kiefernwald entfernt und drei Minuten vom See im Tal. Sie hatten ein Zimmer mit zwei schmalen Tannenholzbetten, nur gefirnißt. Der neue Fußboden aus Tannenholz war ebenfalls gefirnißt. Alles roch neu.

Vater und Sohn waren Waldarbeiter und tagsüber nicht

daheim, und auch die junge Bäuerin, mager und rothaarig – dasselbe Gelbrot wie die Katze –, mit weißen Wimpern und Brauen, sahen sie selten. Sie waren so gut wie allein, inmitten der Natur, kein Haus weit und breit, und hörten nur die Stimmen der Natur.

Ein Ei kostete drei Pfennige, der Liter Milch zwölf, Brot, Obst und Gemüse gar nichts und das Zimmer vier Mark im Monat. Michael hatte von Henry zwölf Mark gepumpt, genug für einen ausgedehnten Sommeraufenthalt.

Es gab viele noch sehr junge Feldhasen. Michael fing mit Sophies Hilfe hin und wieder einen. Neben dem See war ein fast kreisrunder kleiner Karpfenteich, der jedes Jahr einmal abgelassen wurde, dann konnten die hilflos schnellenden Karpfen aufgelesen werden wie ausgegrabene Kartoffeln. Aber Michael verstand es, die Karpfen, die sich im Uferschlamm aufhielten – das waren die alten –, mit den Händen zu fangen, auch wenn der Teich nicht abgelassen war. Es gab zwischendurch Hasenbraten und Karpfen blau oder paniert.

Michael hatte aus den morschen Balken und Brettern eines Schuppens, der Jahre vorher durch einen Sturm niedergemäht worden war, ein Floß und Ruder zusammengenagelt. Im See war eine Insel, auf der Tausende Möwen ihre Eier in Grasnester legten. »Wenn mehrere Eier in einem Nest liegen, sind sie schon angebrütet und zum Essen zu alt; wenn nur ein Ei drin liegt, ist es frisch gelegt«, hatte der junge Bauer erklärt. Sophie und Michael, von früh bis abends im Badeanzug, ruderten auf ihrem Floß täglich hinüber auf ihre Insel – sie hatten entdeckt, daß Möweneier, mit frischem Salat aus dem Garten, eine ganz besondere Delikatesse waren.

Für die zwei Verliebten im Badeanzug und manchmal ohne, die nichts wollten als einander, war dieses kleine Tal das Paradies, mit einer Insel als heimlichem Extra-Liebesnest, beständig überflogen und umkreist von den großen weißen Vögeln, die in der Sonne blitzten.

An einem Montagmorgen fuhr Sophie nach München, um Zeichen- und Malmaterial zu kaufen. Sie kam nicht zurück. Er war am Abend vergebens hinunter zum Bahnhof gegangen. Sie kam auch den folgenden und den übernächsten Tag nicht zurück. Er schrieb an sie und später noch einmal. Es kam keine Antwort. Zwei Wochen waren vergangen.

Michael saß auf der Bank vor dem Häuschen, in der schönen Stunde zwischen Tag und Abend. Aber das Paradies – Tal und See und Liebesinsel – lag bedrückend öde vor ihm. Der alte Bauer, ein Schuhenthusiast, der jeden Abend, wenn er vom Holzfällen heimkam, seine schweren Rindsleder-Schnürstiefel, die Messingösen und starke Lederbändel hatten, sorgfältig mit warmem Seifenwasser wusch und sie dann stundenlang mit Speck und Wollappen bearbeitete, zeigte Michael den linken Stiefel, in dessen Oberleder ein klaffender Schnitt war, verursacht durch einen Beilhieb. Er sagte untröstlich: »Wenn's in den Fuß gegangen wär – der heilt wieder zu; der Schuh heilt nimmer zu.«

Michael erinnerte sich seiner Kindheit, seiner Mutter, wie schwer erreichbar und überaus wertvoll Schuhe gewesen waren. Diese Erinnerung und die Untröstlichkeit des Bauern, der kopfschüttelnd immer wieder die klaffende Schuhwunde betrachtete und mit dem Daumen darauf drückte, stimmten überein mit seinem Gemütszustand, durch den das schöne friedliche Tal ihm jetzt bedrückend öde erschien.

Er legte die Bücher und seine Zeichnungen ins Köfferchen und verabschiedete sich. Auf dem Weg zum Bahnhof blieb er am Seeufer stehen. Im Anblick des Floßes, das zwei Wochen vorher ein Freudenspender gewesen und jetzt ein schmutziggraues Ungetüm war, packte ihn die dunkle Angst des Abergläubischen, der den Tod eines Angehörigen vorauszufühlen glaubt. ›Aber die Freunde hätten es mir ja mitgeteilt, wenn ihr etwas geschehen wäre!‹ Er fragte sich zum tausendsten Mal, warum sie nicht zurückgekommen war. Er fand keine Erklärung. Im Zug wurde ihm leichter. In zwei Stunden ist er bei ihr.

Sie war nicht in ihrem Atelier, auch nicht während der Nacht. Die Freunde sagten, sie wüßten nichts. Er sah ihnen an, daß sie etwas wußten. Den folgenden Morgen wartete er vergebens in der Malschule. Um Mitternacht ging er zum letztenmal ins Café Stefanie. Sie saß neben dem Büfett, mit Doktor Kreuz.

Sophie preßte in einer Art Schuldgefühl die Lippen abweisend zusammen, als er an den Tisch trat. Der Doktor blickte nur kurz auf und drehte weiter an seiner Zigarette, halb Tabak, halb Tee.

»Was ist? Warum bist du denn nicht gekommen, Sophie? Was ist?«

Der Doktor antwortete für sie, ohne von der noch nicht geklebten Zigarette aufzublicken: »Das werde ich Ihnen später einmal erklären.«

Michael, der bis zu dieser Sekunde Eifersuchtsqual nicht gekannt hatte, schlug das Herz plötzlich im Hals. Die Frage kam von selbst. »Wo warst du denn in der vergangenen Nacht?«

Da sah der Doktor Sophie an, nickte fragend und

schnellte hoch. Sie ging mit ihm hinaus. Michael hatte ihren Blick nicht mehr erreicht. Er war gelähmt. Der Hieb hatte einen Ahnungslosen getroffen. Er fühlte die unbeschränkte Macht des Doktors über Sophie und mußte erleben, daß Machtlosigkeit dem anderen gegenüber die Eifersucht ins Ungemessene steigert. Er konnte sich nicht einmal mehr fragen, ob Grund dazu vorliege, Eifersuchtsqual hatte alles weggeschwemmt.

Fritz, ein wenig angetrunken, kam an den Tisch, mit Spela, und sagte breit lächelnd: »Jetzt weißt du es ja. Der Doktor wollte nicht, daß wir es dir sagen. Wenn er Sophie analysiert hat, gibt er sie dir zurück.«

Aber der Doktor – er war in den zwei Wochen fortwährend mit Sophie zusammen gewesen, Tag und Nacht – hatte durch die Analyse schon ermittelt, daß die Beziehung zwischen Michael und Sophie eine Komplexbeziehung sei, die zu Sophies Seelenheil radikal abgebrochen werden müsse. Den folgenden Tag begegneten sie Michael auf der Straße und gingen an ihm vorbei wie an Luft.

Erst nach vielen Wochen sah er Sophie wieder, als er, wie bisher jeden Tag und jede Nacht, gepeinigt von Eifersucht vor ihrem Haus wartete, in der Hoffnung, einmal allein mit ihr sprechen zu können. Gegen elf Uhr abends kam sie aufs Haus zu, Arm in Arm mit Fritz.

Doktor Kreuz, für den Eifersucht ein Komplex war, hatte eine radikale Umgruppierung vorgenommen. Er hatte seiner Frau, die er liebte und verehrte, den Schweizer Anarchisten zugeteilt, der jungen Witwe Spela den Russen, dadurch war Fritz frei geworden, der ihm auf Grund der Ergebnisse der Analyse als der brauchbarste Partner für Sophie erschien.

Michael vertrat ihr den Weg. Er möchte allein mit ihr sprechen. Sophie versuchte weiterzugehen. Sie habe nichts mehr mit ihm zu sprechen. Fritz grinste verlegen, als wüßte er nicht recht, wie er zu seinem Glück gekommen sei. In Michael schoß unbeherrschbarer Zorn hoch. »Lach nicht, gottverdammter Idiot ...! Bitte, komm mit mir, Sophie.«

Erst jetzt, da sie durch eine Bewegung ins helle Licht der Bogenlampe kam, sah er sie deutlich. Er suchte betroffen das Gesicht, das er gekannt hatte. Gleich einem neu aufgestockten Haus, das nun ganz anders aussieht, obwohl es im Hauptteil noch dasselbe Haus ist, sah ihr Gesicht, obwohl es noch dieselbe Form hatte, ganz anders aus durch den neuen, fremden Ausdruck, hart und gespannt – als hätte sie sich über alle Bedenken hinweg entschlossen, von nun an anders zu leben, als Frau anders zu sein, als sie war. Michael fühlte den fremden Willen in ihr und glaubte erschauernd das fanatische Gesicht des Doktors in ihrem zu sehen. Sie war nicht mehr sie. Als sie ein Wort hervorstieß, das der Doktor oftmals gebrauchte – er sei konstelliert –, gab er den Weg frei, machtlos und verzweifelt. Fritz folgte ihr ins Haus.

Michael stand gegenüber. Er sah, wie das nachtdunkle Atelierfenster aufleuchtete. Die Turmuhr schlug elf. Er starrte hinauf – eingereiht in die lange Reihe der Abgewiesenen, die den anderen bei der Geliebten wissen und noch qualvoll hoffen, daß das Fenster vielleicht doch nicht dunkel werden würde.

Das Fenster wurde dunkel. Michael war schon als Knabe aus der harten Wirklichkeit seiner Jugend in Wunschvorstellungen geflüchtet. Seine ungewöhnliche Vorstellungskraft hatte ihm Stunden gestohlenen Glücks beschert. Jetzt stürzte ihn die Vorstellungskraft in reißende Qual. Er hatte viele Nächte mit Sophie auf der schmalen Ottomane geruht, ihren Kopf an seiner Brust, er kannte Sophie. Jetzt legte er Fritz zu ihr.

Es war zuviel für Michael. Er hatte durch Sophie das erste Mal in seinem Leben das Licht gesehen, das Mann und Frau verbindet. Er glaubte, nicht mehr weiter zu können. Qual und die Zwillingsschwestern Machtlosigkeit und Haß erfüllten und beherrschten ihn. Sein Haß richtete sich gegen den Doktor, der trennend in sein und Sophies Leben eingegriffen hatte. Der Entschluß, den Doktor niederzuschießen, entstand von selbst, und von der Sekunde an existierte nichts anderes mehr. Auf dem Heimweg war Michael nur noch das Werkzeug, den Doktor zu töten.

Henry besaß einen Revolver, er schoß gern und ging hin und wieder hinaus auf die Felder und zielte auf alte Konservenbüchsen. Den folgenden Tag gegen zwölf Uhr drückte Michael auf den Klingelknopf an Doktor Kreuz' Tür. Als das Dienstmädchen sagte, der Doktor sei diesen Morgen abgereist, hatte Michael das substanzlose Gefühl, zu grauer Luft geworden zu sein.

Der Doktor war mit Sophie und Fritz auf die Insel Helgoland gefahren. In späteren Jahren fragte Michael sich oftmals, wie sein Leben sich gestaltet haben würde, wenn der Doktor an jenem Mittag in der Wohnung gewesen wäre.

Michael konnte den nächsten Schritt ins Leben tun, er war fünfundzwanzig. Er versuchte Tag für Tag, die qualvollen Vorstellungen, die in die Arbeit eingriffen, mit Arbeit zu ersticken, bis er abends vor Übermüdung den Zeichenstift nicht mehr führen konnte. In den Nächten griffen die Vorstellungen ungehindert nach ihm. In einem seiner Träume modellierte er Sophies Kopf und Körper und nahm die lebensgroße künstlich erwärmte Figur zu sich ins Bett. Nach dem Erwachen fragte er sich, noch im Banne, ob er seine Traumillusion verwirklichen könne.

Michael hatte sich das Ziel gesetzt, sechs figürliche Kompositionen zu zeichnen, die er als Mappenwerk herausgeben wollte. Er mußte sich seinen Wert beweisen, Sophies wegen. Sein technisches Können reichte nicht annähernd aus, das innere Bild, das er von den Mädchengestalten hatte, aufs Papier zu bringen. Er machte von jedem Blatt Dutzende Entwürfe, jeden Entwurf halb ausgeführt. Durch rastloses Zeichnen lernte er allmählich, besser zu zeichnen, was er innerlich sah. Es war ein fortgesetzter Energieakt, der sich über ein ganzes Jahr erstreckte.

Im Winter 1908 nahm er an einer Sitzung teil, im Hinterzimmer einer Gastwirtschaft. An einem schmutzigen Biertisch saßen acht Maler, präsidiert von Kandinsky. An jenem Abend wurde die Gruppe »Der Blaue Reiter« gegründet. Während die anderen über abstrakte Malerei diskutierten, zeichnete Michael die Kellnerin. Kandinsky – er hatte einen Vollbart – hielt das für ungehörig und sagte es. Michael, der zwei Dinge gleichzeitig tun konnte, zeichnen und zuhören, empfand die Rüge als schullehrerhaft. Er lehnte sich zurück, nicht mehr interessiert. Es ging ihm nicht in den Kopf, daß es auf der Welt einen Platz geben könnte, wo Zeichnen ungehörig wäre.

Auf dem Heimweg begleitete ihn der Maler X, der einer reichen Familie im Ruhrgebiet entstammte und selbst reich war. Michael sprach von seiner Arbeit und fragte ihn, ob er die Blätter ansehen wolle.

Er hatte versucht, mit sparsamsten Mitteln und unter Weglassung jeder nicht unbedingt nötigen Einzelheit, Visionen zu gestalten, die ohne sein Zutun während der Beethoven-Konzerte in ihm entstanden waren. Es waren fremdartige Mädchen, von innen her beschattet und verloren.

Der Maler X erwähnte erstaunt Gauguin. Michael kannte nichts von Gauguin. Seine Mädchen am Meeresstrand, in Haltung und Ausdruck inspiriert durch Beethovensche Musik, waren Sophie, sein Leid und seine Trauer durch Sophie.

Herr X kaufte ein Blatt für fünfhundert Mark und empfahl Michael dem Inhaber des Delphin-Verlages, der die Blätter einige Monate später in Sechsfarbendruck als Mappenwerk herausbrachte, unter dem Titel »Fremde Mädchen am Meer«.

Der Erfolg hatte auf Michael nicht die Wirkung, die zu erwarten gewesen wäre. Er hatte sich am Ende des schweren Arbeitsjahres gesagt, seine Begabung reiche nicht aus, ein besonderer Maler zu werden. Er hatte das unabweisbare Gefühl, daß Malen für ihn nicht das Medium sei, sich auszudrücken. Er zeichnete keinen Strich mehr.

Was er jetzt tun und mit sich anfangen sollte, wußte er nicht. Er wurde von Unruhe umhergetrieben und spürte wieder denselben Druck unter dem Brustbein wie vor Jahren als Schlossergeselle, der am Schraubstock vergebens darüber nachgegrübelt hatte, was er werden könnte. Er lebte mit dem ungeklärten Tumult in sich ziellos dahin.

In dieser Zeit sah er im Vorübergehen hin und wieder Sophie, immer mit Doktor Kreuz. Nichts zuckte in ihm. Der Hieb war vernarbt. Sein Leid durch Sophie war in den Blättern des Mappenwerks.

Das letzte Mal, zwei Jahre nach der Trennung von Sophie, sah er die beiden in der Halle des Münchener Hauptbahnhofes. Er wollte nach Berlin und hatte sich nach der

Abfahrtszeit des Berliner Nachtschnellzuges erkundigt. Sophie und der Doktor waren nur ein paar Schritt von ihm entfernt. Sophies Anblick entsetzte ihn, er glaubte nicht, was seine Augen sahen. Haar und Kleid waren verschmutzt, als hätte sie seit Wochen im Freien geschlafen. Das verfallene Wachsgesicht war das einer Toten, die unbegreiflicherweise noch atmete.

Der Doktor schnupfte Kokain vor den Reisenden, die neben und vor ihm standen, und schon Minuten danach wieder, er hatte keine Selbstkontrolle mehr. Auf seinem zerknüllten Hemdkragen waren Blutflecke. Aus den angefressenen Nasenlöchern rann eine eitrige blutige Flüssigkeit. Beide sahen Michael und sahen ihn nicht, die Umwelt existierte nicht mehr.

Fragende Blicke folgten ihnen, als sie auf dem Bahnsteig zum Schweizer Zug gingen. Die Reise nach Ascona am Lago Maggiore war nicht einmal mehr ein letzter Rettungsversuch; sie war nur ein in Tun umgesetzter momentaner Gedanke, sie hatten keinerlei Gepäck. Sie flüchteten hoffnungslos vor sich selber und nahmen die Hoffnungslosigkeit mit, wohin sie flüchteten.

Den folgenden Tag waren sie in Ascona und noch im Münchener Hauptbahnhof. Es war dasselbe. Es gab keinen Ortswechsel. Es gab kein Wohin mehr. Am sonnigen Ufer des Lago Maggiore spazierte Johannes Wohl, die Hand auf der Schulter eines italienischen Knaben, dem er weiße Blüten ins Haar gesteckt hatte. Die zwei Verstoßenen sahen Wohl und sahen ihn nicht. Vorüber.

Sie verbrachten die erste und letzte Nacht in einer Trattoria am See. Sie gingen nicht zu Bett. Im Zimmer brannten zwei Kerzen. Fernher tönte Gesang italienischer Burschen.

Er verklang. Dorf und Tal waren nachtstill, traumblau die Berge, zwischen denen der See liegt, eine glänzende Silberplatte.

Der Doktor schnupfte Kokain und sprach zwischendurch in losen abgehackten Sätzen ohne Anfang und ohne Ende lallend von indischer Philosophie, von ewiger Wiederkunft – daß der Mensch, eine verfluchte Kreatur, die Sexualkomplexe vielleicht schon in seinen früheren Daseinsformen, als Raubkatze, als Hund, erworben und sie durch alle Verwandlungen in sich getragen habe.

Sie lehnte an der Wand. Sophie war die bevorzugte Schülerin des Professors Nämlich gewesen, der viel verlangt und selten jemand gelobt hatte. Michael hatte sich von Beginn an eingestanden, daß sie unvergleichlich begabter war als er. Es hatte nichts mehr bedeutet. Wichtig allein war die Theorie zur Befreiung der Menschheit gewesen. Der Doktor hatte ihr alles genommen – auch eine Frau war sie nicht mehr – und ihr dafür nicht die vierzig Quadratzentimeter neuen Bodens zu geben vermocht, auf dem sie hätte stehen können. Und ein Zurück gab es nicht. »Wer einmal herausgetreten ist aus dem Wald, kann nie mehr zurück in den Wald«, hatte der Doktor zu ihr gesagt, als sie vor einem Jahr, schon hoffnungslos, auf dem Sprung zurück gewesen war.

Er hing im Sessel vornüber. Der Mund stand offen. Von der dicken, nassen Unterlippe, die auf das schwächliche Kinn hing, zog ein Speichelfaden hinunter, länger werdend, bis zum Boden, und riß. Als er den Blick hob und ihr das Morphium hinhielt, entstand, während er fragend nickte, ein unsäglich grauenvolles Lächeln.

Da war in ihrem wächsernen Gesicht das letzte Mal der

Ausdruck mutiger Bereitschaft und diesmal zugleich grenzenloser Verachtung. Sie nahm das Morphium. Der Doktor eilte mit langen Fluchtschritten aus dem Zimmer.

Sophie war eines der ersten Opfer der angewandten Erkenntnisse Sigmund Freuds, der das Gesicht der Welt verändert hat. Sie wurde in Locarno beerdigt. Niemand stand am Grabe. Der Doktor ging bald danach am Kokain zugrund.

Michael erfuhr die Nachricht einige Tage später durch Johannes Wohl im Café Stefanie. Es wurde ihm kalt. Den folgenden Abend fuhr er nach Berlin. Er war auf einer höheren Ebene so unklar über sich wie vor fünf Jahren als Schlosser am Schraubstock.

III

Berlin ist flach, und es ist breit. Jemand, der im Wagen aus Berlin hinausfährt, könnte glauben, es ende nie. Es geht immer noch weiter und immer wieder noch weiter hinaus, bis Berlin schließlich und endlich doch schwach wird und durch Villen noch lose verbunden übergeht in Vororte, zwischen denen die schönen Seen liegen – alles flach, bis zum Meer, dessen starker Geruch in den Sommernächten hereinzieht, die Luft erneuert und Berlins Klima zum erfrischendsten, gesündesten aller Weltstädte macht.

In Berlin wurde vorbildlich Theater gespielt. Symphoniekonzerte und die Oper waren mit Recht berühmt. Es gab waghalsige Verleger, Kunsthändler und Theaterdirektoren. Selbst die Arbeiten der stürmischsten Neuerer erreichten die Öffentlichkeit. Der junge Schauspieler, die junge Schauspielerin, jeder und jede, die etwas konnten, bekamen die

Chance, zu zeigen, was sie konnten, und in den lodernden Kampfzeitschriften der Jungen wurde nichts respektiert. Die Weltstadt Berlin war offen für neue, zukunftsträchtige Kunst und Literatur in der Welt. Berlin nahm auf und gab. Nerv und Geist der Stadt waren elektrisiert. Das Leben war elektrisiert.

Das war Berlin, als Michael im Herbst 1910 am Anhalter Bahnhof aus dem Zuge stieg. Er fuhr nach dem Westen und nahm in der Joachimsthaler Straße ein Zimmer, das acht Mark im Tag kostete, beträchtlich mehr in einem Monat, als er in München in vier Jahren Miete bezahlt hatte. Nach ein paar Tagen nahm er ein Zimmer in der Schaperstraße, für fünfzehn Mark im Monat, die vorausbezahlt werden mußten, was er in der Überraschung indigniert und widerwillig tat. Er fand das Vorausbezahlen abstoßend. In Berlin schien das Leben nicht so warm und familiär behaglich zu sein wie in der Malerstadt München. Da mußte man also irgendwelche bisher unbenutzte Muskeln anspannen und sich auf einiges gefaßt machen.

In dieser Stimmung ging er das erste Mal ins Café des Westens, das er erst fünf Jahre später wieder auf längere Zeit verließ. Es war elf Uhr morgens. Nur ein paar Zeitungsleser waren da, und die Kellner trugen Fräcke. ›Alles anders‹, dachte er.

Der Dichter Rudolf Johannes Schmid hatte ein Glas Pilsner vor sich stehen. Obwohl an seinem Tisch auch an der Wand Stühle standen, von denen aus er das Lokal hätte überblicken können, saß er mit dem Gesicht zur Wand. Zwischendurch hob er die Hand gestikulierend über den Kopf hoch und erklärte laut einem imaginären Partner, daß die Welt toll und der Planet verpfuscht sei.

Er ging langsam durchs Lokal, umherblickend wie im Wald verirrt, nahm eine Zeitung in die Hand und sah hinein, offensichtlich ganz uninteressiert, jedoch ernsthaft wie ein Kind, das noch nicht lesen kann und tut, als könnte es.

»Pardon, mein Name ist Schmid, Rudolf Johannes Schmid. Pardon, Bruder!« Er setzte sich, stützte das Kinn auf den Knöchel des Zeigefingers und sagte lächelnd: »Du könntest ein Dichter sein, Bruder, ich sehe es dir an, es ist in deinen Augen.«

Michael wurde zum Beweis dafür, daß nie mehr endende Sympathie in der ersten Sekunde entstehen kann. »Ich bin gar nichts.«

»Bravo, Bruder! Ich wußte es – ein Dichter!«

Sie blieben den ganzen Tag zusammen und noch die halbe Nacht, bis Schmid, während Michael gegen drei Uhr morgens bei einem Straßenhändler Unter den Linden Zigaretten kaufte, auf einen Mann zutrat, den er nur flüchtig kannte. Der Regung der Sekunde ohne weiteres folgend, ging er mit dem neuen Gesprächspartner in das Nachtcafé an der Ecke.

Er war egozentrisch wie ein Kreisel, der sich noch im Totlaufen schwankend um sich selbst dreht. Sein Reisepaß durchs Leben bestand aus der Begeisterung über Sätze, die er selbst geschrieben hatte, und über Cervantes' Don Quijote, der er selbst war.

Schmid war deutscher Abstammung und von einem Schweizer Hauslehrer aus St. Gallen in der deutschen Kulturtradition erzogen worden, in Argentinien, wo die Eltern einen Besitz hatten, so groß wie Württemberg. Sein Vater schickte ihm monatlich zweitausend Mark, die ihm in den ersten Tagen jedes Monats aus den Händen rannen.

Michael lebte wie das letzte Jahr in München ziellos dahin, von Unruhe umhergetrieben und beständig angefallen von den Bestien seelischer Unsicherheit. Er war so übermäßig reizbar, daß ein harmloser Blick ihn außer Fassung bringen konnte. Die kleinste Ungerechtigkeit ihm oder anderen gegenüber, oft nur in seiner Einbildung, versetzte ihn in Raserei.

Einmal wurde er beinahe verhaftet. Er wollte an die Mutter, die ihm in der Münchener Zeit pünktlich jeden Ersten drei Zehnpfennigmarken geschickt hatte – die kleinste Monatsrente der Welt –, einen Brief absenden und war auf das Postamt in der Uhlandstraße gegangen, um die Marke zu kaufen. Der Beamte hinter dem Schalter schrie die kleinen Leute an, ließ sie warten, als wären sie Bittsteller, und schrie zwischendurch jeden an, der etwas zu fragen wagte. Der Kastengeist, der im Kaiserreich das Rückgrat selbst des kleinsten Beamten steifte, hatte auf Michael immer wie Gift gewirkt. Er explodierte und riß brüllend die erbitterten Leute mit. Im Postamt brach Revolution aus. Ein Schutzmann, aus dem Nichts erschienen, drohte Michael mit Verhaftung wegen Ruhestörung.

Er ging die Uhlandstraße hinauf, Richtung Kurfürstendamm, noch empört über sich selbst, weil er nicht auch den Schutzmann angebrüllt hatte. Nein, das Maul hat er gehalten und seine Wut hinuntergefressen. Wie ein verprügelter Hund, der er ist, hat er sich verkrochen, um nicht verhaftet zu werden. Ah, verächtlicher Scheißkerl!

Es war ein wunderbarer Frühlingsmorgen. Die Luft roch nach dem Meer. Auf dem breiten, sonnigen Kurfürstendamm, wo es im Jahre 1911 noch keine Ladengeschäfte gab, waren nur ein paar Spaziergänger. Der Asphalt war blitzsauber, als läge ein asphaltgrauer Teppich den ganzen Kurfürstendamm hinunter, entlang den Prunkpalästen der Gründerzeit, mit den prunkhaften Aufgängen »Nur für Herrschaften« und den marmorierten Herkulessen aus Gips, die Balkone nur scheinbar stützten.

Das Hupensignal der kaiserlichen Familie ertönte, das Auto raste in mörderischem Tempo an Michael vorbei, Richtung Potsdam, die Spaziergänger rissen die Hüte herunter und standen in Habt-acht-Stellung. ›Lauter Postbeamte‹, dachte Michael und fragte giftig lächelnd einen alten Herrn, der noch straff wie ein Pfosten stand, den Hut am Schenkel, ob der Herr Oberpostsekretär oder vielleicht gar ein Feldwebel vorbeigefahren sei.

Ende Mai besaß Michael nichts mehr von den fünfhundert Mark, die er für seine Zeichnung bekommen hatte. Er war schon eine Monatsmiete schuldig. Am ersten Juni legte er seine Siebensachen in den prachtvollen Rindslederkoffer mit Nickelverschlüssen und dicken Lederecken, den er in München für hundertdreißig Mark gekauft hatte, und sagte zur Wirtin, er ziehe um. Die Miete werde er später bezahlen. Er mußte den Koffer als Pfand zurücklassen und stand Sekunden später auf der Straße, ohne Pfennig, ohne Sachen, ohne Obdach. Berlin war reich. Aber es war schwer, der reichen Stadt Berlin eine Mark herauszureißen.

In dieser Nacht hatte er einen Angsttraum. Er sitzt, zehn Jahre alt und schon erwachsen zugleich, wieder allein in der letzten Bank. Der Lehrer Dürr ruft ihn auf, zur Belustigung der Klasse, und fragt ihn, erwartungsvoll grausam lächelnd, ob er sich einen nackten Neger auf einem weißen Pferd und daneben einen nackten Weißen auf einem schwarzen Pferd gleichzeitig vorstellen könne. Michael entgegnet, stotternd vor Angst, er sei ja jetzt achtundzwanzig Jahre alt. Die Klasse bricht in Gelächter aus.

In derselben Sekunde schlug der Angsttraum um in den schönsten Traum seines Lebens. Er schwimmt vom Meeresufer aus hinaus, er spürt bei jedem Stoß die Kraft seiner Glieder und wohlig den Anschlag des Wassers an die Schultern. Er schwimmt über das Meer, das in der Sonne glänzt. Möwen begleiten ihn. Vor ihm erscheint eine Insel. Unter einem Busch mit riesigen exotischen Hängeblüten steht ein schmales, nacktes Inselmädchen. Sie erwartet ihn. Er spürt mit den Zehen den weichen Sandboden und richtet sich auf. Sie hebt zum Gruße langsam den Arm. Er wischt mit beiden Händen das Wasser aus dem Gesicht, will ans Ufer waten, zu ihr hin, und erwachte – auf der Bank im Tiergarten, auf der er die Nacht geschlafen hatte.

Er wischte, noch im Erwachen, mit beiden Händen das Wasser aus dem Gesicht, es regnete in Strömen, er war bis auf die Haut durchnäßt. Noch während er sich fragte, wie das möglich sei, daß er gerade jetzt, in der verzweiflungsvollsten Lage, einen so wunderbaren Traum haben konnte, ließ er sich hoffnungslos wieder auf die Bank sinken. Das also ist aus ihm geworden – ein obdachloser Vagabund, der nichts ist und nirgends hingehört und nie etwas sein wird. Der Lehrer Dürr hat es ihm prophezeit. Er schloß die Augen und blieb im Regen liegen. Alles ganz gleich.

Da schickte ihm das unerforschliche menschliche Gemüt ein blumengeschmücktes Rettungsboot. Wie der Angsttraum von einer Sekunde zur nächsten umgeschlagen war in den schönen Traum, schlugen Selbstverachtung und Hoffnungslosigkeit um in grenzenlosen Größenwahn. Die Mauer zwischen ihm und ihm war verschwunden. Er ist der

Größte von allen. Er könnte die Welt beherrschen, wenn er wollte. Ha, gar kein Zweifel! Wenn es ihm gefällt, stürzt er Kaiser Wilhelm und wird Präsident der Republik Deutschland. Aber das ist ihm nicht genug. Er wird ein Künstler sein, wie es noch keinen gegeben hat, größer als Beethoven und Goethe zusammen. Den Nobelpreis wird er sechsmal hintereinander bekommen.

Michaels nützlicher, hilfreicher Größenwahn, ohne den er, wie er sich im späteren Leben sagte, aufgegeben haben würde und zugrund gegangen wäre, hielt jahrelang an.

Die Schuhe, in deren Sohlen und Oberleder Löcher und Risse waren, knatschten vor Nässe und trieben Wasserblasen, als er in den Wartesaal des Bahnhofs Zoologischer Garten ging, wo er bleiben wollte, bis der Anzug getrocknet war. Am Büfett stand ein Freund von Schmid, namens Rören, der in einer untergeordneten Stellung im Auswärtigen Amt arbeitete, mit einem blassen Dienstmädchen verheiratet war und eine riesige Kiste voll Romane geschrieben hatte, die nie gedruckt wurden. Michael pumpte ihn um eine Mark an und überzeugte ihn im Laufe einer halben Stunde über jeden Zweifel hinaus, daß ein Genie sich die Mark gepumpt hatte.

Haut und Anzug waren noch feucht, als er ins Café des Westens kam. Das feuchte Haar war zurückgekämmt, tadellos glatt wie vom Friseur. Das magere Gesicht war glatt wie Säuglingshaut. Die Riesenaugen glänzten.

Ein paar Tische entfernt saß eine junge Frau. Schulterlanges dunkelbraunes Haar, mit einem schimmernden Kupferglanz, umrahmte, über den Hals vorfallend, ein weiches, gleichmäßig elfenbeinweiß getöntes Gesicht, das kein Rot erlaubte und nicht erröten konnte. Der Blick jedes Menschen, der es ansah, mußte von den Augen herabgleiten zu ihrem Mund, es war, als ob die Augen, die von klar und eckig geschnittenen Lidern gehalten wurden wie zwei dunkle Steine von der Goldfassung, sich bescheiden zurückzögen zugunsten dieses großen, schönen Frauenmundes. Michael sah auch die dünnen Finger. Aber tiefer als alles ergriff ihn ihr Gesichtsausdruck, den nur ein empfindsames Herz verleihen konnte.

In Michael war ein Gefühl entstanden, das er bisher nicht gekannt hatte. Es war nicht Glück und nicht Leid. Dort saß die Lebensgefährtin. Es war die Wahl, die ein Geheimnis ist.

Er schoß einen Blick hinüber und hielt ihren Blick fest, sekundenlang, bis ihre langbewimperten Lider flatterten. Sie sah an Michael vorbei und tat, als hätte sie ihn nicht bemerkt. Aber er mußte unverwandt hinübersehen und erzwang wieder und wieder ihren Blick. Als sie aufstand und hinausging, sah er, daß sie so groß war wie er. Sie hielt sich schlecht und ging sehr langsam an den eisernen Gartenzäunen entlang.

Michael folgte ihr. »Ich muß Sie kennenlernen. Darf ich mitgehen?«

Sie nickte, ohne ihn anzusehen. Das kleine Lächeln der Frau, die sich begehrt weiß, verging sofort wieder. Sie sagte: »Ich bin krank und muß deshalb langsam gehen.« Vor Schwäche umklammerte sie plötzlich seinen Arm. »Ihr Anzug ist ja ganz feucht.«

»Ja, ich habe heute nacht im Tiergarten geschlafen. Hab kein Zimmer und kein Geld. Aber das wird anders werden. Ganz anders! Haben Sie Schmerzen? Was fehlt Ihnen?«

»Oh, ein Frauenleiden.«

»Ach … Pflegt Sie jemand? Ich könnte Sie pflegen. Das

wäre wunderbar, nicht? Ich meine – für mich.« Da sah er wieder das winzige Lächeln, das so schnell verging, wie es entstanden war.

Ihre Wohnung war in Halensee. Lisa stieg vor ihm mühsam die Treppe hinauf. Michael, der sich seit ein paar Stunden Beethoven und Goethe ebenbürtig fühlte, bezweifelte nicht eine Sekunde, daß Lisa seine Frau werden würde. Er riß in einem stundenlangen Gespräch alles Unkraut aus dem Garten. Um Mitternacht deutete Lisa, die auch einen obdachlosen Einbrecher nicht aus dem Haus gewiesen haben würde, auf das Kanapee und sagte: »Hier können Sie schlafen, wenn Sie wollen.« Er wollte.

Den folgenden Tag fand Michael in Halensee ein möbliertes Zimmer, nur Minuten von Lisas Wohnung entfernt. Es war ein Parterrezimmerchen mit eigenem Eingang von der Straße aus. Er schrieb Lisa: »Entscheide Dich. Wenn Du mich willst, mich, fürs ganze Leben, kommst Du morgen nachmittag um vier Uhr zu mir.« Er hatte bei einem Straßenhändler für zwanzig Pfennige Rosen gekauft.

Sie kam. Sie preßte ängstlich die Lippen zusammen. Er sagte: »Die Wirtin ist taub.« Sie war taub. Und er war wahnsinnig vor Glück.

Lisa war achtundzwanzig, wie er, und zehn Jahre älter als ihr Michael, der die Decke zurückriß und die dunkelroten Rosenblätter auf das weiße Bettuch streute.

Vier Wochen später heirateten sie. Rören und seine blasse Frau waren die Trauzeugen. Michael trug Wadenstrümpfe und Knickerbockers. Der Standesbeamte wollte unbedingt den Zeugen Rören, der einen eleganten Cutaway und gestreifte Hosen trug, mit Lisa verheiraten. Das Hochzeitsmahl, eine Mark zehn die Person, aßen die vier in einer Wirtschaft am Savignyplatz, im verstaubten Vorgärtchen. Michael bezahlte mit den fünf Mark, die er auf dem Weg zum Standesamt von seinem Trauzeugen Rören gepumpt hatte.

Vor dem ersten Weltkrieg gab es im Westen Berlins Hunderte neuerbaute Häuser und viel mehr neue Wohnungen als Mieter. Man konnte ohne weiteres eine sogenannte Trockenwohnung bekommen, ein Vierteljahr mietefrei. Nachdem die Feuchtigkeit der Wände sich in Rheumatismus verwandelt hatte, mußte man Miete bezahlen oder ausziehen.

Lisa und Michael richteten ihre Trockenwohnung – »mit allem Komfort« – sehr schön ein mit Möbeln auf Abschlagszahlung, acht Mark im Monat. Michael ließ zum Entsetzen des Hausbesitzers die schreiende Blumentapete mit der Rückseite nach vorne kleben, es war ein schönes einfarbiges Blaßlila. Die Böden waren hellgrau gestrichen. Neben Lisas Schlafzimmer – weiße Schleiflackmöbel – war das Bad mit halb in den Boden eingelassener Wanne und verkachelten Wänden, alles weiß, alles blitzsauber. Sie hätten tatsächlich auf dem Boden essen können, wenn etwas zum Essen im Hause gewesen wäre oder Geld, etwas zu kaufen – Michael hatte mit den wieder einmal letzten dreißig Pfennigen Fichtennadelextrakt gekauft für Lisas erstes Bad in der neuen Wohnung.

Eines Abends trat er zu Lisa ans Bett und sagte: »Ich schreibe einen Roman.« Er preßte dabei unwillkürlich die Fingerspitzen auf die Brust, als zwinge ihn dieser Druck unter dem Brustbein, den Roman zu schreiben.

Lisas lang bewimperte Lider flatterten. »Einen Roman?« Aber sie sah, daß er entflammt war und sich bemühte, überlegen ruhig zu erscheinen. Sie streute keine Asche. Und abzuhalten wäre er ja sowieso nicht. Er nicht. Er muß leider von sich aus dahinterkommen, daß man sich nicht einfach hinsetzen und einen Roman schreiben kann. Das wird eine schwere Enttäuschung für ihn werden. Aber was weiß man bei ihm? Was weiß man? Und ein Energiebündel ist er ja auch. Sie sagte vorsichtig: »Du kannst es ja einmal versuchen.« Lisa war eine kluge Frau, und sie liebte Michael.

Die Sehnsucht, schreiben zu können und sagen, was er zu sagen hatte, die ihn seit einiger Zeit quälte, war nachts im Traum erfüllt worden. Er hatte im Traum den Roman, seine schweren Erlebnisse in der Schule, an den Himmel über Würzburg geschrieben. Der ganze Himmel, vollgekritzelt, war von der Tinte schwarz gewesen – eine riesige Gewitterwolke –, und die tausend plötzlich herabzuckenden Blitze hatten die Stadt Würzburg zerstört. Ganz Würzburg mitsamt dem Lehrer Dürr war in Flammen aufgegangen. Aber der Druck in der Brust war verschwunden gewesen. Nicht einmal mehr Annoncen hatten in den Zeitungen gestanden, nur Besprechungen, von der ersten bis zur letzten Seite, über Michaels sensationellen Flammenroman.

Bei der Wohnungseinrichtung war kein Tisch für Michaels Zimmer gewesen. Ein Journalist hatte ihm einen alten Eichenholztisch geschenkt, dessen geschwungene Beine unterhalb der Platte gebrochen, geleimt, wieder gebrochen und mit Schnur zusammengehalten waren, alle vier. Der quadratische Tisch paßte genau in die Ecke und bekam Halt durch die Rechtswand und die Stirnwand. Links vom Tisch war das Fenster. Da durch das Fenster zuviel von der Außenwelt hereinkam, für Michaels Gefühl, nagelte er eine Pappendeckelwand an die linke Seite des Tisches.

Er knipste das Schreiblämpchen an, trat zurück, betrachtete verzückt den jetzt von der Außenwelt abgeschlossenen stillen Arbeitsplatz und setzte sich vor den warm beleuchteten Kanzleibogen und vor den Roman in seiner Brust.

Beginnen wollte er mit der Schilderung der alten Mainbrücke in Würzburg zu einer bestimmten Minute – die Bürger, das Licht, den Geruch, die Geräusche, das Läuten der dreißig Kirchenglocken zum Abendgottesdienst und eine Abteilung verstaubter Infanteristen, die über die Brücke marschiert. Er sah und hörte alles deutlich und brauchte es ja nur so zu schreiben, daß auch der Leser alles deutlich sehe und höre.

Aber er sah das innere Bild unvergleichlich schärfer, als er es mit Worten wiederzugeben vermochte. Außerdem zerfiel der Satz jedesmal und wurde immer wieder ein Wörterhaufen, aus dem der Satz wieder neu gebaut werden mußte.

Er schrieb die ganze Nacht. Ein Vogel begann zu zwitschern. Das graue Morgenlicht schlich herein. Als er im Bett lag, krabbelten Wortameisen aufgestört in seinem Gehirn umher.

Michael arbeitete wochenlang am ersten Satz. Und dann entdeckte er, daß der zweite Satz mit dem ersten und dem dritten in vielfachem Zusammenhang stehen mußte, auf eine geheimnisvolle Weise, für die nicht extra Wörter geschrieben werden durften. Auch dürfe er nur das Allerwichtigste hinschreiben, sonst würde ja die Schilderung dieser Minute auf der Brücke fünfzig Seiten lang.

Er arbeitete drei Monate jeden Tag bis tief in die Nacht an der ersten halben Seite. Eines Morgens war er endlich zufrieden. Er lehnte sich zurück und las laut:

Plötzlich rollten die Fuhrwerke unhörbar auf dem holprigen Pflaster, die Bürger gestikulierten, ihre Lippen bewegten sich – man hörte keinen Laut, Luft und Häuser zitterten, denn die dreißig Kirchturmglocken von Würzburg läuteten dröhnend zusammen zum Samstagabendgottesdienst, und aus allen heraus tönte gewaltig und weittragend die große Glocke des Domes, behauptete sich bis zuletzt und verklang.

Die Unterhaltungen der Bürger und die Tritte einer Abteilung verstaubter Infanteristen, die über die alte Brücke marschierte, wurden wieder hörbar.

Über der Stadt lag Abendsonnenschein.

Ein roter Wolkenballen hing über der grauen Festung auf dem Gipfel, und im steil abfallenden königlichen Weinberg blitzten die Kopftücher der Winzerinnen – die Weinernte hatte begonnen.

Es roch nach Wasser, Teer und Weihrauch.

An dieser halben Seite hatte Michael unter zahllosen Verzweiflungsausbrüchen im Laufe dreier Monate schreiben gelernt. Er nahm sich vor, in derselben Weise weiterzuschreiben – daß der Leser sehe und höre, was er lese, dann nämlich müsse er glauben, was er lese. Begeistert schrieb er den Titel auf ein Blatt. Er nannte den Roman »Die Räuberbande«.

Da Lisa leidend war und liegen mußte, besorgte Michael auch den Haushalt. Er pflegte Lisa, kaufte ein, wenn Geld da war, kochte, spülte, räumte auf und setzte sich nach der Hausarbeit geladen an den Schreibtisch. Je mehr andere Dinge er zu tun habe, desto mehr und besser könne er arbeiten, der er noch begieriger danach werde und außerdem ja sowieso immer weiter arbeite an einem Satz, auch während er einkaufe und koche.

Hin und wieder ging er, den Kochlöffel, ein Ei, den Spüllappen noch in der Hand, zum Schreibtisch und ersetzte ein Wort durch ein anderes, das ihm in der Küche eingefallen war. Er arbeitete ununterbrochen an seinem Roman. In mancher Nacht stand er zehnmal wieder auf und notierte oder verbesserte einen Satz.

Eine Schwierigkeit war, daß er die dreißig Pfennige für den Fisch oder das Fleisch und die zehn Pfennige für die zehn Zigaretten täglich – die billigsten und längsten – meistens zuerst auftreiben mußte, bevor er einkaufen und kochen konnte. Oftmals kam er nach Stunden mit leeren Händen zurück, nur mit notierten Sätzen. Aber der Milchhändler gab Eier, Butter, Käse und Milch auf Kredit, einen ganzen Monat, und am Neunundzwanzigsten schon darüber nachzudenken, mit was er am Ersten die Rechnung bezahlen solle, wäre ja reiner Unsinn.

Am Schreibtisch zu sitzen und im Rücken zu fühlen, daß Lisa im Nebenzimmer lag, seiner Sorge und Pflege anvertraut, war ein gutes Gefühl.

Sie hört sein Lachen und wird schließlich davon angesteckt. Da aber sein Lachen nicht endet, glaubt sie, er sei verrückt geworden, schlüpft in den Morgenrock und geht hinüber. Er erzählt, was er soeben geschrieben hat. Die zwölfjährigen Räuber haben Trauben gestohlen im königlichen Weinberg und stehen vor dem Richter, der Old Shatterhand fragt: »Du elender winziger Frosch, unserem König hast du Trauben gestohlen, du winziger Frosch?« Old Shatterhand antwortet nur: »Ich wachse noch.«

Michael lachte und trauerte mit den Figuren der Tragikomödie des Lebens, die er schrieb. Es war eine schwere Zeit und die beglückendste seines bisherigen Lebens. Da war Lisa. Und wenn er glaubte, ein Satz, den er morgens geschrieben hatte, sei ihm gelungen, existierten selbst die dicksten Sorgen nicht mehr, der Tag war gerettet, er fühlte sich und strahlte, und da konnte der Milchhändler dem Glücks- und Kraftstrom, der von Michael ausging, nicht widerstehen und ließ sich überreden, einen Monat länger den Eiern Eier nachzuwerfen.

Lisa konnte erst nach Wochen wieder einmal mit ihm ins Café des Westens gehen. An dem Tisch, wo Schmid und seine Freunde saßen, war das Gespräch über Literatur schon im Gang. Zu jener Zeit gab es kein anderes Thema. Sie konnten die ganze Nacht über eine Verszeile streiten oder über die Bedeutung und Sprachgewalt eines Klassikers. Der Bau eines Prosasatzes war unvergleichlich wichtiger als der Bau eines neuen Panzerkreuzers oder der Bau einer strategischen Eisenbahn – Ereignisse, die in den Regierungskabinetten Europas politische Hochspannung verursachten und von den Schriftgelehrten im Café des Westens nicht einmal bemerkt wurden. Literatur war das unerschöpfliche Thema.

Sie sprachen von Gottfried Keller, den Schmid liebte und einige Abende vorher ein »Genie in Pantoffeln« genannt hatte. Der Journalist Emil Faktor, der an jenem Abend zugegen gewesen war, sagte zu Lisa und Michael, wie nur so nebenbei aus dem Ärmel geschüttelt: »Gottfried Keller ist ein Genie in Pantoffeln.«

Schmid schnellte hoch, die Nase zuckte, daß von der Spitze bis zur Wurzel Falten entstanden: »Pardon, Faktor, dieses Wort ist von mir.«

Faktor, dick und sehr klein, der auf der Stuhlkante saß, vorgebeugt, beide Hände auf die Knie gepreßt, damit er mit den Fußspitzen den Boden erreichte, stülpte verlegen lächelnd die Lippen nach außen und sagte: »Aber wieso denn! Es ist mir in dieser Sekunde eingefallen – Gottfried Keller, ein Genie in Pantoffeln. Ist er ja, meiner Ansicht nach.«

Schmid streckte segnend den Arm vor und ließ die Finger zappeln. »Einigen wir uns, Bruder – ein Pantoffel von dir, einer von mir.« Tief befriedigt, seine Autorschaft durch eine Übertrumpfung bewiesen zu haben, kassierte er das Gelächter ein. »War gut, was, Lisa, sehr gut, was?« Sein Scheitel war noch tadellos gezogen, nur am Wirbel standen Haare empor, wie immer, wenn er getrunken hatte und sich in Hochstimmung befand.

Der Schriftsteller Franz Blei, hochgewachsen und elegant, ein erfolgreicher Frauenfreund, allen irdischen Genüssen heiter zugetan und nur dem Aussehen nach ein Savonarola mit fleischlosem Asketengesicht, schritt am Tisch vorüber. Er vermied den Blick von Schmid, der ihn haßte, so sehr er hassen konnte, es war nicht viel.

Schmid, hautlos ins Leben gestellt, empfand Blei als seinen Gegenpol und versäumte keine Gelegenheit, ihn lächerlich zu machen. Er erzählte, an diesem Abend das erste Mal, die Geschichte, die später jeder kannte, unter welchen Umständen er den Namen Franz Blei im südamerikanischen Urwald ausgesprochen habe. Sein Bruder sei während einer Forschungsreise, unternommen im Auftrag der argentinischen Regierung, in den Urwäldern auf Indianer gestoßen, die vorher nie einen weißen Mann gesehen hätten, und er habe seinen Bruder begleitet.

Schmid war während der Erzählung aufgestanden. Sein Gesicht flammte. »An den Baumriesen hingen die Orchideen büschelweise, wie die Trauben an den Weinstöcken am Rhein. Tausend nackte Indianer hockten im Kreis in der

Waldlichtung. Darüber der Mond, unser größter Schmierenschauspieler! Ich trat in den Kreis und rief: Kultur! Tragisch wie die Duse sprachen sie es nach – Kul ... tur. In der Ferne schrie der Jaguar, den der abergläubische Indianer in der Mondnacht fürchtet. Ich rief: Gööööthe! Die Stimme der unberührten Natur rief klar und deutlich – Gööööthe!« Schmid, ernst wie Gott, streckte beide Arme schräg empor. »Shakes ... peare! Und im Urwald ertönte tausendstimmig sein Name: Shakes ... peare. Wieder schrie der Jaguar, und ich rief, Brüder, ich rief: Franz Blei! Da entstand ein furchtbares Buchstabengekaue – Frthbloi. Hier, meine Freunde, versagte die Stimme der Natur.«

Blei, der am Nebentisch stehengeblieben war und zugehört hatte, lächelte erheitert. Er war ein ausgeglichener Mann, immer freundlich, immer hilfsbereit. Viele Anfänger verdankten es ihm, daß ihre Erstlingswerke gedruckt wurden, von den Verlegern, auf die Blei Einfluß hatte.

Der Oberkellner Hahn, ein untersetzter Dicker mit kugelrundem kurzgeschorenem Graukopf, ging unruhig vor dem Tische hin und her. Es war schon drei Viertel sieben. Um sieben Uhr würden die zahlungskräftigen soliden Bürgersleute zum Abendessen kommen, und die bevorzugten Tische mußten frei gemacht und gedeckt werden. Hahn stand jeden Abend vor demselben Problem – gegen sieben Uhr seine Künstler an weniger gute Tische zu dirigieren, zugunsten der zahlungskräftigen Bürgersleute, die ihrerseits der »verrückten Künstler« wegen ins Café des Westens kamen. Schließlich sagte Hahn, der Tisch müsse jetzt frei gemacht werden für andere Gäste. Schmid rief erregt: »Wenn ihr euch eine Menagerie halten wollt, müßt ihr auch Platz für die Tiere haben.«

Ferdinand Hardekopf, der auch im Hochsommer einen dicken Wollschal trug, zweimal um den Hals gewickelt, und der Maler-Schriftsteller John Höxter, das Monokel an der Seidenschnur, traten ein und setzten sich an den Tisch. Hahn ging verzweifelt ans Büfett zurück. Hardekopf und Höxter waren, wie ihr Freund Hugo Lück, besessen von der Sehnsucht nach schöpferischer Leistung und hatten nicht die innere Kraft dazu. Sie produzierten wenig. Dennoch erfüllten sie eine Mission, sie gehörten zu den in Europa verstreuten wenigen, die mit unfehlbarer Sicherheit das Echte und Große in der modernen Weltliteratur erkannten, die das Werk einer phänomenalen Erscheinung wie Rimbaud durch ihre Begeisterung am Leben erhielten, bis es nach Jahrzehnten auch im Salon und in Amerika entdeckt wurde.

Gegen zwei Uhr früh schleppte Rören, der wie immer die farbigsten Kuchen – überzogen mit rosa Zuckerguß, in der Mitte ein giftgrünes Zuckerblümchen – zu Pilsner Bier gegessen hatte, seinen Freund Schmid zu sich in die Wohnung und las ihm vor, einen Roman aus der Kiste.

Schmid trank drei Flaschen Mosel und sprach, während der Vorlesung, zwischendurch mit sich selbst über Kleists »Käthchen von Heilbronn«. Sie war Schmids Mädchenideal. Er suchte ein Käthchen im Leben und hat es nie gefunden.

Während Rören in der Küche den Morgenkaffee kochte, stieß Schmid, als er schwankend aufstand, mit dem Ellbogen die Petroleumlampe um. Die blaugrüne Petroleumflamme erfaßte die Blätter. Als Rören mit dem Kaffee hereinkam, war das Romanmanuskript in Flammen aufgegangen.

In Schmids Augen standen Moseltränen. Rören schluchzte. Als Schmid verzweifelt fragte, was denn jetzt sein würde, deutete Rören auf die Romankiste und sagte schluchzend: »Ich habe fünf Abschriften.«

Michaels nützlicher Größenwahn, der nach der Regennacht auf der Bank im Tiergarten plötzlich entstanden war, trieb die prächtigsten Blüten. Die unerschütterliche Überzeugung, durch nichts begründet, daß »Die Räuberbande« ein berühmter Roman werden würde, trug den Gewichtlosen über alle Lebenssorgen hinweg. Er arbeitete, auch wenn die Geldnot überwältigend groß war, nie weniger als sechzehn Stunden im Tag und oft die ganze Nacht durch, bis alle Vögel zwitscherten und das Licht des Schreiblämpchens vergebens gegen die Morgensonne kämpfte.

Dennoch hatte er nach eineinhalb Jahren erst drei Viertel des Romans geschrieben. Sein Gesicht schien nur noch aus Augen zu bestehen. Er dachte, nach einem Blick in den Spiegel: ›Nasen scheinen nicht magerer zu werden.‹

»Schreiben ist schwer, sehr schwer«, sagte er, seufzend und beseligt, manchmal zu Lisa, die sich an Michaels Arbeit im Laufe der Zeit zu einem scharfen Literaturkritiker entwickelt hatte und jede Zeile unbestechlich prüfte. Er war zugänglich. Aber wenn sie eine Änderung vorschlug an einem Satz, den er erst kurz vorher geschrieben hatte und deshalb für ausgezeichnet hielt, explodierte er. Lisa war jedesmal verzweifelt. Aber sie gab nie nach. Erst den folgenden Morgen war er fähig, über die empfohlene Änderung kritisch nachzudenken und sie gegebenenfalls in aller Stille vorzunehmen.

Im Herbst 1913 kam die Mutter zu Besuch. Sie war nach Jena gefahren, ans Kindbett ihrer Tochter, die einen Zeiß-Mechaniker geheiratet hatte. Nach Würzburg zurückzukehren, ohne den Sohn gesehen zu haben, jetzt, da sie ihm so nahe war, hatte sie trotz der Mehrausgabe von zwei Mark achtzig nicht über sich gebracht.

Michael hatte die Mutter acht Jahre nicht gesehen. Sie war eisgrau geworden. Die Gefühlsbeziehung zwischen ihr und Lisa entstand sofort bei der Begrüßung. Minuten später sagte die Mutter, beglückt und noch erstaunt, zu Michael: »Du hast ja eine Dame geheiratet. Und gutherzig ist sie. Das hab ich aber gleich bemerkt. Ja, sie hat ein weiches Herz. Und das Leben ist doch so hart.«

Sie saß in seinem Zimmer im Sessel. Er hatte ihr ein Kapitel aus der Räuberbande vorgelesen. Sie schüttelte, ohne ihn anzusehen, ganz für sich allein den Kopf und sagte: »Woher du nur diese Gedanken hast.«

Das scharfe Auge der Mutter, die aus lebenslanger Erfahrung die Zeichen der Not kannte, war nicht zu täuschen, sie sah die schwere Not. Sie sagte kein Wort. Aber nach drei Wochen bekam Michael von der Mutter einen Brief, der mit dem Satz begann: »Ich habe mich entschlossen, auch einen Roman zu schreiben, um Euch vor Wintersnot zu schützen.«

Michael ging hinüber zu Lisa, reichte ihr den Brief und lächelnd auch gleich sein Taschentuch. Sie las und wischte zwischendurch die Tränen ab.

Er sagte: »Sie wird erzählen, wann sie geboren wurde, wo sie in die Schule ging, daß sie Dienstmädchen war, den Vater kennenlernte, wann sie ihr erstes Kind bekam, ihr zweites, ihr drittes und mich, das letzte, und dann ist der Roman zu Ende – zwei Seiten. Ich schreibe ihr, sie soll es nicht tun.«

Lisa war dagegen. »Es würde sie kränken. Sie hat sicher in den drei Wochen ununterbrochen darüber nachgedacht, wie sie helfen könnte, und schließlich ist ihr als einziges eingefallen, einen Roman zu schreiben. Daran kannst du sehen.« Lisa weinte weiter und aß dabei mit großem Appetit. Die Tränen tropften auf den Teller. Auch wenn Lisa tief unglücklich war, konnte sie weinen und mit Genuß essen in einem.

Anfang März 1914 schickte Michael das Romanmanuskript an den Georg-Müller-Verlag in München. Drei Tage später bekam er ein Telegramm, ob er kommen könne zur Ausfertigung und Unterschrift des Vertrages. Michael, dessen Größenwahn immer noch kerngesund war, wunderte sich nicht im geringsten. Er pumpte das Reisegeld von seinem Trauzeugen Rören, dem er die fünf Mark für das Hochzeitsmahl noch schuldete, und fuhr nach München.

Die gepreßt vollen Bücherregale, ringsherum, reichten bis zur vier Meter hohen Decke, der Schreibtisch war übersät von Rechnungen, Briefen, Prospekten, neuerschienenen Büchern, und die Sonne fiel herein. Georg Müller, ein schlanker Riese, blond und bartlos, von dem Michael dachte, daß er aussehe wie ein Waldhüter, der die Bäume bezeichnet, die gefällt werden sollen, streckte die langen Beine unter den Schreibtisch und sagte: »Auch der Titel ist gut.« Er bot Michael eine Monatsrente von zweihundert Mark an, für zwei Jahre.

Michael glaubte es seiner Schriftstellerehre schuldig zu sein, mehr zu verlangen, er sagte gelassen: »Ich brauche zweihundertzwanzig.«

Georg Müller lachte. »Warum gerade zweihundertzwanzig?« Aber er war es gewohnt, mit Unzurechnungsfähigen umzugehen. »Gut, zweihundertzwanzig!« Er schrieb die Zahl in den Vertrag und gab Michael den ersten Scheck.

Unausrottbare Sympathie für Georg Müller im Herzen,

ging Michael ins Café Stefanie. Er sah neue junge Gesichter, eine neue Generation. Arthur kam gesaust. Nach der warmen Begrüßung lud Michael ihn für diesen Abend ein zum Essen in der Odeon-Bar. Und dann dachte er das erste Mal darüber nach, von was er eigentlich in den neun Jahren gelebt habe. ›Neun Jahre Essen, Kleidung, Wohnung und alles andere. Neun Jahre. Von was?‹ Er dachte lange nach. Es fiel ihm nicht viel ein. Schließlich fand er, daß der schöne Spruch in der Bibel noch die beste Erklärung sei. Er flüsterte lächelnd: »Sehet die Vögel des Himmels. Sie säen nicht, sie ernten nicht, und der himmlische Vater ernähret sie doch.«

Den folgenden Tag kaufte er für Lisa, obwohl sie kein Abendkleid besaß, zwei Paar weiße Glacéhandschuhe, die bis zur Achselhöhle reichten, und einen Hut aus brotgelbem feinstem Stroh, ein mittelgroßes Wagenrad, dessen Kopf nur aus hellen Seidenrosen bestand. Es war ein prachtvolles Stück und kostete hundertfünfzig Mark. Aber er hatte noch genug für die Rückfahrt nach Berlin. Nächsten Ersten wieder zweihundertzwanzig Mark. Was sollte er sich da Sorgen machen, wovon sie bis zum nächsten Ersten leben würden.

»Die Räuberbande« erschien am 4. Juni 1914. Eine Woche später las Michael das erste Mal seinen Namen in der Zeitung – Paul Schlenther, ein Verfechter der naturalistischen Richtung, die damals in Europa schon im Absterben war, hatte in einer langen Besprechung in zwei aufeinanderfolgenden Nummern des »Berliner Tageblatts« das Buch gepriesen und es – er könne sich nicht helfen – einen naturalistischen Roman genannt. In den Literaturzeitschriften und den Literaturabteilungen der Presse wurde spekuliert darüber, ob »Die Räuberbande« naturalistisch, neuromantisch, impressionistisch oder expressionistisch sei, ein Begriff, der in diesen Besprechungen das erste Mal angewandt wurde. Der Autor hatte keine Ahnung, ob er durch die Zeitströmung auf geheimnisvolle Weise zum Mittler für eine neue Richtung geworden sei.

Bald danach bekam er für »Die Räuberbande« den Fontane-Preis, den tausend Mark verzuckerten. Michael war sozusagen über Nacht nach oben durchgebrochen. Er sah sich sitzen in der letzten Bank, er fragte die unbeantwortbare Frage, welches Wunder ihn, den Dümmsten, Unfähigsten von allen, davor bewahrt habe, erdrückt und abgetötet zu werden vom Lehrer Dürr, der Tausende Knaben erdrückt und abgetötet hatte.

Michael kaufte für einen beträchtlichen Teil des Fontane-Preises Lisa ein großes Abendkleid zu den weißen armlangen Glacéhandschuhen, die im Bett aus Seidenpapier gelegen und von der Zukunft geträumt hatten, und sich einen Smoking. Sie gingen das erste Mal in die Oper – »La Bohème«, und es gab Erinnerungstränen.

Ein paar Tage später kam aus Würzburg ein Paket, fünfzehn blaue Schulhefte, jedes Blatt auf beiden Seiten dicht mit Bleistift beschrieben – der Roman der Mutter.

Lisa fand, daß Michael nicht sehr klug aussah – sein Mund stand offen. Schließlich sagte er, während er den Stoß Hefte in den Händen wog: »Das ist ja ein langes Buch. Was hat sie da nur geschrieben?«

Er las die erste Seite und ließ erstaunt das Heft sinken. »Sie dichtet, Lisa, sie dichtet, sie schildert ihre Geburt – ihre Mutter im Kindbett, den Schein der Petroleumlampe, den Sturmwind, der heulend über die Felder jagt. Was sagst du! Das kann sie doch nicht selbst erlebt haben.« Es wurde ihm vor Staunen nicht bewußt, daß er Dummheiten redete. »Sie hat doch nicht gesehen, was bei ihrer Geburt vorging.«

»Nicht gut möglich«, sagte Lisa lächelnd.

Michael las weiter und schüttelte zwischendurch den Kopf. »Ganz in meiner Art! Es ist, wahrhaftig, es ist, als hätte auch sie sich vorgenommen, so zu schreiben, daß der Leser sieht und hört, was er liest. Aber das kann sie sich doch nicht vorgenommen haben. Woher soll sie es denn wissen? Ich verstehe nichts mehr.«

Sie lasen den ganzen Tag. Alle Kommas fehlten. Aber jede Seite war gegliedert durch Absätze, wie sie sich im Flusse der Erzählung von selbst ergeben hatten. Es war die Geschichte ihres Lebens. Auf dem weißen Papierschild des Heftes Nummer 1 stand der Titel, in den sie auch das Pseudonym geschmuggelt hatte: »Marie Wegrainer. Ein Lebensgang. Von ihr selbst geschrieben.«

Die Mutter war vierundsechzig Jahre alt. Sie hatte nie ein lesenswertes Buch gelesen, nur hin und wieder eine Romanfortsetzung in »Fels zum Meer« oder der »Gartenlaube«, wenn zufällig eine alte Nummer in die Wohnung geraten oder eine Seite vom Metzger als Einwickelpapier benutzt worden war.

Sie hatte den Roman heimlich geschrieben, tagsüber am Kochherd, solange der Vater außer Haus auf Arbeit gewesen war. Er dürfe es nicht wissen und nie erfahren. Niemand in Würzburg dürfe erfahren, daß sie einen Roman geschrieben habe. Der Vater würde sich zu Tod schämen vor den Nachbarn und seinen Freunden, stand im Begleitbrief.

»Aber ich habe zuerst geschrieben. Sie hat erst nach mir

zu schreiben angefangen. Das ist der Unterschied. In der Regel ist es umgekehrt.« Michael war tiefbewegt. »Was ich bin, kommt von ihr.«

Er änderte nichts an dem Buch. Er machte ein paar tausend Kommas und schickte die fünfzehn blauen Schulhefte an den Delphin-Verlag, der Michaels Mappenwerk herausgegeben hatte.

(Der Roman erschien. Die Mutter bekam achtzehnhundert Mark, die sie, unbemerkt vom Vater, im Laufe von Jahren allmählich in den Haushalt tropfen ließ. Der Vater hat von der Schande, daß seine Frau die Autorin eines Romans war, nie etwas erfahren.)

Michael hatte in den neun Jahren, seit er von Würzburg aus flußaufwärts ins blanke Nichts gewandert war, durchschnittlich fünfmal im Jahr zu Mittag gegessen und sich unzählige Male hungrig ins Bett gelegt. Er war schon infolge seiner Armutskindheit innerlich vorbereitet gewesen, eine Art rebellischer Gefühlssozialist zu werden. Jetzt bekam dieser Gemütszustand neue Nahrung durch die Tatsache, die er immer noch nicht begreifen konnte – daß die Mutter, eine lebenslang von Geldsorgen schwer überbürdete Frau, der vom Schicksal jegliche Möglichkeit, ihre Gaben auszubilden, versagt worden war, als Vierundsechzigjährige dieses Buch geschrieben hatte.

Michael sagte sich, daß sie ohne ein paar große Wunder das Buch nicht hätte schreiben können. Aber mit Wundern könne man nicht rechnen. Er sagte sich, daß kostbarste Volkskräfte von unerrechenbarem Wert durch die übergroße Armut im Keim erstickt würden, in einer Gesellschaftsordnung, die nur dem Kind wohlhabender Eltern erlaube, zu werden, was es sei. Wer könne bestreiten, daß die Mutter unter günstigeren Verhältnissen vielleicht eine bemerkenswert gute Schriftstellerin geworden wäre?

Während »Die Räuberbande« gedruckt worden war, hatte Michael begonnen, sein zweites Buch zu schreiben, »Die Ursache«, eine Novelle, deren Hauptperson den Lehrer Dürr erwürgt. Er arbeitete oft im Café des Westens, blind und taub für alles, was um ihn herum vorging.

Eines Abends erschien Baron Schennis im Café, ein siebzigjähriger Maler romantischer Bilder, mit faltigem Gesicht, edel geformt und noch durch Geist verschönt. Er trug wie immer weiße Gamaschen, eine weiße Weste und einen hohen Stehkragen. Er strich über das flatterig lose, ein wenig blond gefärbte Haar, das in der Mitte gescheitelt war, setzte den Klemmer auf, von dem ein schwarzes Seidenbändchen im Bogen herunterhing auf die weiße Weste, und blickte, beide Hände auf den Goldknauf des Rohrstocks gestützt, aus dem achtzehnten Jahrhundert mit alten Augen ins Café des Westens – eine Erscheinung aus der Goethe-Zeit.

Er war ein Mann vom Geiste Schmids. Ein Wortgefecht zwischen ihm und Schmid war ein einzigartiges Erlebnis. Schennis war besessen von Todesangst, die er nur vor dem verständnisvollen Publikum des Cafés des Westens zeitweise vergaß. Deshalb kam er.

Hier und dort und überall erhob sich einer. Von allen Seiten kamen sie zu Schennis an den Tisch, wie Ameisen zum Honigtellerchen, und der Kellner Hahn trug geschäftig die Gläser herbei. Das Gespräch kam sofort heiß in Fahrt, sie bezahlten mit verständnisvollem Gelächter den Kognak, den Schennis bezahlte.

Schmid hatte ein halbes Jahr in Argentinien verbracht,

unter Fleischexporteuren, die er haßte, und war vor sechs Wochen mit der »Polonia« in Buenos Aires abgefahren. Er stieg in Hamburg in den Zug, am Bahnhof Zoologischer Garten heraus, eilte, ausgehungert nach Publikum, die Joachimsthaler Straße hinauf, ins Café des Westens, ließ den Handkoffer fallen und rief entflammt ins Gespräch: »Schennis, jetzt rede ich.«

Michael ging an den Tisch, um Schmid zu begrüßen, der soeben unter Gelächter erzählte, daß der alte Schmid nicht sehr begeistert gewesen sei, als der Sohn ihm sein Buch »Carlos und Nicolas« überreicht habe.

Schmid hatte an »Carlos und Nicolas«, einer überaus einfach geschriebenen, sehr schönen Erzählung von achtzig Seiten, sieben Jahre gearbeitet und von seinem Vater in den sieben Jahren monatlich zweitausend Mark bekommen.

»Und da drehte der Alte das Büchlein um und um und sagte: ›Ist ja sehr schön, mein Sohn. Aber Goethe hat billiger gedichtet.‹«

Die Kabarettistin Resi Langer setzte sich an den Tisch und sagte zu Michael ein freundliches Wort über »Die Räuberbande«. Schmid zuckte herum zu Michael. »Hat Erfolg, ›Die Räuberbande‹, was, hat Erfolg? Sag, Resi, jetzt sag, welches Buch ist besser – ›Carlos und Nicolas‹ oder ›Die Räuberbande‹?«

»Oh, ›Carlos und Nicolas‹ ist gewiß ein sehr schönes Buch. Aber auch ›Die Räuberbande‹ ist ein schönes Buch.«

Schmid stach den Zeigefinger auf Michaels Brust. »Jetzt hast du es gehört – ›Carlos und Nicolas‹ ist ein Ewigkeitswerk, ›Die Räuberbande‹ ist der letzte Dreck. Prost, Bruder!« Der Abend dauerte bis sechs Uhr morgens.

Zwei Tage später gingen Lisa und Michael, mitgeführt

von einem dichten Menschenstrom, Unter den Linden in der Richtung zum Schloßplatz, auf dem Tausende Kopf an Kopf standen und geistig schon auf den Köpfen. Es war der 4. August 1914, ein heißer Tag.

Kaiser Wilhelm II., in Uniform, trat heraus auf den Balkon. Er verkündete dem Meer der Köpfe, daß er Krieg erklärt habe und keine Parteien mehr kenne, sondern nur noch Deutsche.

Aus der Totenstille brach ein Begeisterungssturm ohnegleichen zu ihm empor. Lisa schluchzte. Michael war weiß geworden. Weinten jetzt viele Frauen und Mütter in Deutschland? Weinte nur Lisa?

Dem Blitz auf dem Schloßplatz folgte der Donner auf den Schlachtfeldern. Eine Zeitepoche hatte geendet. Die Epoche der Vernichtung hatte begonnen. Himmel und Erde zürnten. Achtunddreißig Jahre später, im Jahre 1952, als der dritte Weltkrieg drohte, der Atomkrieg, der vielleicht alles Leben auf der Erde vernichten würde, sagte Michael sich, daß das neunzehnte Jahrhundert nicht am 31. Dezember 1900 geendet hatte, sondern am 4. August 1914, zu jener Stunde, da ein frevelhafter Mensch in Uniform auf dem Balkon erschienen war.

Lisa und Michael verließen den Schloßplatz, mitgeführt vom Menschenstrom. Sie hielten den Kopf gesenkt und sprachen nicht – unter Wahnsinnigen zwei Fremdkörper, die fürchteten, daß sie von den Wahnsinnigen für wahnsinnig gehalten und zermalmt werden würden, wenn sie aussprächen, was das Herz sagte.

Sie stiegen am Stadtbahnhof Friedrichstraße die Treppe hoch zum Perron, der überfüllt war von Soldaten in Felduniform. In Gewehrläufen steckten Blumensträußchen.

Frauen weinten. Aus dem anrollenden Zug klang das Kriegslied: »Wisch dir die Träne ab mit Sandpapier«.

In den ersten Kämpfen fielen die jungen Freiwilligen zu Tausenden. Auch Fritz – der verbummelte Student, das Rehböckchen, ein Mitglied der Gruppe »Der Blaue Reiter«, und drei versprechende junge Lyriker aus dem Café des Westens waren in den ersten Kämpfen gefallen. Die Kriegsbegeisterung raste über die Toten hinweg. Die Zeitungen verkündeten in riesigen Schlagzeilen die Zahlen der gefallenen Franzosen.

Der herrschende Theaterkritiker Berlins kam nach einer Premiere ins Café des Westens, im Frack. Sein rötliches kurzes Schnurrbärtchen war senkrecht hochgebürstet zu den Nasenflügeln. Er hatte einen rosa Mund. Händeklatschen empfing ihn. Er hatte den Tag vorher in der Zeitung wieder ein Kriegsgedicht veröffentlicht: »Jeder Tritt ein Brit, jeder Stoß ein Franzos, jeder Schuß ein Ruß«.

Michael starrte den eitlen Mann, der es besser hätte wissen müssen, haßerfüllt an. Die Engländer, die Franzosen, die Russen hatten Michael nichts angetan – der Lehrer Dürr war ein Deutscher. Er dachte: ›Daß die zehntausend deutschen Lehrer Dürr ihre Schüler nicht für das Leben vorbereitet hatten, sondern für den Kasernenhof, den Krieg, den Tod, würde ein aufschlußreicher Vorwurf sein für ein Gedicht gegen die Machthaber und den Wahnwitz dieser Zeit.‹

Am 4. September 1914 kamen die paar kriegsgegnerischen Männer, die es in Berlin gab, in Michaels Wohnung, darunter der Dichter René Schickele, der Philosoph Otto Buek, Max Brod und Alvarez del Vayo, ein spanischer Journalist. Sie fragten vergebens in den Blutdunst, wie der Krieg beendet werden könnte, der durch Wort und Schrift nicht beendet werden konnte. Auch die Sozialdemokraten hatten die Kriegskredite für den Angriffskrieg bewilligt.

Daß der Krieg schon verloren war, nachdem Gallieni in der Schlacht an der Marne – 9. bis 15. September 1914 – den angeblich unfehlbaren Schlieffen-Plan zerschmettert hatte, ahnte damals noch niemand in Deutschland. Es gab mehr und mehr Witwen und Mütter und junge Bräute in Trauerkleidung, die Todesanzeigen in den Zeitungen – gefallen auf dem Felde der Ehre – füllten Seiten, die langen Züge mit Verwundeten rollten herein. Die Kriegsbegeisterung hielt die Spitze.

Die Soldaten auf Urlaub von der Front und die Kriegskrüppel waren still.

Michael arbeitete schon am Schlusse seines Buches »Die Ursache«. Der Lehrer Dürr ist erwürgt. Der Mörder hat vor dem Schwurgericht erklärt, warum er seinen Lehrer erwürgte, und ist zum Tod verurteilt.

Michael saß im Café des Westens und versuchte, die letzte Stunde vor der Hinrichtung zu schildern. Neben seinem Tische standen vier Gäste, darunter der Journalist, der Michael den alten Eichenholztisch geschenkt hatte. Sie sprachen seit einer halben Stunde begeistert über den Krieg. Michaels Gesichtsmuskeln zitterten schon vor Erregung und mühsam unterdrücktem Zorn. Aber seine Blicke störten die vier Kriegsbegeisterten nicht.

Plötzlich sah er, daß vorne, bei der Eingangstür, wo die Börsenberichte und daneben die Heeresberichte hingen, grauhaarige Börsianer einander unter Freudenausrufen umarmten. Er dachte, der Krieg sei aus. Es war der 7. Mai 1915.

Der Journalist, ein wohlmeinender Mann, der später Redakteur an einer sozialistischen Zeitung wurde – nach dem

Krieg –, eilte vor zu den Berichtzetteln. Als er zurückkam, sagte er, außer sich vor Begeisterung: »Wir haben die ›Lusitania‹ versenkt, mit 1198 Passagieren.« Er sagte: »Die Versenkung der ›Lusitania‹ ist die größte Heldentat der Menschheitsgeschichte.«

Michael, der genügend Phantasie hatte, um sich vorstellen zu können, wie das ist, wenn 1198 Menschen im nachtschwarzen Meer ums Leben kämpfen und hilflos versinken, verlor den letzten Rest an Selbstbeherrschung. Er stand auf und schlug dem Journalisten wortlos ins Gesicht. Ringsum schnellten alle von den Stühlen hoch.

Michael verließ das Café durch eine Gasse feindseliger Gäste. Er ging sofort heim, packte einen Handkoffer und fuhr ab, nach der Schweiz.

Den folgenden Morgen erschienen zwei Polizisten in Zivil in der Wohnung. Sie fragten Lisa nach Michael und zeigten ihr den Haftbefehl.

IV

In der blitzsauberen Stadt Zürich, in und an die Landschaft geschmiegt wie mitgewachsen, werden flache Straßen zu steilen Straßen, wo die Landschaft den Baumeister verführte, an den grünen Hügeln hinauf Häuser zu errichten, mit der Aussicht auf das ferne Schneegebirg und hinab auf den See, der den Möwen gehört. An sonnigen Tagen ist die Grundfarbe der Stadt im Grün ein warmes Weiß, dekoriert mit den Farben des Lebens.

Michael war das erste Mal in einer Stadt außerhalb Deutschlands. Hier schien selbst in der Luft etwas zu sein, das es in Deutschland nicht gab, die Menschen in den Straßen hatten eine andere Haltung und blickten anders, und der Gesichtsausdruck war ruhig. Es schien, als hielten sie das Grundrecht, zu leben und zu sein, wie sie waren, für eine Selbstverständlichkeit. War es Freiheit? Auch die würgende Armut, die den Rücken krümmt und das Auge trübt, schien es hier nicht zu geben, auch der Trambahnschaffner hatte eine gesunde Gesichtsfarbe und ein klares Auge. War hier die Verteilung der Güter vernünftiger? Jedenfalls schienen hier, in der demokratischen Schweiz, die Menschen frei zu atmen.

Diese Eindrücke hatte Michael auf der Straße in sein Notizbuch geschrieben. Er spazierte langsam heimwärts, nach Beendigung einer stundenlangen Entdeckungsreise, zum Schluß durch die Altstadt, wo steile, krumme, nur drei Meter breite Gassen krumme, nur drei Meter breite Gassen kreuzen und der Tapezierer die Matratze vor der Werkstatt im Freien aufpolstert, zwischen Altwarenläden, vollgestopft mit tausenderlei Dingen, mit allem, was der Mensch von der Geburt bis zum Tode braucht und benutzt hat.

Ein paar Wochen später kam Lisa nach Zürich. Sie saß in dem schmalen Pensionszimmer Michael reglos gegenüber, noch mit Hut und Handschuhen, und schilderte, was sie auf dem Bahnsteig in Konstanz erlebt hatte. In ihrem versteinerten weißen Gesicht bewegten sich nur die Lippen.

Auf dem offenen, sonnigen Konstanzer Bahnsteig, elf Uhr morgens, waren Ärzte und Krankenpflegerinnen und -pfleger in weißen Klinikmänteln, kleine Wagen mit Erfrischungen und Blumensträußchen, eine Mauer erwartungsvoller stiller Zuschauer und eine Militärkapelle, die zu spielen begann, »Deutschland, Deutschland über alles«, als der Zug mit den Verwundeten einfuhr.

Hundert Hände öffneten von außen die Waggontüren, und die stellenweise blutdurchsaugten dicken weißen Notverbände, die den ersten Blick auf sich zogen, stiegen langsam, langsam herunter, wenn nur Arme fehlten, und wurden heruntergehoben und auf Tragbahren gelegt, wenn Beine fehlten. Ein paar Einbeinige hatten schon Krücken. Alle hatten dasselbe Gesicht, aus dem das Leben herausgeschlagen war. Alle waren todweiß und bewegten sich todlangsam. Keiner sprach ein Wort. Ein Einbeiniger schleuderte eine Krücke mitten in die blasende Militärkapelle und fiel um. Die Melodie bekam Lücken und brach ab.

Als Lisa geendet hatte, waren ihre Lippen blau. In den erstarrten Augen schien noch das Bild zu sein, das sie auf dem Bahnsteig gesehen hatte. Michael sah, daß der Krieg sich in ihr Gefühl eingeprägt hatte und von nun an ihr Gefühl sein werde. Lisa war zu weichherzig für diese Zeit und hatte nicht die nötige Gegenkraft übrig gegen diese Zeit. Sie war nur weichherzig. Sie ging am Krieg allmählich zugrund.

Sie sprachen bis tief in die Nacht über den Krieg und die Ursachen des Krieges. Ursachen, die Krieg unvermeidlich machten, gäbe es nicht. Es gäbe immer hundert und keine, je nachdem die Machthaber es wollten. Dem zynischen Satz »Krieg ist die Fortsetzung der Politik mit anderen Mitteln« könne der Satz entgegengestellt werden: »Krieg ist der Beweis dafür, daß die Politik keine Politik war.« Außerdem zeige die Geschichte, daß Krieg nichts auf die Dauer entscheide. Die Menschen hätten sich damit abgefunden, daß immer wieder Krieg sein müsse, weil im Laufe der Geschichte immer wieder neue Kriegsursachen entstünden. Damit dürften die Menschen sich nicht abfinden. Andere

Mittel zur Beilegung der Konflikte müßten und könnten gefunden werden.

Die bluttriefenden Nachrichten von der Front trafen täglich in Michaels Gefühl. Er kauft die Zeitung. Achttausend Franzosen gefallen. Für ihn war achttausend nicht eine Zahl – er sieht den einzelnen fallen, aufs Gesicht. Schuß in den Kopf. Schuß in die Brust. Er sieht den französischen Soldaten hängen im Stacheldraht zwischen den gegnerischen Schützengräben. Schuß in den Unterleib. Er kann im Trommelfeuer nicht geholt werden. Er schreit vierundzwanzig Stunden, bis er stirbt. Achttausend an einem Tag.

Sechstausend Deutsche gefallen – auf dem Felde der Ehre. Was ist das – das Feld der Ehre? Ist es eine Ehre, Menschen das Bajonett in den Bauch zu stoßen? Getreidefelder, Kartoffelfelder sind Felder der Ehre. Was ist der Altar des Vaterlandes? Eine blutbesudelte Schlachtbank! Was sind »unsere heiligsten Güter«? Die Bankguthaben! Die heiligsten Güter der Kriegswitwe sind der Blick ihres Kindes und ihr Mann, der sie liebte. Eine Handgranate hat das heiligste Gut der Kriegswitwe zerrissen. Diese fluchwürdigen Phrasen, die Millionen das Leben kosten! Sie müssen endlich entlarvt werden.

Michael ging wie im Traum durch die Straßen. Ein Blumenverkäufer streckt ihm einen Veilchenstrauß hin. Er kauft ihn, für Lisa, und legt ihn in Gedanken wieder zurück in den Korb. ›Hunderttausende Franzosen und Deutsche, die einander nichts angetan, die einander nicht gekannt hatten, töten einander. Sie hatten Väter, Mütter, Frauen, sie liebten und wurden geliebt. Durch was kann das Blutvergießen beendet werden?‹

Machtlosigkeit preßte Michaels Brust zusammen. Die

Machthaber, die den Krieg entfesselten, beenden ihn nicht. Der Mensch, den sie im Kriegsgeist erziehen ließen, den sie zwingen, zu töten und zu sterben, muß ihn beenden.

Er ging heim und sagte zu Lisa: »Ich schreibe ein Buch gegen den Krieg. Ich muß.«

»Ja, du mußt.«

Er schlief nicht und war den folgenden Tag wie in Trance, als er zu schreiben begann – die Geschichte eines Kellners, dessen Sohn gefallen ist. Der alte Hotelkellner schlägt sich in einer Massenversammlung vor die Brust und erklärt, er selbst sei schuld am Tod seines Sohnes, weil er ihm vor zwanzig Jahren gedankenlos Spielzeugsoldaten, -gewehrchen, -säbelchen, -kanönchen geschenkt, weil er ihn die patriotischen Mordlieder gelehrt, weil er selbst ihn im Kriegsgeist erzogen habe. Er reißt die Zuhörer mit zu einer revolutionären Friedensdemonstration durch die Straßen.

Michael arbeitete im Café Nebelspalter, wo nachmittags eine kleine Streichkapelle spielte. Er war jeden Tag der erste Gast. Er schrieb. Die Kapelle begann zu spielen, Gäste kamen. Er schrieb. Das Café wurde voll, Gäste setzten sich auch an Michaels Tisch. Er schrieb. Das Café wurde allmählich wieder leer, die Musiker packten die Instrumente ein. Michael schrieb, bis der Kellner sich bemerkbar machte. So war es ein halbes Jahr, Tag für Tag.

Wenn in der Pension im Nebenzimmer gesprochen oder auch nur hin und wieder gehustet wurde, konnte er nicht arbeiten. Für das Massengeräusch im Café Nebelspalter war er taub. Musik und Massengeräusch bauten um ihn herum einen lauten Turm, in dem er ganz allein saß und in aller Stille schrieb, in Trance, ein Schlafwandler, der nichts hörte und nichts anderes sah als seine Visionen.

Die Geschichte des alten Hotelkellners war unter dem Titel »Der Vater« zuerst in René Schickeles Zeitschrift »Die weißen Blätter« erschienen, die in der Schweiz gedruckt wurde. Ein Berliner Verleger druckte sie nach in seinem unverdächtigen Jahresalmanach, und die Schauspielerin Tilla Durieux las sie in Berlin öffentlich vor.

Kurz danach erfuhr Michael, daß die fünfhundert Zuhörer den Schluß der Erzählung – die revolutionäre Friedensdemonstration – vom Saal weg durch die Straßen in die Tat umgesetzt hatten.

Das war eine gute Nachricht für Michael, dessen Buch keine Prosadichtung sein sollte, sondern ein aufwühlendes, direkt wirkendes Manifest gegen den Kriegsgeist. Beglückt durch das Ereignis schraubte er sich an die Arbeit an. Er schrieb auf der Straße, im Bahnhof, in der Elektrischen, manche Nacht durch im Bett, er schrieb, wo er ging und stand und saß und lag. Den größten Teil des Buches hatte er im Café Nebelspalter geschrieben, in der Stille seines lauten Turmes. Er arbeitete schon am Schluß des Buches.

In Zürich waren jetzt Spione der Kriegführenden, ein Rudel von Glücksrittern jeglicher Art, reiche Leute, die ihr Vermögen in Sicherheit gebracht hatten, Valutaspekulanten aus allen Ländern Europas, gefolgt von Mädchen für Geld, die auftauchen, wo ihr Geschäft einträglich ist, und aus Frankreich und Deutschland trafen mehr und mehr Kriegsgegner ein, die glaubten, in der Schweiz wirksamer gegen den Krieg arbeiten zu können. Die fremden Vögel, aus den verschiedensten Gründen durch den Krieg in die Schweiz gespült, hatten das Straßenbild, besonders in der eleganten Bahnhofstraße, verändert und mit Unruhe durchsetzt. Hotels und Cafés waren überfüllt.

Da das Café Nebelspalter renoviert wurde, arbeitete Michael jetzt im Garten des Cafés La Terrace, wo jeden Nachmittag Hugo Ball und dessen Freundin Emmy Hennings saßen, ein schmales, blondes, schönes Boheme-Mädchen, und ein schwarzhaariges kleines Bürschchen mit Riesenstirn, käseweiß – Tristan Tzara, der Mitbegründer des Dada, das damals aufkam.

Sie dichteten. Jeder sagte eine Zeile, die keinerlei Zusammenhang mit der vorhergehenden haben durfte. Wenn die Zeile den geringsten Sinn hatte, wurde sie von Tristan Tzara abgelehnt. Auch Michael sagte lächelnd eine Zeile. Sie wurde abgelehnt.

Gleich dem Bäcker, der jede Nacht Semmeln bäckt, die morgens gegessen werden, verfaßten sie jeden Nachmittag Gedichte, die abends vorgetragen wurden, im Kabarett Voltaire, das Hugo Ball gegründet hatte. Es war in der Altstadt, ein paar Minuten entfernt von dem vegetarischen Restaurant, in dem Lenin und seine Frau Krupskaja täglich für dreißig Rappen zu Abend aßen.

Michael ging oft ins Kabarett Voltaire und war manchmal der einzige Gast. Die drei standen auf dem Podium und trugen die am Nachmittag verfaßten Gedichte gemeinsam sich selbst vor, im Simultangesang – deutsch, französisch und englisch.

Es war die Sinnlosigkeit in der Potenz. Hier schieden sich die Geister. Die Dadaisten hielten Michael, nicht ganz mit Unrecht, für eine Art ernsten Clown; Michael hielt den Dadaismus für eine totgeborene Sache und die Dadaisten für Flüchtlinge aus der schweren Zeit. Aber es sei nicht aus, Welt und Leben gingen trotz des Krieges weiter, und die Augen dürften nicht zugemacht werden vor den blutigen Ereignissen. Die Dadaisten seien bescheiden in Zynismus geflüchtet, und ihre Bescheidenheit sei ein klein bißchen mit Blut besudelt.

Hier, unter den Simultangesängen der ausgelassenen Dadaisten, beendete Michael im Frühjahr 1917 die letzte Erzählung, die mit der vorausgesagten Revolution in Deutschland schloß.

Die Ereignisse im Jahre 1917 änderten den Lauf der Weltgeschichte und das Schicksal jedes Lebenden und der kommenden Generationen. Im Februar brach in Rußland Revolution aus. Am 12. März wurde die Regierung des Zaren gestürzt. Lenin fuhr mit General Ludendorffs Einverständnis aus der Schweiz im versiegelten Waggon durch Deutschland und hielt, als er am 4. April auf dem Finnländischen Bahnhof in Petrograd aus dem Zug stieg, eine Rede. Die Beseitigung des Zarismus sei nur die erste Phase, die bürgerliche Revolution könne die Massen nicht länger befriedigen.

Am 1. Februar 1917 hatte Deutschland den unbeschränkten U-Boot-Krieg erklärt. Am 6. April 1917 erklärte Amerika Deutschland den Krieg.

Michaels Buch war schon gesetzt, und er hatte noch keinen Titel. Er saß im Café La Terrace, mit Alvarez del Vayo und René Schickele, der außer der Einleitungsgeschichte »Der Vater« auch die folgenden Erzählungen – »Die Kriegswitwe«, »Die Mutter«, »Das Liebespaar«, »Die Kriegskrüppel« – in seiner Zeitschrift »Die weißen Blätter« vorabgedruckt hatte.

Michael sprach zu den Freunden über seine Titelnot, er habe Dutzende Titel erdacht und verworfen, und Max Rascher, der Verleger, dränge, da das Buch diese Woche in Druck gehen müsse.

In stundenlangem vergeblichem Suchen nach einem Titel schweiften die zwei Freunde immer wieder ab auf den Inhalt des Buches und dadurch auf den Zustand des leichenbedeckten Europa.

Del Vayo, später Außenminister der spanischen Republik, die von Hitler und Mussolini zertrümmert wurde, war schon damals Sozialist. Er betrachtete den Zustand Europas vom sozialistischen Standpunkt aus, im Gegensatz zu Schickele und Michael, die gleich allen europäischen Schriftstellern und Intellektuellen jener Zeit glaubten, allein mit Wort und Schrift erfolgreich kämpfen und wirken zu können.

Während Michael verzweifelt den Stuhl drückte und sich bemühte, das Gespräch wieder auf den nicht vorhandenen Titel zu lenken, zeigte del Vayo, hinter dessen Warmherzigkeit ein starker Wille war, lächelnd die Zähne, die den mächtigen Kiefer überfüllten, und sagte ruhig im Ton der Überzeugung, nur in einer sozialistischen Wirtschaftsordnung könnten die guten Eigenschaften des Menschen die Oberhand gewinnen.

Da starrte Michael ihn an, blaß geworden, als hätte er eine Erscheinung. »Ich habe den Titel. Ich habe ihn. ›Der Mensch ist gut‹.«

Nach einer Überlegungspause, während der er schräg in den Himmel geblickt hatte, sagte Schickele lächelnd: »Der Titel ist gut. Daß der Mensch gut ist, bezweifle ich.«

Michael verteidigte feurig seinen Titel und sich. Er wolle damit ja nicht sagen, daß der Mensch gut sei; er wolle sagen, und das habe er ja auch geschrieben in dem Buch, daß Zustände geschaffen werden müßten, die dem Menschen erlauben würden, gut zu sein. »Er ist es, wenn man ihn läßt.«

Er sagte entschlossen: »Es bleibt bei dem Titel ›Der Mensch ist gut‹.«

Er schrieb den Titel auf ein Blatt Papier und eilte zum Verleger, dessen Mutter, die aussah und auch gekleidet war wie eine alte Bäuerin, im Büro am Stehpult arbeitete. Sie las den Titel und nickte. »Ja, ja.«

Auf dem Heimweg begegnete Michael am Limmatquai einem Mann, dessen Erscheinung ihm unvergeßlich blieb. Der lange Russe, mit langem Gürtelmantel, Schaftstiefeln und hoher Pelzmütze, trug an einem schräg über Brust und Rücken laufenden Schulterriemen hinten sein Bündel, das die Form einer Kanapeerolle hatte. Er schritt nicht auf dem Gehweg, sondern in der Mitte der Fahrstraße, in gemessenem Tempo, Arme vor und zurück – im Gesichtsausdruck und in der aufrechten Haltung der personifizierte Stolz. Er schien nichts anderes mehr zu fühlen und zu sehen als das revolutionäre Rußland. Michael fragte sich, ob der wandelnde Stolz das ferne Rußland je erreichen werde.

Daheim lag ein Brief von Professor Kippenberg, dem Inhaber des Insel-Verlages in Leipzig. Michaels Verleger, Georg Müller, war schwer erkrankt. (Er starb Ende Dezember 1917.) Kippenberg kam nach Zürich und erwarb für 20000 Mark die Verlagsrechte der zwei Bücher »Die Räuberbande« und »Die Ursache«, die 1915 erschienen war.

Michael kaufte ein kleines Haus mit Garten, am Rande der Stadt, in der Zeppelinstraße. Sie hatten eine dicke Köchin. Lisa, täglich von neuem erschüttert über die ungeheuren Verluste in der Schlacht um Verdun und unfähig, ihr Mitgefühl zurückzudämmen, war herzleidend geworden – durch den Krieg; hatte der Arzt gesagt. Sie mußte viel liegen.

Um diese Zeit kam ein bekannter österreichischer Schriftsteller nach Zürich. Er las in einem überfüllten Konzertsaal seine Gedichte vor, eindrucksvoll pathetisch wie ein großer Schauspieler. Tränen liefen über seine dicken Wangen herunter und seine Stimme brach, während er ein Gedicht rezitierte über einen Storch, dessen Flügel gebrochen war. Michael stand auf und ging – in seiner Tasche steckte die Abendzeitung mit dem Bericht, daß in einer Abwehrschlacht bei Verdun 20000 Franzosen gefallen waren.

An einem Abend im November 1917 kamen der Schweizer Anarchist, den Michael durch Sophie und Doktor Kreuz im Café Stefanie kennengelernt hatte, und der deutsche Schriftsteller Ludwig Rubiner zu Lisa und Michael zum Essen. Der Anarchist gab Michael eine Bleistiftzeichnung: Sophies Selbstporträt, das kurz vor ihrem Untergang entstanden war und schon den Abschied vom Leben im Blick hatte, den Tod.

Sie sprachen über die Oktoberrevolution. Die Bolschewiki hatten die provisorische Kerenski-Regierung gestürzt und die Macht übernommen. Der gegenrevolutionäre Interventionskrieg der Westmächte, von Winston Churchill gepredigt, wurde schon erwogen. Der Anarchist sagte, überlegen lächelnd: »Solange die Bolschewisten das Geld nicht abschaffen, interessiert mich die ganze Revolution nicht.« Die Bolschewiki waren ihm nicht radikal genug.

Ludwig Rubiner schlug vor, den Eisernen Hindenburg, der in der Siegesallee stand und mit Nägeln beschlagen wurde – jeder Nagel eine Mark –, mit einer Bombe zu sprengen. Diese Tat würde in Deutschland zweifellos die Revolution zum Ausbruch bringen. Die beiden besprachen angeregt, wer die Bombe nach Berlin bringen und den

Eisernen in die Luft sprengen solle. Sie begeisterten sich an der Idee, und dabei blieb es.

»Der Mensch ist gut« war erschienen. Das Buch erregte Aufsehen in der Schweiz, und in kurzer Zeit erschienen ein Dutzend Übersetzungen. Aber die Einfuhr nach Deutschland war sofort verboten worden. Auch einzelne Exemplare, mit der Post gesandt, gingen nicht durch. Michael war ratlos – er hatte das Buch gegen den deutschen Militarismus geschrieben.

Eines Nachts erinnerte er sich, im Halbschlaf, an einen Verehrer, Professor X, der in der Propaganda-Abteilung des deutschen Auswärtigen Amtes arbeitete. Er fragte ihn brieflich, ob er ihm eine Anzahl Exemplare und eine Namenliste senden dürfe, und bekam von dem Träumer, der nicht zu ahnen schien, welcher Gefahr er sich aussetzte, in einem Dankbrief die zusagende Antwort.

Nach langem Suchen fand Michael in der Altstadt einen Buchbinder, der hohe Stöße übriggebliebener Einbanddecken vom Schweizer Gesetzbuch hatte und von einem Buch »Ritt durch die Wüste«, mit einem Kamel und einem Beduinen im weißen Gewande, der auf die Glut der untergehenden Wüstensonne zureitet. Michael kaufte von seinem Honorar tausend Exemplare seines Buches, ließ sie in diese harmlos aussehenden Umschläge binden und sandte die drei riesigen Kisten nach Berlin an Professor X ins Auswärtige Amt.

Als der Brief kam, in dem Professor X mitteilte, daß er die Kisten bekommen und die Bücher an die Personen geschickt habe, deren Namen auf der Liste gestanden hatten, war Michael verblüfft wie jemand, der durch einen unerwarteten Glücksfall sein Ziel doch noch erreicht hat.

Er schob voller Freude den Brief in die Tasche und verließ

das Haus. Auf dem Weg in die Stadt kaufte er den Roman »Le Feu« von Barbusse, der ebenfalls bei Max Rascher erschienen war. Der Buchhändler sagte: »Jemand kaufte gestern im Auftrag der englischen Regierung bei mir fünfhundert Exemplare Ihres Buches ›Der Mensch ist gut‹, für die deutschen Kriegsgefangenen in England.«

Es war ein schöner Herbstabend. Auf dem Bellevueplatz und am Seeufer standen mehrere Gruppen. Redner hielten improvisierte pazifistische Ansprachen. Es wurde erregt diskutiert. Michael blieb stehen, er bekam zu hören, was er in seinem Buch geschrieben hatte. Das erste Mal seit der Schulzeit standen Tränen in seinen Augen.

Auf dem Heimweg durch die Altstadt vernahm er Mädchengesang, der aus einem Kellerlokal heraustönte. Die Stimme kam ihm bekannt vor. Er stieg hinunter. Auf dem Podium stand Emmy Hennings.

Da selten ein zahlender Gast gekommen war, hatten Hugo Ball und seine Freundin Emmy, die essen mußten, das Kabarett Voltaire sterben lassen. Sie traten seit einigen Wochen in diesem winzigen Kellerlokal auf, das jeden Abend gesteckt voll war.

Emmy war das Indianermädchen, die schöne Schwester des Häuptlings Winnetou, kaffeebraun geschminkt, auf dem blonden Kopf den goldbronzierten Pappendeckelreif mit Indianerfedern, und Hugo Ball begleitete ihre schwermütig wilden Gesänge hämmernd auf dem Klavier – Text und Musik von ihm. Die Texte hatten, im Gegensatz zu den dadaistischen Simultangesängen, den broterwerbenden Sinn, der den Gästen flüssig einging. (Hugo Ball wurde später katholisch und schrieb ein halbphilosophisches Werk über Katholizismus. Bald danach starb er.)

Am 22. Dezember 1917 begannen die Friedensverhandlungen zwischen Deutschland und Rußland. Die Nachricht verursachte auch in der Schweiz tiefste Bestürzung. Zwanzig Intellektuelle, Schweizer von Ruf und Namen und mehrere weltbekannte Persönlichkeiten, die in der Schweiz lebten, baten Lenin in einem Telegramm, nicht Frieden zu schließen mit Deutschland. Lenin schien die Sicherung und den Endsieg der Revolution für wichtiger zu halten – der Brest-Litowsker Friedensvertrag wurde am 3. März 1918 unterzeichnet.

Um diese Zeit kam Michaels Freund, der Philosoph Doktor Otto Buek, von Berlin nach Zürich. Er wohnte bei Michael. Nach dem Essen schilderte er die Zustände in Berlin. Hunger, Hunger, und man sehe nur noch Frauen, alte Männer und Kriegskrüppel. Kein Mensch glaube mehr an den deutschen Sieg. Tausende kriegsmüde Soldaten auf Urlaub hielten sich versteckt und riskierten, statt an die Front zurückzukehren, entdeckt und erschossen zu werden. In diese düstere Massenstimmung habe Michaels Buch hineingeleuchtet wie ein Himmelskörper.

Sie saßen im Garten neben einem riesigen Busch – der Goldregen strotzte in der Frühlingssonne. Doktor Buek sagte, Gymnasiasten hektographierten das Buch. Gymnasiasten-Klassen verteilten die einzelnen Blätter untereinander, jeder schreibe eine Anzahl Seiten mit der Hand ab. Das Buch gehe von Hand zu Hand. Jeder, den man spräche, kenne es. Die sozialistische Partei habe fünfhunderttausend Exemplare auf Zeitungspapier drucken lassen und sie an die Front geschickt. (Er reichte Michael ein Exemplar dieser dicken Zeitung.) Wenn ein Buch den Krieg verkürzen könne, sei es »Der Mensch ist gut«. Doktor Buek lächelte, als er sagte: »Ihr Buch greift in die Weltgeschichte ein.«

Michael dachte: ›Wenn es den Krieg auch nur um einen Tag verkürzt! Wenn es die kommenden Generationen auch nur ein bißchen nachdenklicher macht!‹

In diesem Sommer begann der Zusammenbruch der deutschen Wehrmacht. Ludendorff mußte die für Juli geplante Offensive an der Westfront aus Mangel an Reserven unterlassen. Am 8. August begann eine erfolgreiche Offensive der Alliierten, von der Ludendorff sagte: »Der 8. August war für die deutsche Armee der schwarze Tag in der Geschichte des Krieges. Unsere Kampfkraft ist zerfallen. Der Krieg muß beendet werden.«

Am 9. November fuhren Lisa und Michael mit der Elektrischen in die Stadt, in der Absicht, einen Teppich für das Wohnzimmer zu suchen. Als sie am Hauptbahnhof ausstiegen, sahen sie eine Gruppe aufgeregter Leute, die Extrablätter kauften.

»REVOLUTION IN DEUTSCHLAND!«

Sie fuhren sofort wieder heim. Es war drei Uhr nachmittags. Um sechs Uhr war das Haus verkauft. Um acht Uhr saßen sie im Zug nach Deutschland.

Die deutschen Zollbeamten an der Grenze, die meisten noch in feldgrauer Uniform, nahmen ihr Geschäft nicht ernst, sie ließen freundlich grinsend alles hinein in das Land, in dem es nichts mehr gab.

Lisa schenkte einem bärtigen Zollbeamten eine Tafel Schweizer Schokolade. Er roch daran und bekam Kugelaugen. »So etwas hat's früher auch bei uns gegeben. Was meine Kinder dazu sagen werden? Die haben noch keine Schokolade gesehen.« Er zog die Tafel vorsichtig aus dem farbigen Umschlag und hielt sie von sich weg. »Und auch noch in Silberpapier! Das glänzt wie ein Stern in der Hölle.«

Im deutschen Zug, mit Plätzen für zwölfhundert Reisende, saßen und standen und lagen viertausend, ein grauer Menschenbrei. Die Bezüge der Polsterbänke waren in Fetzen gerissen, die Wände verschmiert, die Fenster zerbrochen. Der Zug hielt oft auf der Strecke, aus Mangel an Dampf. Die Kohlen bestünden ja nur noch aus Steinen und Kohlenstaub, sagte der Schaffner, der niemand nach dem Fahrschein fragte.

Michael hockte auf dem Boden, zu Füßen Lisas, für die er einen Sitzplatz erobert hatte. Ein junger blindgeschossener Soldat, der neben Lisa saß, richtete die leeren Augenhöhlen auf sie und sagte: »Wenn ich heimkomme, frag ich meine Mutter, warum sie mich in die Welt gesetzt hat. Das frag ich sie. Warum hast du mich in die Welt gesetzt?« Es nützte Lisa nichts, daß sie die Zähne aufeinanderbiß, die Tränen sprangen heraus.

Hin und wieder, wenn der Zug auf einer schwachen Steigung nicht weiterkonnte, stiegen von der Landstraße aus Leute ein. Es gab keine Fahrscheine mehr. Es gab nichts mehr. Der klappernde, in allen Fugen knirschende Zug des Zusammenbruchs rollte langsam wie ein Pferdefuhrwerk durch das verelendete Land und erreichte München mit sieben Stunden Verspätung. Es war dasselbe, es gab keinen Fahrplan mehr.

Auf dem Bahnhofsplatz überkamen Michael die Erinnerungen an die Münchener Jahre vor dem Krieg. Alles schien noch dasselbe zu sein, und doch war alles ganz anders an diesem kalten Novembermorgen. Über der Stadt schien ewige Nacht zu hängen, in der Menschen sich langsam wie ineinander verschlungenes Gewürm durcheinanderbewegten, offensichtlich ganz gleich, wohin.

Lisa und Michael gingen in ein Hotel in der Nähe des Bahnhofs. Sie schrieben ihre Namen ein. Sie bekamen ein Zimmer, dazu den Schlüssel. Alles hatte einen gespenstischen Zug, als laufe die Maschine, vor Jahren in Gang gesetzt, zufällig weiter. In diese gespenstisch leblose Stille – ein grauer Abgrund, wo nichts lebt und kein Wachstum ist – brach plötzlich stürmischer Massengesang, durchstoßen von wilden Triumphschreien. Michael trat ans Fenster. Tausende marschierten unter riesigen roten Fahnen.

Michael ging in die nächste kleine Wechselstube und tauschte seine siebentausend Schweizer Franken um in Mark, die damals an den internationalen Börsen erst vierzig Prozent an Wert verloren hatte. Er sagte zum Inhaber: »Die Mark wird bald nicht einen Pfennig wert sein.«

Der magere, bebrillte Mann wurde rot vor Zorn. »Die Mark ist so gut wie Gold.«

»Und ich sage Ihnen, sie wird bald überhaupt nichts mehr wert sein.«

»Wenn Sie das glauben, warum verkaufen Sie dann Ihre Schweizer Franken für Mark?«

Michael, der in Zürich sein Geld nicht auf die Bank gegeben hatte, da es unmoralisch sei, Zinsen zu nehmen, sagte hinunter auf die Tischplatte: »Weil ich nichts besitzen will, wenn die andern nichts besitzen.«

Damit konnte der Geldwechsler nichts anfangen. Er wich rückwärts gehend hinter den Zahltisch zurück, den Blick verblüfft auf Michael gerichtet, als fürchte er, der sonderbare Kunde sei geisteskrank.

Als Michael auf die Straße trat, sah er, wie zwei Soldaten einen jungen blonden Offizier bei den Armen packten und ihm die Epauletten herunterrissen. Michael dachte: ›Ja, was soll man da sagen.‹ Er dachte: ›Von jetzt an sind wir alle gleich.‹ Und er war davon überzeugt. Er summte unwillkürlich die Hymne an die Freude – »alle Menschen werden Brüder«.

Ein Radfahrer fuhr keuchend an ihm vorbei. An den Rädern waren an Stelle von Gummireifen, die es nicht mehr gab, rundherum Spiralfedern und darüber Eisenreifen. Vor einem Schuhgeschäft, hinter dessen leerem Schaufenster nur ein graues Kätzchen war, das mit einer umgefallenen Glasvase spielte, stand ein Bauernbursche mit kurzen Lederhosen, nackten Knien und knallroten, bis über die Waden hinaufreichenden Damenschnürstiefeln mit geschwungenen hohen Absätzen. Schuhe gab es nicht mehr.

Michael dachte: ›Die sadistischen Huren, die vor dem Krieg in der Tauentzienstraße beim Kaufhaus des Westens auf Kundschaft gewartet hatten, trugen solche hohen roten Schnürstiefel, als Aushängeschild.‹

Gegen zwölf Uhr gingen Michael und Lisa in die Stadt. Fast alle Ladengeschäfte waren geschlossen und viele Schaufenster durch Bretterwände geschützt, damit in der Nacht die Scheiben nicht herausgeschnitten werden könnten. Zu verkaufen gab es nichts mehr.

Aber in der kleinen Bierwirtschaft, in der Lisa und Michael zu Mittag essen wollten, gab es eine große Auswahl an Fleischgerichten zu mäßigen Preisen und gut zubereitet. Sie bestellten gefüllte Kalbsbrust bei der hübschen dicken

Kellnerin, die einen mächtigen Busen hatte und beständig lächelte.

An der Wand gegenüber saß ein lang aufgeschossener, trockener, blonder Junge. Er trug ein Monokel und einen dunkelblauen Anzug, dessen Ärmel zu kurz waren. Michael dachte: ›Ein Offizier in Zivil.‹

Der Offizier sprach eindringlich zu einem Mann, der ein ungesund fettig-bleiches Gesicht hatte und selbst mit den starren braunen Augen zu horchen schien, untertänig gehorsam wie ein Diener, der Befehle entgegennimmt.

Im Anblick dieses Mannes sah Michael plötzlich den gotischen Steinhund, der im Kreuzgang eines Würzburger Mönchsklosters schief aus der Mauer herausragt. ›Ja, er ist ein verkrampfter gotischer Hund.‹ Er dachte vergebens darüber nach, welchen Beruf dieser Mann haben könnte. Keiner paßte zu ihm. Er dachte: ›Vielleicht hat er gar keinen Beruf.‹

(Michael sah diesen Mann am folgenden Abend noch einmal, in einer Arbeiterversammlung im Brauhaus. Er hatte eine rote Armbinde und sammelte, gleich zehn anderen, mit einem Suppenteller für die Witwen und Kinder der gefallenen Münchener Arbeiter. Zwischendurch rief er unter stürmischem Beifall protestierend und anfeuernd hinauf zum Redner auf dem Podium, Ernst Toller, der ihm nicht radikal genug war. Daß der Mann ein von den Münchener Offizieren bezahlter Spitzel war, erfuhren die Arbeiter erst später. Zu spät.)

Als die freundlich lächelnde Kellnerin die Kalbsbrust brachte, fragte Michael, ob sie wisse, wer und was der Mann sei, der an der Wand gegenüber, der nur Salat esse und Wasser trinke.

Ihr Lächeln verging. »Ach der!« Sie zuckte die Schultern. »Der ist andersherum, hab ich mir immer gedacht. Mich jedenfalls graust's vor ihm. Ich glaub, er heißt Litler oder Hitler, nein, ich glaub Bitler. Bezahlen tut immer der andere. Das ist ein Baron. Jetzt kommen nämlich auch feine Herren zu uns, weil's bei uns was zu essen gibt.«

»Können Sie mir noch ein Stückchen Brot bringen?« fragte Lisa, die wie immer mit bestem Appetit aß. Da kam ein Zeitungsverkäufer herein und rief: »Bayern eine freie sozialistische Republik! Kurt Eisner Ministerpräsident!«

»Jetzt wird alles anders, jetzt wird alles gut«, sagte Michael freudig erregt. »Alles wird gut. Und wir sind dabei.« Er preßte die Hand Lisas. Sie sagte: »Warum mußten vorher Millionen sterben?«

Er versuchte zu trösten. »Wenigstens sind sie nicht vergebens gestorben. Jetzt wird alles gut.«

Es kam alles anders. Kurt Eisner wurde auf dem Weg zu einer Sitzung des Landtags von Graf Arco-Valley erschossen. Hunderttausend erbitterte Arbeiter demonstrierten. Sie hatten den christusgleichen Idealisten Kurt Eisner geliebt. Leviné, ein Spartakistenführer aus Berlin, rief die Räterepublik aus. Die Spartakisten marschierten mit Gewehren und behängt mit Handgranaten durch die Ludwigstraße, Richtung Odeonsplatz. Auch ein paar alte Kanonen wurden mitgeführt. Es sollte eine Einschüchterungsdemonstration sein. Alle Fenster waren geschlossen und die Rollläden heruntergelassen. Die Stadt war tot.

Die Macht der Spartakisten reichte nicht über die Stadtgrenze hinaus. Ernst Toller war Oberkommandierender der Roten Armee, die vor München in Kampfstellungen lag, zur Verteidigung der Räterepublik. Der Sozialdemokrat Noske schickte preußische Truppen, unter Führung von Offizieren der alten Armee, nach Bayern. Es kam nicht zum Kampf. Die Rote Armee hatte sich schon vorher von selbst aufgelöst. Die Noske-Truppen besetzten die Stadt. Die Münchener Räterepublik, ein Versuch mit unzulänglichen Mitteln, hatte geendet, so plötzlich, wie sie entstanden war.

Der Spartakistenführer Leviné wurde zum Tod verurteilt und erschossen. Ernst Toller wurde zu fünf Jahren Festung verurteilt. Er schrieb in der Zelle Gedichte, die später unter dem Titel »Das Schwalbenbuch« erschienen.

Michael war nach Berlin gefahren zum Abschluß eines Vertrages über achtzigtausend Exemplare einer billigen Volksausgabe seines Buches »Der Mensch ist gut«, für das er 1920 den Kleist-Preis erhielt. Lisa kam erst später aus München nach Berlin. Sie berichtete, was Michael aus den Zeitungen schon erfahren hatte. Er war niedergeschlagen durch die Ereignisse in Berlin. Noske-Offiziere hatten Karl Liebknecht und Rosa Luxemburg, die für eine freie sozialistische Republik eingetreten waren, in ihr Hauptquartier, Hotel Eden, geschleppt und sie auf dem Weg zum Moabiter Gefängnis brutal erschlagen lassen. Die Leichen waren in den Landwehrkanal geworfen worden.

Die letzten ernsthaften Aufstände, im Ruhrgebiet und in Thüringen, wurden im Frühjahr von den Noske-Truppen niedergeschlagen, unter schweren Verlusten der Arbeiter.

Den Kapp-Putsch erlebten Lisa und Michael in Frankfurt am Main. Versammlungen waren unter Androhung der Todesstrafe verboten. Die Frankfurter Arbeiter hielten trotzdem eine Versammlung ab, als Protest gegen den Rechtsputsch. Die zweitausend Teilnehmer wurden im Saal für verhaftet erklärt und durch die Hauptverkehrsstraßen abgeführt, flankiert von Detektiven, mit Revolvern schußbereit in den Fäusten. Die Arbeiter ließen es sich belustigt gefallen, und auch die Zuschauer am Straßenrand lachten, denn es sah aus, als hätten die Verhafteten, die auf dem Marsch zum Polizeipräsidium in Hochstimmung unter roten Fahnen die Internationale sangen, die Detektive verhaftet.

Die Zweitausend wurden in einen riesigen leeren Saal geleitet. In einer Minute lag auf dem Fußboden eine dicke Schneedecke – jeder hatte jedes verdächtige Papier zu Schneeflocken zerkleinert. Die Vernehmungen begannen sofort. Sie führten zu nichts – der Arbeiterführer, den die Polizei suchte, war nicht unter den Verhafteten.

An diesem Abend sah Michael, wie Paul Levi, sozialistischer Theoretiker und führendes Mitglied der Partei der Unabhängigen Sozialisten, eilig in das Café am Bahnhofsplatz trat. Er blickte suchend umher, verstört und gespannt wie ein Mann, der jede Sekunde befürchtet, verhaftet zu werden. Er winkte Michael zu und verschwand sofort wieder. Ihn hatte die Polizei gesucht.

Lisa und Michael, die sich damals nirgends hingehörig fühlten und ohne besonderen Grund von Berlin planlos nach Frankfurt gefahren waren, fuhren nach ein paar Tagen wieder zurück nach Berlin und kauften – die Mark war schon entwertet – mit den fünftausend tschechischen Kronen, die Michael von einer Prager Zeitung für den Nachdruck der »Räuberbande« bekommen hatte, eine möblierte Wohnung in der Bismarckstraße. Leere Wohnungen gab es nicht.

Sie frischten die drei Zimmer auf mit Teppichen und ein paar schönen Möbeln. Hier wollten sie bleiben und in Ruhe füreinander leben. Michael arbeitete nach zweieinhalb Jahren Unterbrechung durch die Revolution wieder an dem sozialistischen Roman, den er schon in der Schweiz zu schreiben begonnen hatte. Er machte die Erfahrung, daß man dieses schwierige, vielseitige Thema erst gründlich verstehen lernt, wenn und während man darüber schreibt.

An einem kalten Februarnachmittag begegneten Lisa und Michael auf dem Weg ins Café – die Berliner Boheme war aus dem Café des Westens ins Romanische Café übergesiedelt – in der Tauentzienstraße Hugo Lück. Er war zu einem Skelett abgemagert, hatte trotz der schneidenden Kälte keinen Mantel an und trug ein halbmeterlanges, weißgestrichenes Stöckchen in der Hand, das aussah wie ein Dirigentenstab.

Als Michael fragte, wie es gehe und was er tue, antwortete Lück, plötzlich wieder Kopf im Nacken wie vor fünfzehn Jahren im Café Stefanie, lächelnd von oben herab: »Glänzend! Daheim in meiner Schublade liegen sechs Theaterstücke. Ich lasse sie nicht aufführen, das Publikum ist noch nicht reif dafür.« Er bog sich lachend weit nach hinten und preßte schnell die Hand auf den offenen Mund, in dem oben nur noch ein Zahn war. (Lück starb ein paar Wochen später im möblierten Zimmer, das sein Schicksal war.)

Michael hatte Lisa nichts von Hugo Lück erzählt. Aber als Lück »a rivederci« gesagt hatte und die Tauentzienstraße hinunterflüchtete, ein Vereinsamter, dessen letzter Halt ein weißes Stöckchen war, rannen an Lisas Wangen die Tränen herunter.

Im Frühjahr 1921 bekam Michael von seinem Vater ein Telegramm, die Mutter sei schwer erkrankt. Er fuhr nach Würzburg. Michael hatte den prophetischen Satz der Mutter, mit dem ihr Roman schloß – daß ihr »berühmter Sohn« seinen Eltern einen sorgenfreien Lebensabend bereitet habe –, wahr gemacht. Er hatte den Eltern, damit der damals schon siebzig Jahre alte Vater nicht mehr arbeiten müsse, vom Herbst 1917 an monatlich einhundertzwanzig Mark geschickt, mehr, als jemals in seinen Lohntüten gewesen war. Sie wohnten im Grünen, in einem neu erbauten Reihenhäuschen am Glacis, und hatten einen winzigen Garten, aus dem die Mutter ihr Gemüse zauberte und Blumen rundherum.

Das Gesicht der Mutter war blau. Sie atmete schwer. Michael war in der letzten Stunde gekommen. Sie erkannte ihn und griff nach seiner Hand und hielt sie. Sprechen konnte sie nicht mehr. Auf ihrem Nachttischchen, unter der brennenden Petroleumlampe, lag ein zerlesenes Exemplar der »Räuberbande«.

Als ihr letzter Seufzer kam, mit dem ihr Kopf schulterwärts sank, schritt der Vater eilig im Sterbezimmer hin und her, schnalzte verzweifelt mit den Fingern und rief dabei: »Ou, ou, ou!« Das hieß: Jetzt bin ich allein. Sie waren fünfzig Jahre verheiratet gewesen.

›Ob es dir bewußt ist oder nicht – das Leben ist kälter, wenn deine Mutter stirbt‹, dachte Michael im Zug nach Berlin. Ihm war es bewußt. Die Mutter hatte, wie es in den alten Romanen steht, immer an ihren Sohn geglaubt und es ihm geschrieben und es bekräftigt mit einer Monatsrente von dreißig Pfennigen, auch in den Jahren schwerster Not blind an den Sohn geglaubt, als er selbst so manches Mal in Verzweiflung versunken war unter dem Ansprung der Not und der immer lauernden Ungeheuer des menschlichen Gemüts.

Das sechzehnjährige Dienstmädchen aus Pommern, das

Lisa während Michaels Abwesenheit ins Haus genommen hatte, öffnete die Wohnungstür, als er läutete. Lisa war auf dem Weg zum Arzt. Ihr Herzleiden – erweiterte Aorta – hatte sich im Lauf der Jahre bedenklich verschlechtert. Der Hausarzt kam zweimal in der Woche, und zweimal fuhr sie zu ihm.

Sie saß in der Straßenbahn. Daheim hatte sie sich nicht schlechter gefühlt als sonst. Während der Fahrt spürte sie jeden Schienenstoß plötzlich mit verzehnfachter Stärke – wuchtige, harte Schläge, denen sie widerstandsunfähig ausgesetzt war.

Der spitze Turm der Gedächtniskirche neigte sich auf das Wagendach. Der Wagen fuhr im Kreis herum und vorwärts und rückwärts zugleich. Sie erbleichte vor Schwindel und Todesangst. Sie hatte bisher Todesangst nicht gekannt. Sie mußte aussteigen. Sie taumelte türwärts.

Der Wagen hielt. Sie stand noch eine Sekunde im Straßengewühl. Da entfloh alle Kraft, sie fiel schwankend um. Niemand fing sie auf.

Zwei Männer, der eine untersetzt, mit aufgeworfenem Mund und Klemmer, der wie eine Waffe im Bulldoggengesicht saß, trugen sie zur Rettungsstation. Ein schwarzer Hund lief bellend nebenher. Der Untersetzte trat nach ihm. Sie schlug die Augen auf und flüsterte Namen und Adresse. Der Hund bellte wütend.

»Was ist mit ihr?« Der Arzt in der Rettungsstation wusch die blutigen Hände unter dem Wasserhahn. Im Nebenraum schrie eine Frau, die überfahren worden war.

»Setzen Sie sie dorthin.« Er trat zu Lisa, während er die Hände abtrocknete. Das Handtuch, das dicht vor ihren Augen flatterte, verstärkte das Schwindelgefühl, sie glaubte in einem wiegenden Eisenbahnwagen lautlos durch eine schmutzige Schneelandschaft zu gleiten. Ihr Kopf fiel auf die Schulter. »Rufen Sie, bitte, 1745 an. Mein Hausarzt!«

»Zuerst muß ich wissen, wie Sie heißen?«

Sie schloß die Augen und legte die Fingerspitzen an die Schlagader des Halses. Das Herz arbeitete nicht. »Lisa Vierkant.« Sie hatte nicht Kraft genug, den Kopf wieder aufzurichten. Ihr Gesicht war todweiß. Das Braun unter den Augen war tiefdunkel geworden. Sie flüsterte noch einmal ihre Adresse. »Lassen Sie mich nach Hause bringen.«

»Da muß ich Sie darauf aufmerksam machen, daß Sie den Krankenwagen zu bezahlen hätten. Sind Sie verheiratet ...? Und ihr Mädchenname?« Das Telefon klingelte. Er schleuderte den Personalienblock auf den Tisch. »Rettungsstelle!«

Die Überfahrene hinter der geschlossenen Tür schrie pausenlos. Am Türpfosten lehnte ihr vierjähriges Mädchen, das Rotz und Wasser heulte.

»Wie? Wie sieht sie aus ... Groß? Was heißt groß ...! Daß die Leute doch nie angeben können, wie ihre Angehörigen aussehen, mit denen sie ihr Leben verbringen«, sagte er zur Assistentin, deren Mund ein schnurgerader, schnurdünner Strich war, über dem die ruhigsten, klarsten Blauaugen glänzten.

»Hatte Ihre Frau ein kleines Mädchen bei sich ...? Dann ist sie's nicht.« Er hing ab.

»Wann und wo sind Sie geboren ...? Tut mir leid, ich muß zuerst wissen, wann und wo sie geboren sind«, sagte er zu Lisa und schrieb auf.

Das Zimmer schwankte. Eine neue Ohnmacht nahte. »... meinen Hausarzt an, 1745.«

»Wie war ihr Mädchenname?« Er wiederholte ihn und fragte: »Mit y?«

Lisa kämpfte gegen die Ohnmacht, sie glaubte zu sterben und hatte das Gefühl, dieser Mann mit dem Personalienblock ermorde sie.

Der Untersetzte riß den Klemmer herunter. »Müssen Sie die Personalien denn bis zum I-Tüpfelchen aufnehmen, bevor Sie der Frau helfen!« Er warf den Klemmer wieder ins Gesicht und stieß die Lippen vor.

»Wenn wir das nicht sofort tun, mein Herr, dann kann es vorkommen, daß wir die Personalien eines Verunglückten tagelang nicht ermitteln können. Die Angehörigen werden unterdessen vor Ungewißheit verrückt. Das ist die andere Seite ... Rufen Sie den Hausarzt an«, sagte er zur Assistentin.

Die Überfahrene änderte plötzlich den Ton – sie schrie jetzt wie ein fremdes Tier. Das Kind heulte laut auf.

»Also, wo fehlt's?«

Lisa versuchte den Kopf zu heben, er fiel wieder zurück. »Herz.«

Die Assistentin legte das Hörrohr wieder auf. »Der Hausarzt bittet, Sie möchten ihr sofort Digitalis geben und sie heimbringen lassen.«

Die Tür wurde aufgestoßen. Zwei Schutzleute trugen einen alten Herrn herein. Sein Gesicht war grün, der beschmutzte steife Hut lag auf seinem Bauch. Der dicke, warme Karbolgeruch verschlang die frische Luft sofort wieder.

»Haben Sie seine Personalien schon?«

»Er ist noch nicht wieder zu sich gekommen«, sagte der Schutzmann. »Und als wir ihn fanden, war er schon bewußtlos.«

Der Arzt ließ die Hand des Alten fallen. »Er ist tot. Schlaganfall. Klingeln Sie die Leichensammelstelle an.«

Er wandte sich zum Untersetzten. »Vielleicht hat er Kinder, eine Frau, nicht wahr? Es gibt hier sechsundfünfzig Rettungsstationen, und jeden einzelnen Tag kommen in jede Station mehrere Verunglückte. Wir leben in einer Millionenstadt. Jetzt überlegen Sie einmal, welch unentwirrbares Durcheinander entstehen würde, wenn ...«

»Ja, aber ...«

»Gar nichts aber!«

»Ja, aber geben Sie ihr doch endlich die Medizin!«

Gleichzeitig mit dem Arzt sprang der Untersetzte zu Lisa, die ohnmächtig vom Stuhl rutschte.

»Der Hausarzt hat angerufen. Er kommt gleich. Ihrer Frau ist schlecht geworden«, sagte die Sechzehnjährige zu Michael, der soeben wieder heimgekommen war. Sie war erst seit drei Tagen in Berlin und lächelte über alles, was sie in Berlin sah und hörte. Sie war blond wie ein Apfel, gesund wie ein Apfel und hatte in den drei Tagen schon gelernt, Stöckelschuhe und Seidenstrümpfe zu tragen.

Michael griff nach dem Hörer. Noch während der Hausarzt mitteilte, was er wußte, hörte Michael schon schwere Schritte im Stiegenhaus. Zwei grau uniformierte Krankenwärter trugen sie auf einer Bahre herauf.

Haarsträhnen waren ins wächserne Gesicht gefallen. Die Hände lagen übereinander auf der Brust, wie für den Sarg gefaltet. Sie sah aus wie eine noch bewußtlose Frau, die nach der Operation vom Messer weggetragen wird.

Sein Schreck war so gewaltig, daß er nicht länger als eine Sekunde dauern konnte. »Decken Sie das Bett auf!« Er stürzte ihr entgegen.

Sie öffnete die Augen und schloß sie wieder – ein kurzer Blick, dem nicht einmal mehr die Kraft eines Blickes innewohnte, ein Augenöffnen nur, das ganz im Einklang war mit ihrem Zustand, tiefernst, fatalistisch und gefaßt zugleich: ein Mensch, berührt vom Finger des Todes.

Auch im Bett konnte sie nicht sprechen, sie sah ihn nur noch einmal an. Ihre Lippen waren blaßblau. Wieder ging die Erschütterung wie ein Riß durch ihn durch.

Sie fühlte seine Zärtlichkeit, als er ihr das Haar aus der Stirn strich, sie versuchte, zu lächeln für ihn. Das war mehr, als wenn eine gesunde Frau für ihren Geliebten alle Last der Welt auf sich nehmen würde.

Der Arzt, ein Freund Michaels, zog schon im Stiegenhaus den Mantel aus, drehte beim Durcheilen des Vorzimmers das Hörrohr zusammen, wartete den Bruchteil einer Sekunde vor der Schlafzimmertür und trat ruhig ein.

Er hatte ihr vor einiger Zeit versprechen müssen, sie auch im äußersten Fall über ihren Zustand rückhaltlos aufzuklären, und war selbst der Meinung gewesen, hier ausnahmsweise sein Versprechen halten zu können. Sie war eine kluge Frau, schwer zu täuschen, und in ihrer Seele seit langem dem Tode näher als dem Leben.

Als er, seine Überraschung über ihren Zustand verbergend, auf dem Bettrand saß, den viel zu langsamen, kaum fühlbaren Puls zwischen den Fingern, öffnete sie wieder die Augen. In ihrem Blick war die Angstfrage.

Der Arzt antwortete, indem er ganz unauffällig ruhig sagte: »Eine Herzschwäche! Anfall von Herzschwäche! Das geht vorüber. Nur dürfen Sie sich in der nächsten Zeit keinerlei Aufregungen leisten.«

Erst jetzt fragte sie: »Werde ich sterben, Doktor?« Sie zeigte dabei schon ein reizendes Lächeln, das von Hoffnung und Glauben gebildet war.

»Nein!« Er lachte überzeugend. »Zum Sterben sind Sie

noch viel zu jung. Ja, wenn Sie dreißig Jahre älter wären! Aber so –«

»Bitte, gib mir den Kamm, Michael, und den Spiegel.«

Sie bekam eine Injektion. Der Puls wurde stärker. Sie ordnete selbst ihr Haar. Dann schlief sie beruhigt und ruhig atmend ein.

»Ich bin überrascht. Einen so schweren Anfall hätte ich nicht erwartet. Gefahr besteht aber nicht«, sagte er zu Michael. Das war seine Meinung. Er schrieb einige Rezepte.

»Mir sagen Sie doch die Wahrheit?«

»Die volle Wahrheit ...! Ich bin heute abend eingeladen. Wenn nötig, rufen Sie mich dort an.« Er gab ihm die Telefonnummer.

Es war still in der Wohnung. Die Sechzehnjährige aus Pommern, die als Wache vor der angelehnten Schlafzimmertür saß, zog den Rock über die Knie hoch und betrachtete mit Wohlgefallen ihre tadellos geraden Beine, die sie immer wieder waagerecht vorstreckte, fest aneinandergepreßt. Sie hatte nach ihrer Ankunft in Berlin ihren Rock um zwanzig Zentimeter gekürzt und ihre Beine erst jetzt kennengelernt. Lächelnd zog sie ein Spiegelchen aus der Schürzentasche, bleckte die Zähne, die weiß und schön waren, und puderte mit einer winzigen Quaste zum dritten Male in ihrem Leben die apfelfrischen Wangen.

Um zehn Uhr ging sie schlafen. Michael legte sich auf die Couch, lauschte und dachte an Lisa, an seine Arbeit, an Lisa, und schlief schließlich ein.

Ihr Stöhnen weckte ihn. Sie hatte in ihrer Not den Oberkörper in den Sessel gelegt, nur die Beine im Bett gelassen und bewegte langsam den Kopf hin und her. Das Gesicht war fahl. Der Atem flatterte.

»Was tust du!« Der Schreck fuhr ihm bis in die Füße, die schwer wurden. Er hob Lisa zurück ins Bett. Ihr Körper war schlaff und leblos. Plötzlich schluchzte Michael auf. Von einer Sekunde zur anderen hatte er gefühlt, daß sie in Lebensgefahr war. »Ich rufe den Doktor.« Er flößte ihr die Medizin ein und sprang zum Telefon.

Nein, er fürchte nichts. Michael solle ihr auch noch einen kalten Umschlag aufs Herz geben. Michael glaubte wieder, weil er glauben wollte.

Sie erholte sich. Sie schien einzuschlafen. Er wachte schwere Stunden am Bett. Herzensangst und Zorn auf den Doktor wechselten mit der Hoffnung, daß der Doktor recht habe.

Um acht Uhr früh vernahm er den eiligen Schritt. Lisas Gesicht war grünlich und blutleer. Nur die Augen waren lebendig in verhaltener Todesangst.

»Jetzt mache ich mir Vorwürfe. Ich hätte die Nacht hierbleiben sollen.«

»Sagen Sie mir die Wahrheit!«

»Recht ernst! Wir müssen eine Schwester kommen lassen. Euer Mädchen versteht zu wenig.«

Von Stund an konnte Michael nicht mehr essen. Er rasierte sich nicht mehr, zog sich nicht mehr an. Im Schlafrock wanderte er auf und ab, nächtelang, und wenn er ans Bett trat, lächelte er ruhig und zärtlich. Er spielte gut. Eine Woche lang trug er die Hoffnung im Arbeitszimmer hin und her.

Ein Professor wurde gerufen. Er sah für Michaels starre Herzensangst zu jung aus. Erst nach der Untersuchung, als der Professor zurückkam ins Arbeitszimmer, sah Michael dem bartlosen, faltenreichen Gesicht an, daß dieser Mann in seinem Leben viel gesehen und erfahren hatte.

Der Professor sagte ein paar Worte, still wie sein Gesicht, Worte, die Michaels Angst und Hoffnung bestehen ließen.

Gegen Abend, vierundzwanzig Stunden vor ihrem Tod, sagte Lisa in Michaels Beisein zur Schwester: »Es ist schön, krank zu sein, wenn man so gut gepflegt wird.«

Das war Lisa. So hatte sie immer dem Leben die Treue bewahrt, immer auch im Schweren das Schöne gesehen und mit einem Wort, kommend unmittelbar aus ihrem Wesen, anderen Freude gemacht.

Michael mußte schnell ins Arbeitszimmer flüchten, seine Starre war zerflossen. Schluchzend, gestoßen von Schluchzen, Hand auf den Mund gepreßt, damit sie ihn nicht höre, fiel er in den Schreibsessel, Kopf auf den Armen.

Am Morgen kam die Schwester in Michaels Schlafzimmer. Sie blieb im Türrahmen stehen. Er schnellte empor in den Schrecken. »Was ist?«

Die Schwester sah erregt aus. »Es geht schlecht. Die Nacht war so gut. Hat ruhig geschlafen. Plötzlich, vorhin … Sie müssen gleich den Herrn Doktor rufen.«

Da hörte er schon den eiligen Schritt im Stiegenhaus.

Die Schwester hielt Lisas Kopf, sie versuchte, sie zu beruhigen, und antwortete immerzu: »Ja, ja«, obwohl sie kein Wort verstand. Lisa lallte aufgeregt und sprach heftig mit den dünnen Händen mit. Sie hatte die Sprache verloren.

»Schlaganfall«, sagte der Arzt. Sie bekam eine Spritze. Michael stand am Bett wie ein von der Kugel ins Herz Getroffener, der noch stehen kann. Jedes Gefühl war plötzlich verschwunden.

Nach Minuten schlief sie ein. Als sie erwachte, war sie ruhiger. Das Gesicht war ruhiger. Sie versuchte, Wörter zu formen, und sah dabei Michael an wie eine sich bemühende Schülerin den Lehrer. An ihren Wimpern hingen Tränen.

Schon gegen Mittag konnte sie wieder sprechen. Erregt und dabei lächelnd beklagte sie sich über den Arzt in der Rettungsstation. »Diese Stunde hat mir so geschadet. Es würde mir jetzt schon wieder viel besser gehen.« Sie schilderte Michael ausführlich die Szene in der Rettungsstation.

Noch einmal zog die Hoffnung stürmisch in ihn ein. Der Doktor blieb da. Das verschüchterte Dienstmädchen saß untätig in der Küche und wurde erst wieder lebendig, als Michael um Kaffee für den Doktor bat.

Da draußen ging die Kaffeemühle. Das war Leben. »Ach, Doktor, sie stirbt doch nicht?«

»Es war nur ein ganz leichter Schlaganfall.« Er sprach von etwas anderem, um Michael abzulenken, der nicht mehr abzulenken war.

Es wurde wieder still in der Wohnung. Der Doktor war bei Lisa. Michael schnitt aus grauem Pappendeckel ein Rähmchen, klebte einen beweglichen Streifen zum Aufstellen an die Rückseite und schob Lisas Bild hinein. Selbst auf diesem Kinderbildchen war zu sehen, wie das Braun der Augen schön wurde durch die elfenbeinweiße Haut, und diese ihre makellose Reinheit gewann durch das Goldbraun der Augen.

Michael hatte stundenlang an dem Rähmchen geschnitten und geklebt. Er war einige Male zur Schlafzimmertür geschlichen und zurück. Es war still. Das Bildchen stand vor ihm. Da war ja schon der Schmerz des Lebens eingezeichnet in das Kindergesicht mit dem lieblichen Lächeln.

Plötzlich hörte er erregte Stimmen und ein furchtbares Röcheln. Lisa hatte einen neuen Schlaganfall erlitten. Der

Atem setzte aus, viel zu lange, Augen starr, bevor es ihr gelang, wieder Atem zu holen, von weither.

Arm und Zeigefinger straff ausgestreckt, deutete sie auf Michael und forderte: »Komm her!« Sie preßte und hielt seine Hand mit erstaunlicher Kraft. »Bleib da! Dableiben!«

Die große Stunde war gekommen, und er sah, daß sie es wußte.

Die Pausen zwischen den Atemzügen wurden von Mal zu Mal länger. Der Doktor machte in höchster Eile hintereinander drei Injektionen in den Schenkel, er stach rücksichtslos hinein und rief dabei: »Atmen! Atmen!«

Michael rief flehend: »Atmen!«

Sie atmete nicht.

»Das Atemzentrum ist getroffen«, sagte der Doktor.

Noch einmal und noch einmal atmete sie ein, im allerletzten Moment und schwer röchelnd. Dann kam eine lange Pause. Sie atmete nicht ein und nicht aus, sie starrte. Das Leben war Atem. Sie konnte nicht. In diesem letzten Kampf ließ sie Michaels Hand los. Ganz zuletzt ist der Mensch allein.

Nach einer furchtbaren langen halben Minute gelang es ihr noch einmal, Luft zu holen, schon von drüben her das Leben noch einmal einzuatmen. Es reichte für noch ein paar letzte Sekunden. Ihr Kopf fiel seitwärts.

»Tot!« sagte der Doktor.

»Tot? Nein! Nein!«

»Sie ist tot.« Der Doktor ging sofort nebenan ins Badezimmer – die Tür blieb offen –, beugte sich über den Wasserhahn, die Hände zu waschen, und blickte dabei zurück ins Sterbezimmer.

Plötzlich brüllte Michael: »Doktor! Doktor! Sie atmet. Sie hat geatmet. Sie lebt!«

Der Doktor sprang herbei, die Hände noch voll Seifenschaum.

Die Lunge hatte noch ein Restchen Luft abgestoßen, mechanisch, als Lisa schon tot gewesen war.

»Sie ist tot.«

Michael brach am Bett in die Knie. Die Schwester stand dabei, ihre Arbeit war getan, wie schon so oft.

Er erhob sich im schweren Gang des Lebens langsam von den Knien, da er noch lebte. Er sah das todesstarre Gesicht an und fragte mit veränderter hoher Stimme in unsäglich weher Zärtlichkeit: »Bist du tot, Lisa, bist du tot? Jetzt bist du tot. Meine Lisa ist tot.«

V

Michael richtete sich halb auf im Bett und blickte aus seinem Abgrund auf den lebenden Beamten der Beerdigungsanstalt, der am Fußende stand und auch mit Blick und Tonfall zuerst sein Beileid ausdrückte, bevor er über das Geschäftliche sprach. Noch Jahre später erinnerte Michael sich, daß selbst das berufsmäßige Beileid des Beerdigungsbeamten ihn zu Tränen bewegt hatte.

Er war eine offene Wunde, er lebte und konnte nicht leben, ein Mensch auf dem hohen Seil, der das rettende Dach, das Leben, nicht erreichen und sich auch nicht hinabstürzen konnte zu Lisa in den Tod.

Das Krematorium war in einem kleinen weißen Kuppelgebäude. Die Töne eines unsichtbaren Harmoniums erklangen, während der Sarg langsam in die Tiefe sank und der Deckel sich langsam über der Öffnung schloß. Er hörte das Harmoniumspiel, er wußte, was jetzt geschah. Der letzte Ton verklang. Lisa war Asche.

Er tat Schritte, hinaus in die Sonne, ins Leben, das eine gewalttätige blinde Grausamkeit war.

Er trat in Lisas Schlafzimmer, ein leeres Zimmer mit Wänden. Dort stand ihr weißes Bett, unschuldig brutal. Welche Grausamkeit, daß ihr Bett noch da war und sie nicht mehr. Er öffnete ihren Schrank. Er faßte trocken schluchzend ein Kleid an. Die Erinnerungen wurden in ihm zu Messern. Sein Körper war blutlos kalt vor kaltem Schmerz.

Wochen, die gelebt werden mußten, kamen und vergingen, und nicht eine Minute war vergangen.

Er folgte dem Krematoriumsbeamten, der mit der Aschenurne im Arm an den Begräbnisstätten vorüberschritt, zu der kleinen frischen Grube. Er legte »Die Räuberbande« und »Die Ursache« in die Grube zur Aschenurne. Welch furchtbares Tun, furchtbarer Abschied.

Er ging. Und es gab kein Wohin. Er selbst war das Messer, das er ununterbrochen in seiner Brust umdrehte.

Er mußte erleiden, was es bedeutet, daß der Tod irreparabel ist. Du kannst dein Leid nicht töten, du mußt es erleiden, du mußt es durchleiden, bis zum Ende, und das kannst du nicht, denn es wird beständig genährt, denn sie ist tot, sie kommt nicht mehr zurück, nie mehr, sie ist Asche, sie ist nichts mehr, sie kommt nie mehr zurück. Er mußte erfahren, daß für den, der liebte, auf Erden nichts so unermeßlich furchtbar ist wie das Irreparable des Todes. Es muß getragen werden und kann nicht getragen werden.

Michael ging wie ein krummgebogener Krüppel, weit

vornübergebeugt, auf dem Rücken das Leben, an dem er in keiner Weise teilnehmen konnte. Er sah und hörte nichts auf der Straße, er konnte nicht essen, nicht mit Menschen sein, er war kein Mann mehr, nichts mehr von dem war in ihm. Er war die vertrocknete Hülse eines Mannes. Er schlief nicht, und wenn er einmal einschlief, erwachte er mit der Welt auf der Brust.

Michael versuchte nicht, das Leid zuzudecken, er wich nicht aus, er blieb Lisa treu durch sein Leid um sie. Noch nach Monaten war er erschlagen, als hätte er sie erst den Tag vorher verloren. Und es gab keine Hilfe.

Er klammerte sich an das Sprichwort »Zeit heilt jedes Leid«. Nur Zeit könne ihm helfen, nur Zeit. Aber die Zeit verging nicht, er konnte nichts dazu tun, daß Zeit verging. Die Zeit stand. Ein Tag war eine Ewigkeit, und das Herz schlägt viertausendzweihundertmal in der Stunde. Es gab keine Hilfe.

Er verließ die tote Wohnung, er fuhr – ganz gleich, wohin – nach Wiesbaden, schöne Stadt am Rhein, die er nicht sah, mit gepflegten alten Anlagen, die er nicht sah. Und Liebespärchen saßen auf den Bänken, und die Kurkapelle spielte. Er schleppte sich durch. Wohin? Was soll er tun? Es gab kein Wohin, und die Zeit verging nicht. Zeit, die ihm helfen sollte, war ein unbeweglich stehendes Glasgebäude, in dem er stand.

Er setzte sich auf eine Bank, weit entfernt vom Musikpavillon. Vor ihm auf dem Sandweg hüpften Sperlinge, eine Schar, sie flogen ununterbrochen ab und zu in schrägen Strichen. ›Sie weben das Leben‹, dachte Michael, schon im Einschlafen.

Lisa sitzt lebenswarm neben ihm, auf dem Schoß ein Tellerchen mit Biskuit und dunklen Kirschen. »Kirschen mit Biskuit schmeckt gut zusammen. Versuch einmal. Hier sind zwei große.« Sie hält die zwei Kirschen, deren Stiele an den Enden noch zusammenhängen, vor ihn hin. »Siehst du, das ist ein Kirschen-A.« Sie hängt das Kirschen-A über ihr Ohr und sagt: »Iß die Kirschen herunter. Aber du darfst dabei nicht küssen – ich bin tot.«

Er streift von dem Kirschen-A über ihrem Ohr mit den Lippen zärtlich über die Wange herunter zu ihrem Mund. Er hört das Harmoniumspiel – der Sarg sinkt langsam in die Tiefe. Das Harmoniumspiel endet. Michael fuhr aus dem Schlaf, in der Sekunde, da der Schlußmarsch der Kurkapelle endete.

Er erstarrte in seiner Trostlosigkeit und hatte das Empfinden, zu Stein erstarrt in einem Abgrund zu sein, dessen himmelhohe steile Felswände den Weg zurück unmöglich machen.

Eines Tages sah Michael, als er durch die menschenleere sonnige Hauptstraße ging, langsam und immer noch vornübergebeugt wie ein krummgebogener Krüppel, ein sechsjähriges Kind, ein barfüßiges blondes Mädchen, das an dem Abflußrohr der Dachrinne lehnte. Es blickte Michael entgegen und folgte ihm mit dem Blick. Erschütterung riß ihn plötzlich auf. Das Schluchzen brach durch.

Das erste Mal seit Lisas Tod, nach einem dreiviertel Jahr, hatte die Umwelt sein Gefühl erreicht und aufgebrochen, durch das kleine Mädchen. Es war, als hätte das Leben dieses Kind vorgeschickt als Brücke für ihn zurück zum Leben.

Er überließ sich der Erschütterung. Es war ein lebendiges heiß-strömendes Leid, in dem schon ein Tropfen Wehmut schwamm – Samenkorn des neuen Lebens.

Aber es vergingen noch Monate, bis die kleinen Täglichkeiten, aus denen das Leben besteht, sich allmählich wieder in ihn einschreiben konnten, bis er wieder sah, daß der Baum ein Baum ist und das Gesicht des Menschen, dem er auf der Straße begegnete, ein Menschengesicht.

Vierzehn Monate nach Lisas Tod konnte er gefestigt zurückkehren in die Wohnung. Er dachte im Zug: ›Allen Trostlosen, die den, den sie liebten, verloren haben, sei es zum Trost gesagt, daß Zeit hilft und heilt. Nur Zeit!‹

Michael ging nie mehr zu Lisas Grabstätte. Lisa war in ihm, teure Erinnerung.

Er hatte ein Dienstmädchen ins Haus genommen, die achtzehnjährige Tochter eines Schlossers, der bei Siemens und Halske arbeitete. Sie war ein stilles liebes Mädchen, dicklich, mit unreiner Gesichtshaut und braunen unschuldigen Tieraugen. Sie tat still und aufmerksam alles für Michael, während er den Schluß seines sozialistischen Romans schrieb, der nach ein paar Monaten unter dem Titel »Der Bürger« erschien.

Zu dieser Zeit überschlug die Mark sich Tag für Tag schneller in den Abgrund. Ein Briefbogen war beträchtlich mehr wert als ein Tausendmarkschein. Straßenbettler hatten davon die Taschen voll. Spieler fuhren mit zwei Handkoffern zum Pferderennen – einer vollgestopft mit Milliardenscheinen, der andere leer, für den Fall, daß sie gewännen. Ein Bekannter Michaels hatte ein Jahr vorher ein neues Benz-Kabriolett gekauft, gegen einen Wechsel, fällig in einem Jahr, und ihn jetzt mit Inflationsmark eingelöst. Das neue Auto kostete ihn den Goldwert von zehn Pfennigen – eine Zehnpfennigmarke. Die Sparkassenbücher von Millionen kleiner Leute, die jahrzehntelang Groschen zu Groschen gelegt hatten, für ihr Alter, waren zu wertlosem Papier geworden. Die übergroße Not riß Tausende dieser beraubten hoffnungslosen Alten in den Selbstmord. Töchter einst wohlhabend gewesener Eltern gingen auf die Straße. Sie waren billig und mußten besondere Ideen haben und bereit sein, sie in die Tat umzusetzen. Die Konkurrenz war groß.

Als Michael eines Abends aus dem Speisesaal des Hotels Heßler hinaus auf die Kantstraße trat, ging plötzlich ein schwarzhaariges, schwarzgekleidetes dünnes Mädchen dicht neben ihm. Er erinnerte sich sofort, daß er sie vor Jahren einmal bei einem Empfang im Hause des Barons Schennis flüchtig gesehen hatte. Sie war die Tochter eines verstorbenen hohen Regierungsbeamten. Sie sagte tonlos: »Kommen Sie mit mir in die Wohnung – meine Mutter sieht zu.« Er wich unwillkürlich zurück, entsetzt, bevor er ihr eine Handvoll Milliardenscheine gab, mit denen sie diesen Abend ein Brot kaufen konnte und den folgenden Tag vielleicht schon nicht mehr.

Michael hatte für seinen neuen Roman »Der Bürger« vom Verleger einen Vorschuß von zehntausend Mark in sogenannten Goldschatz-Scheinen bekommen, mit denen er die halbe Friedrichstraße hätte kaufen können. Ein bekannter Bankier wollte zusammen mit Michael mit den zehntausend Goldmark ein Bankhaus gründen.

Die neue Mark, deren Wert durch die deutschen Industrieanlagen garantiert war, wurde am 15. November 1923 ausgegeben: eine Goldmark für tausend Milliarden Inflationsmark.

Nach der Revolution war jede Regierung der Weimarer Republik noch weiter nach rechts gerückt. Die Freikorps, offiziell verboten und heimlich unterstützt, die Erzberger und Rathenau ermordet hatten, führten auf den Gütern der preußischen Junker ihr Landsknechtsleben ungestört weiter. General Seeckts erlaubte 100 000-Mann-Armee bestand aus Offizieren und Unteroffizieren, die jede Stunde mit der Ausbildung einer Millionenarmee beginnen konnten. (Es geschah acht Jahre später.) Die wieder machtlosen Sozialdemokraten, die im neuen Reichstag – wie Witzbolde sagten – die »unerwünschte« Mehrheit nicht bekommen hatten und dadurch vor der Durchführung des Parteiprogramms »bewahrt« geblieben seien, hielten wieder nur ihre einflußlosen Oppositionsreden. Außer der Kommunistischen Partei, die taktische Fehler machte, gab es keine ernstgemeinte Opposition. Die zwei großen demokratischen Zeitungen, das »Berliner Tageblatt« und die »Vossische Zeitung«, waren so lauwarm und lahm, als würden sie von politisch blinden Redakteuren geschrieben. Nur zwei linksgerichtete Wochenschriften, »Das Tagebuch« und »Die Weltbühne«, schrieben gegen die immer mächtiger werdende Reaktion – zwei vereinsamte Ameisen, die den alles zertrampelnden Elefanten nicht störten. Im Frühjahr 1925 starb der Sozialdemokrat Friedrich Ebert, erster Präsident der Weimarer Republik. Hindenburg, der später Hitler zum Reichskanzler ernannte, wurde Präsident.

Dennoch war das tägliche Leben in der Weimarer Republik menschlicher. Der Untertanengeist war nicht mehr vorherrschend wie im Kaiserreich. Der Beamte hatte den Göttermantel abgelegt und war menschenähnlich geworden. Michael erlebte das einmal besonders eindrucksvoll im Postamt in der Uhlandstraße, durch die Erinnerung, daß er vierzehn Jahre vorher hier beinahe verhaftet worden war, weil er den göttergleichen, von oben herab Gaben verteilenden Schalterbeamten schließlich angebrüllt hatte. Er konnte mit dem Beamten am Schalterfenster sprechen wie mit dem freundlichen Mann in der Reihe hinter sich. Es war ein Erlebnis.

Michael war einundvierzig. Er hatte ein schmales junges Gesicht und eisgraues Haar. Der Verlust Lisas, den er bis auf den Grund durchlitten hatte, war überwunden. Er konnte Lisas Photographie, die auf dem Bücherregal stand, ohne Erschütterung ansehen. Er hatte die Photographie ein paar Tage vorher aus der Schublade genommen und wieder aufgestellt, wie in einem klaren Traum. Sein Leben mit Lisa, unverlierbar in ihn übergegangen und verschmolzen mit seinem Wesen, war ein Gefühlsbesitz geworden, ein Teil seines Wesens, der bessere Teil, den er erst durch das Zusammensein mit Lisa zu seinem Eigentum hatte machen können.

Lisa hatte einmal gesagt, er sei ja trotz aller Energie und aller Härte gegen sich selbst, ohne die er zugrund gegangen wäre, ein anschmiegsamer Mensch. Michael hatte durch Lisa erfahren, daß dem Segen, der Lebensgefährtin begegnet zu sein, nichts anderes auf Erden gleichkommt. Jetzt war er vereinsamt. Er suchte vergebens eine Lebensgefährtin. Obwohl er sich immer wieder sagte, daß alles Suchen nicht helfe, es müsse »Die Begegnung« sein, suchte er weiter. Vereinsamung und Ruhelosigkeit trieben ihn in ein äußerliches Leben. Er ging jeden Abend aus und kam gegen Morgen heim. Frauen passierten durch die Wohnung, viele Frauen, von denen er nichts anderes erwartete als sie von ihm.

In jener Übergangszeit, zwischen Zusammenbruch und Wiederaufbau, waren im Berliner Westen die Nachtlokale überfüllt von eleganten Frauen mit Geld und für Geld, die sich durch nichts mehr voneinander unterschieden, da im Taumel dieser Zeit alle dasselbe wollten. Jeder, der in die Nähe kam, wurde von dem Wirbel erfaßt und hineingerissen. Michael brauchte nicht hineingerissen zu werden – er ging hinein und ließ sich treiben. Frauen folgten Frauen. Der Frau begegnete er nicht. Eine zweite Lisa gab es nicht, und so gab es auch den nicht mehr, der mit Lisa eins gewesen war.

Er wurde einer der Anderen, die in ihm waren.

Die Abende begannen in der Regel bei Schwanneke, einem Nachtlokal, geleitet von einem Schauspieler dieses Namens und besucht nur von Schauspielern, Journalisten, Schriftstellern, und endeten nach einer Tour durch ein halbes Dutzend Nachtlokale in der Insel, wo erst um drei Uhr früh aufgemacht wurde, für die Kellner und Musiker, die bis drei Uhr früh in anderen Lokalen gearbeitet hatten, und für Frackherren und Frauen im großen Abendkleid, die sich bei Champagner und Jazz gierig bemühten, in der letzten Stunde doch noch herauszureißen aus dem Leben, was nicht drin war. Jeder Abend begann hoffnungsvoll rosa und endete grau.

Auf der Heimfahrt, oft schien schon die Sonne, und in ihm war es öde, kreisten Michaels Gedanken, wenn keine Frau neben ihm saß, jedesmal um denselben Punkt – daß er und ausnahmslos jeder, den er kenne, und jeder, den er persönlich nicht kenne und doch kenne, sich zentrifugal nach außen schleudern lasse und das Leben eines der »Anderen« führe, die in ihm waren. Nicht einer lebe in und aus dem Zentrum seines Wesens. Jeder begehe einen Verrat an sich selbst und verschachere damit sein Geburtsrecht an das Leben.

In dieser Zeit schrieb Michael »Das Ochsenfurter Männerquartett«, den Roman, den er später einmal als sein schönstes Buch bezeichnete. Er war gespalten, ein Schizophrener. Es war eine ihm bewußte Schizophrenie. Er sagte sich, man dürfe irrsinnig sein, nur müsse man seinen Irrsinn ertragen und etwas daraus machen können. Er führte das Doppelleben weiter – jeden Abend der Andere hinaus in krasse Genüsse, und tagsüber Er in seinem Zentrum, versunken in der Arbeit an dem neuen Buch. Und die Schattenreihe der Frauen, die durch die Wohnung passierten, wurde länger.

An einem Nachmittag im Sommer 1925 kam ein Bekannter zu Michael zum Tee, ein Sowjetrusse, der in der russischen Export- und Importstelle arbeitete. Er erzählte unter anderem, daß er ein paar Tage vorher zufällig neben einer Frau gegangen sei, die ganze Tauentzienstraße hinunter, ahnungslos, bis sie das Lorgnon zu den Augen gehoben habe. Erst an dieser für sie charakteristischen Geste habe er sie erkannt. Sie sei von der Oktoberrevolution an seine Sekretärin gewesen, in Moskau, und mit seiner Hilfe 1920 aus Rußland geflüchtet.

Die Schultern hochgezogen bis zu den Ohren, stach er mit dem Zeigefinger über das Zimmer hinweg nach Michael, und seine listigen Mausäuglein schlossen sich fast ganz, als er sagte, in Ilona würde Michael sich verlieben, so sicher wie dieses kleine Teufelchen sich in ihn. Nur die Begegnung brauchte organisiert zu werden. Alles andere ereigne sich dann von selbst. Sie sei eine besondere Frau. Wenn Michael wolle, rufe er an und bitte sie, herzukommen.

Michael sagte sich, eine »Begegnung«, die von Dritten absichtlich herbeigeführt wird, ist keine. Er dachte: Du siehst dann eine Frau, die dir im Wesen so fremd ist, daß nichts entstehen kann, und wäre sie noch so schön. Die Wahl kann nicht organisiert werden. Es muß »die Begegnung« sein, und da sind Zufall und Schicksal ein und dasselbe. Aber er war vereinsamt, und er suchte.

Ihr schwarzes Kleidchen aus Paris war raffiniert einfach. Sie hatte kerzengerade Beine, und die Kleider waren damals kurz.

Ilona, schimmernd in der Jugendschönheit, die durch keinerlei künstliche Mittel erzielt werden kann, klein, fest und hautweich zugleich, volles weißes Gesicht und dunkles Haar mit Kupferglanz, betrachtete durchs Lorgnon mit einem langsamen Rundblick Wände, Schreibtisch, Bücherregal, als wäre sie allein im Zimmer, ließ das Lorgnon, das an einer Goldkette hing, fallen und trat zur Couch. Sie hatte Michael kurz die Hand gereicht, ohne den geringsten Druck, dabei seitwärts zu Boden geblickt und nicht ein Wort gesagt.

Daß sie jenseits der mehr oder weniger leichten Frauen war, bei denen er es zu leicht gehabt hatte, sah und fühlte er sofort. Ohne sein Zutun war er vom »Anderen« zurückgekehrt in sein Zentrum.

Der Russe organisierte weiter, er stieß die Hand vor und sagte anpreisend: »Ist Ilona nicht ein bildschönes Teufelchen?«

Sie warf das Lorgnon vor die Augen und zeigte, zur Überraschung Michaels verlegen lächelnd, das Ebenmaß von scheinbar vierundsechzig Zähnen, sekundenlang, bevor sie lächelnd sagte: »Dummkopf.« Und dann war sie wieder verschlossen wie eine Faust.

Michael dachte: ›Sie lebt in ihrer Festung, zu der man den

Schlüssel haben muß, sonst tritt sie nicht heraus auf die grünen Matten.‹ Er war von ihr beeindruckt, in einer besonderen Weise, und in der unkontrollierbaren Tiefe des Gemüts entstand schon die Hoffnung, daß er durch sie vielleicht seiner Vereinsamung entrinnen könnte. Er mußte unwillkürlich lächeln, weil er sich mit einer frisch hergerichteten und noch leeren Wohnung verglich, in die sie eintrat.

Ilona, die so kurzsichtig war, daß sie ihr Gegenüber ohne Glas nicht sehen konnte, schien Michaels Lächeln zu fühlen, sie warf das Lorgnon vor die Augen und fragte: »Warum?«

Er gestand: »Ich dachte soeben – ich bin eine Wohnung ohne Möbel und möchte, daß Sie hereinkommen.«

»Als Kanapee?« Noch während sie die großen ebenmäßigen Zahnbögen zeigte – ein Lächeln, das ihr Gesicht in Vibration versetzte –, klingelte das Telefon. Ihr Mann, ein Attaché an der Französischen Botschaft, bat, sie an den Apparat zu rufen.

Michael verstand nichts, sie sprachen französisch. Er hörte nur, daß sie abweisend und in eisigem Tone sprach. Er dachte: ›Ihr Mann hat den Schlüssel zu der Festung nicht.‹

Als sie wieder auf der Couch saß, verschlossen wie vorher, das Gesicht versteinert in Selbstqual, dachte er: ›Auch sie selbst hat den Schlüssel nicht.‹ Plötzlich hörte er sich sagen: »Sie haben wunderbare Zähne und gleich vierundsechzig davon.«

Sie sah ihn an, sekundenlang, ihre Lippen trennten sich und bebten wie die eines Kindes, das zu Unrecht gescholten wurde. Schließlich ließ sie das Lorgnon fallen und sagte gekränkt im Ton des Angriffs: »Mein Mund ist so groß, wie er ist.«

Michael war so überrascht, daß er nicht gleich eine Entgegnung fand. Der Russe sagte grinsend: »Seien Sie vorsichtig. Ilona hört auch aus einem Kompliment eine Kritik heraus. Ein Erdbeben kann sie nicht aus der Fassung bringen; ein Blick oder ein Wort, und wäre es noch so gut gemeint, kann auf sie wirken, wie auf andere ein Erdbeben wirkt.«

Sie blickte mehrmals von einem zum anderen und bog dabei den Oberkörper zurück, als säße sie zwischen zwei Feinden. »Soll eine Frau sich vielleicht freuen, wenn jemand ihr sagt, sie habe einen zu großen Mund?«

Michael fand die Sprache wieder. »Einen zu schönen Mund, meinte ich.«

»Sehr liebenswürdig! Aber einen zerbrochenen Topf kann man nicht mit Honig leimen.«

Da wagte Michael den Scherz: »Unser erster Ehekrach.«

Die Verkürzung schien ihr zu gefallen, Lächeln und Wort sprangen gleichzeitig heraus: »Frechheit!« Aber Sekunden später war sie wieder versteinert.

Michael dachte: ›Sie ist eine schwierige Frau. Auch sie selbst hat es schwer mit sich.‹ Da erinnerte er sich, wie er nach der Regennacht auf der Bank im Tiergarten aus Hoffnungslosigkeit plötzlich hochgerissen worden war in den rettenden Größenwahn. Gleich danach hatte er Lisa gesehen und nicht eine Sekunde gezweifelt, daß sie seine Frau werden würde. Sein solider Erfolg und die schweren Erlebnisse – Krieg und Lisas Tod – hatten die Flamme des Größenwahns ausgeblasen.

Im Anblick Ilonas, die zerquält ins Nichts blickte, bekam er plötzlich Angst vor seinem wachsenden Gefühl für sie, und da wurde ihm klar, daß der Vierzigjährige ein anderer ist, als der größenwahnsinnige Junge war, der alles im Sturm nehmen und so auch Lisa gewinnen konnte, weil er die Schwierigkeiten gar nicht sah, die den Vierzigjährigen nachdenklich machen und ihn lähmen können.

Ilona stand wortlos auf. Sie gingen. Trotz eines Gegengefühls, das ihn vor Überstürzung warnte, rief Michael sofort eine Blumenhandlung an. Er wollte, daß die Blumen schon da seien, wenn sie heimkam. Eine halbe Stunde später rief sie zurück und bedankte sich für die Rosen.

Er fragte, ob sie ihn wiedersehen wolle. Sie antwortete nicht. Auch er schwieg. Er lauschte gespannt, er hörte ihren Atem. Das stumme Telefongespräch dauerte länger als eine Minute. Schließlich vernahm er, wie sie behutsam, so leise wie möglich, den Hörer auflegte.

Er dachte: ›Das bedeutet – sie weiß es nicht. Diese eigenartige und doch wirklich schöne Frau ist unsicher wie ein junger, aus dem Nest gefallener Vogel, obwohl doch gerade sie es nicht zu sein brauchte.‹ Er dachte: ›Was sie nötig hat, so nötig wie die Luft zum Atmen, ist, daß sie anerkannt und bejaht wird. Nur ein Mann, der dieser Frau ihr Selbstbewußtsein zurückgeben kann, zu dem sie weiß der Himmel berechtigt ist, könnte sie gewinnen. Das ist der Schlüssel zu der Festung, und ich habe den Schlüssel. Alles wird gut werden.‹

Diesen Abend, das erstemal seit vielen Monaten, ging er nicht aus. Er arbeitete bis tief in die Nacht an seinem Roman, und er war nicht allein – sie liegt hinter ihm auf der Couch. Er sagt hin und wieder ein Wort zu ihr, und sie antwortet: Es ist gut, mit dir zu sein.

In der Morgenpost war ein Brief von einem jungen Psychiater, der sich erst vor kurzem der psychoanalytischen Heilmethode zugewandt hatte und noch nicht zu wissen schien, daß der Künstler im Gegensatz zu anderen fähig ist, durch schöpferische Leistung seine Komplexe zu sublimieren. Der Eifrige schrieb, er habe Michaels Bücher gelesen, mit ganz besonderem Interesse, da allen vier Werken dieselben Komplexe zugrund lägen, ohne die Michael wahrscheinlich überhaupt nicht geschrieben haben würde, und falls doch, sicher ganz anders. Aus wissenschaftlichem Interesse würde er Michael gerne analysieren.

Michael war in seinen Kreisen bekannt dafür, daß er selten einen Brief schrieb. Er hatte auch viele Geschäftsbriefe nicht beantwortet und dadurch beträchtliche Summen verloren. Diesen Brief beantwortete er.

»Es ist anzunehmen, daß auch Michelangelo, Beethoven, Shakespeare und Goethe Komplexe hatten. Auch Dostojewski dürfte nicht kerngesund gewesen sein. Würden Sie diese Künstler analysiert haben? Oder ziehen Sie vor, daß die Sixtinische Kapelle ausgemalt und die Symphonien Beethovens geschrieben wurden sowie ›Hamlet‹, ›Faust‹, ›Die Brüder Karamasow‹? Zwar sind wir, verglichen mit diesen Riesen, Zwerge, die nur mit Hilfe des Mikroskops wahrgenommen werden können. Aber auch der Schuster braucht Leder, wenn er Schuhe machen will. Wir sind nämlich wir, wenn wir schreiben. Ich würde meine Komplexe für nichts auf der Welt hergeben, und ich meine es buchstäblich – für nichts auf der Welt. Ich brauche sie.«

Der Russe hatte sich drei Pyjamas gekauft und war abgereist, nach Moskau. Von Ilona hörte Michael nichts. Er war unruhig und konnte nicht arbeiten. Dort, auf der Couch, hat sie gesessen. Die Wohnung war leer. Ruhelosigkeit trieb ihn hinaus. In dem lauten Nachtlokal hatte er das Gefühl, ein Weltteil liege zwischen ihm und ihr.

Den folgenden Nachmittag schickte er wieder Blumen.

Sie rief an und sagte mit tragisch dunkler Stimme nur das Wort: »Danke.«

Die Verbindung war also wiederhergestellt. Aber ein falsches Wort, eine falsche Betonung oder auch ein harmloses Wort, von ihr falsch aufgefaßt, kann alles wieder gefährden. Er sagte: »Ich möchte mit Ihnen Tee trinken, irgendwo.«

Erst nach einer langen Pause – er hörte wieder ihren Atem – fragte sie: »Warum?«

Er dachte: ›Zu jeder anderen Frau, zu einer geborenen Prinzessin, könnte ich jetzt sagen – weil ich in Sie verliebt bin.‹ Er sagte: »Oh, nur so.«

»Wieso: Nur so! Was heißt: Nur so«, rief sie beleidigt und im Ton des Angriffs.

›Das war also falsch‹, dachte er und sagte: »Ich möchte Sie wiedersehen, weil ich in Sie verliebt bin.«

»Und das sagen Sie mir so ohne weiteres? Wie kommen Sie dazu? Wirklich sehr schmeichelhaft für mich!«

›Auch falsch. Was ist richtig?‹ Er wollte den Hörer aufknallen. »Wollen Sie, oder wollen Sie nicht?«

Da antwortete sie mit unverkennbarem Vergnügen: »Wenn ich wüßte, was ich will, würde ich es wollen oder nicht.«

»Ich hole Sie ab. Ich weiß, was ich will.« Er legte den Hörer sofort auf.

Sie gingen langsam durch den Tiergarten. Ilona trug eine Türkiskette – Kugeln so groß wie Kirschen –, die den Hals knapp umspannte. In ihrem schönen weißen Gesicht schimmerte das Leben. Sie war erst fünfundzwanzig. Er dachte, und er lächelte dabei: ›Man könnte sie mit einer Hummel vergleichen, wenn es weiße Hummeln gäbe.‹

Im Gehen legte seine Wange sich an ihre Wange, er küßte nur mit diesem Teil der Lippen, den ganzen Weg vor zu ihren Lippen, und sie ließ es geschehen und küßte zurück, vor den lächelnden Spaziergängern. Es war wie von selbst geschehen, wie ein Windstoß plötzlich scheinbar von selbst entsteht. Sie blickte zu ihm auf, verstummt und bebend und als fragte sie, ob er sie herausführen könne aus dem dunklen Irrgarten in ihr. Er war bewegt. Es konnte lange nicht gesprochen werden.

Sie gingen in das Hotel am Pariser Platz. Im Teesaal spielte die Jazzkapelle. Einige Paare tanzten. Nur der Kenner hätte die eleganten Kokotten zu unterscheiden vermocht von ihren begünstigteren Schwestern.

Wie jede Frau prüfte Ilona jede Frau, die vorbeiging. Sie schien es zu fühlen, wenn eine Frau eintrat, und hob jedesmal das Lorgnon – ein Blick voller Interesse und Sympathie. Männer schien sie nicht einmal zu sehen.

Das Lorgnon lag vor ihr. Als sie kurzsichtig wieder die Tischplatte abtastete, da eine Frau eingetreten war, sagte Michael: »Sie sollten eine Brille tragen, es wäre bequemer.«

»Nie! Ich würde aussehen wie ein Brillenaffe.«

Sie folgte der Frau mit dem Blick und sagte neidlos und voller Bewunderung: »Sehen Sie – das ist eine Frau, das ist eine Frau. Da kann ich mich verstecken.« Es war die berühmte Kokotte T..., die schon ein paarmal Millionen durchgebracht hatte.

Ilona ließ die Hand mit dem Lorgnon resigniert sinken. Sie sah Michael an, mit einem dunklen Blick, suchend, als müßte sie ein bestimmtes Sandkorn in der Wüste finden, um glücklich werden zu können, und fragte, im Gesicht einen unerklärlichen Ausdruck: »Lieben Sie mich?«

»Ja.«

»Gut! Das ist gut.«

»Und Sie mich?«

Sie schüttelte den Kopf wie ein eigensinniges Kind, das nicht essen will. »Nein.«

Michael hatte seit vielen Jahren nicht getanzt. Er hatte den Wunsch, sie in den Arm zu nehmen, und in der Vorstellung tat er es gefühlt langsam. Er dachte, sie werde sehr eigenwillig tanzen, und er war erstaunt, weil sie leicht wie eine Flaumfeder seiner Führung folgte. Jetzt hat er sie im Arm, dieses Leben, das nicht verwurzelt ist wie der Baum, das sich frei über den Erdball bewegen kann, dieses atmende, pulsende Leben.

Auf dem Rückweg durch den Tiergarten fragte er zögernd, ob sie noch eine Weile mit zu ihm kommen wolle, und war überrascht, weil sie nickte, als wäre das ganz selbstverständlich.

Sie legte sich sofort auf die Couch. Er begriff nichts mehr. Sie stieß mit der Faust mehrmals energisch in das Kissen und schmiegte zufrieden seufzend das Gesicht in die Höhlung.

›Und daß sie mich mit ihrem Charme umbringt, daran denkt sie nicht. Oder doch?‹ Er lächelte. Sein Herz war schon verzaubert.

»Was denken Sie darüber, daß ich hier bei Ihnen bin?«

»Daß Sie nie mehr fortgehen sollten.«

Da war wieder dieser lange Blick, der zu fragen schien, ob Michael sie herausführen könne aus den Wirrnissen des dunklen Irrgartens in ihr.

Zwischen den beiden stand ein riesiger Wächter, der das ganze Zimmer ausfüllte – die Selbstverständlichkeit, daß

Michael die Frau, die ihn auf der Straße geküßt hatte vor den lächelnden Spaziergängern, in seiner Wohnung nicht anrühren durfte. So lag sie da, zufrieden und in der Unnahbarkeit, die sich von selbst versteht.

Dennoch bekam er, als sie nach einer Stunde die Wohnung verließen, von ihr einen Blick, der fragte, warum er nicht versucht hatte, zu nehmen, was sie ihm nicht gewährt haben würde.

Sie gingen die Bismarckstraße hinunter bis zu dem großen Platz. Die Menschen begannen zu rennen – weggefegt von Blitz und Donnerschlag und dem Wassersturz, der in Sekunden den plötzlich menschenleeren Platz in einen See verwandelte.

»Das hab ich davon. Jetzt steh ich hier im Regen.« Sie blickte ihn empört an. »Warum tun Sie das?«

»Wieso ich?«

»Man bringt eine Frau nicht in die Situation, daß sie im Regen stehen muß.«

Obwohl er sah, daß sie ernstlich böse war, mußte er lachen, weil sie ihn für das Gewitter verantwortlich machte. Sie wandte sich schweigend und erzürnt ab von ihm, und auch während der Fahrt sprach sie kein Wort. Als das Taxi vor dem Hause hielt, fragte sie plötzlich wieder, ob er sie liebe. Er antwortete lächelnd: »Trotzdem.«

›Wie ist das möglich?‹ fragte er sich, als er wieder zurück war in der Wohnung. ›Diese ganze unbegründete Empörung! Wie ist das möglich?‹

Er stand vor der Couch. Auf dem Kissen fand er ein Haar. Er hielt es gegen das elektrische Licht. Es glänzte kupferig. ›Etwas von ihr.‹ Lächelnd über sich selbst gab er den kupferigen gebogenen Seidenfaden in ein Kuvert und sagte laut:

»Verliebt. Und wie verliebt! Schwer, mein Lieber! Und nicht nur verliebt!«

Er glaubte zu wissen, wodurch Ilona das innere Gleichgewicht verloren hatte. Jemand oder das Leben habe dieses besonders empfindsame Gemüt vergewaltigt und Fremdkörper hineingeschleudert, die zu psychischen Ungeheuern geworden seien, und die könne sie ohne Hilfe nicht überwinden. Das sei ja auch ihm geschehen, durch den Lehrer Dürr. Er mußte »Die Räuberbande« und »Die Ursache« schreiben – erst dadurch habe er die Wunden, die der Lehrer ihm geschlagen hatte, zu schließen vermocht. Aber nicht jeder sei zur Selbstheilung fähig. Ilona brauche Beistand. Durch Einsicht und mit Gefühlskraft werde er sie allmählich wieder zurückführen in ihr psychisches Zentrum. Erst dann sei sie wieder sie und könne frei verfügen über ihren Reichtum, fähig, zu nehmen und zu geben.

Lisa war schon leidend gewesen, als Michael sie kennengelernt hatte. Sie war in den elf Jahren ohne Unterbrechung leidend gewesen. Das hatte sein Gefühl für sie vertieft. Ein Bezirk seines Wesens verlangte danach, der Frau, die ihm nahe war, beizustehen und sie zu schützen. Er werde Ilona befreien von den psychischen Ungeheuern, er habe den Schlüssel zu der Festung. Eines Tages werde sie heraustreten auf die grünen Matten, in ein klares Zusammen mit ihm.

Obwohl Michael wie immer jede Seite zehnmal schreiben mußte, bis er zufrieden war, und manche öfter, fiel ihm die Arbeit am »Ochsenfurter Männerquartett«, seinem ›schönsten Buch, das er Ilona widmen werde‹, verhältnismäßig leicht. Er befand sich während der Arbeit wieder in demselben Gemütszustand wie vor zwölf Jahren, als er »Die Räuberbande« geschrieben hatte.

Die Mitglieder der »Räuberbande«, die einstens ganz Würzburg hatten niederbrennen wollen, mitsamt dem Lehrer Dürr, fest entschlossen, nach der Brandnacht übers Meer zu flüchten und im Wilden Westen auf der Seite der Indianer große Taten zu vollbringen, im Kampfe gegen die verhaßten Weißen, sind jetzt, im »Männerquartett«, solide Bürger, Familienväter, deren Söhnchen, frech wie Sperlinge und kühn wie Büffeljäger, einstens große Taten vollbringen wollen. Die Räuber sind seit Jahren arbeitslos, sie stecken in der Trichterspitze der ausweglosen Inflationsnot. Da solide Arbeit, die ihren Mann ernährt und die Würde nicht verletzt, trotz aller Zähigkeit nicht zu finden ist, weil es Arbeit überhaupt nicht gibt, und Frau und Kinder essen wollen und die Miete bezahlt werden muß, beschließen Falkenauge, Die Rote Wolke, Der König der Luft und der Schreiber, angeregt vom bleichen Kapitän, den sie zu ihrem Impresario erwählen, als letzte Rettung ein Männerquartett zu bilden und vor den Bauern der Umgegend für Geld aufzutreten, in Frack und weißer Weste, auf Pump geliefert vom Schneidermeister Firnekäs, der in seinem Leben keinen Frack gemacht hat, und so sehen die unsäglich chaplinesken Fräcke aus. Im »Ochsenfurter Männerquartett« sollten Humor und Tragik Arm in Arm durchs Menschdasein gehen. Michael lachte und trauerte mit seinen Romangestalten, wie damals, als er »Die Räuberbande« geschrieben hatte.

Er erinnerte sich während der Arbeit immer wieder daran, daß auch in der »Räuberbande« alles anders ist, als es in der Wirklichkeit gewesen war, und dennoch alles so wie in der Wirklichkeit. Als Anfänger hatte Michael dieses entscheidende Kunstgesetz noch ganz unbewußt befolgt; jetzt vollzog er den Übertragungsakt der Wirklichkeit in Kunst in jeder Einzelheit bewußt.

Er sagte sich: Im Roman einen wahren Report der Wirklichkeit zu schreiben, ist nicht möglich, abgeschriebene Wirklichkeit kann nicht wahr sein. Denn wenn man versuchen wollte, zu schildern, was zwei Personen in einem Zimmer oder auf der Straße, im Restaurant oder im Wald in zehn Minuten erleben, alles, was sie denken, empfinden, fühlen, hören, sehen, sagen, verschweigen, erinnern, verheimlichen, müßte die wirklichkeitsgetreue Schilderung dieser zehn Minuten allein schon ein paar hundert Seiten füllen. Da man also in jedem Falle nur einen winzigen Bruchteil der Wirklichkeit wiedergeben könnte, würde selbst dieser geschilderte Bruchteil nicht wahr sein. Deshalb darf man eine Romangestalt nicht so darstellen, wie diese Person in der Wirklichkeit war und sich verhalten hat. Es gibt nur die innere Wahrheit. Nur das innere Bild, das man von der Romangestalt, dem Schauplatz, der Situation hat und gestaltet, ist wahr, und da erscheint auf geheimnisvolle Weise alles so, wie es in der Wirklichkeit gewesen ist.

»Das ist allerdings verdammt schwere Arbeit«, sagte er vor sich hin, als er nach dieser Gedankenpause versuchte, am »Ochsenfurter Männerquartett« weiterzuschreiben, stöhnend und beglückt. »Aber ich möchte an keinem anderen Beruf zugrund gehen.«

Nachdem er im Laufe des langen Abends eine halbe Seite geschrieben hatte, dachte er in einem Rückfall in den Größenwahn, daß mancher Schriftsteller über dieselbe Sache zehn Seiten vollschreiben würde. (Den folgenden Morgen strich Michael von der halben Seite noch fünf Zeilen und sagte, endlich zufrieden: »Wer es nicht übers Herz bringt, wegzulassen, hat noch viel zu lernen. Kunst ist Weglassen.«)

Diesen Morgen rief Ilona an. Sie sagte sofort, in sachlichem Tone: »Mein Mann ist nach Paris gefahren, um unsere Scheidung einzuleiten.«

Da sah Michael ein mit schweren Riegeln verschlossenes Eisentor, das sich vor ihm von selbst weit auftat. ›Jetzt ist sie frei‹, dachte er. ›Jetzt wird alles gut.‹

Sie hatten in der Zwischenzeit einander mehrmals gesehen, und jedesmal war es bis zur letzten Minute unsicher gewesen, ob die Begegnung nicht doch wieder mit einem Zerwürfnis enden würde, wie damals auf der Straße infolge des plötzlich ausbrechenden Gewitters.

Abends gingen sie ins Theater. Er holte sie ab. Die Haushälterin, eine Ostpreußin mit winzigen klugen Äuglein und riesiger großporiger Kartoffelnase, öffnete die Wohnungstür und rief gleichzeitig ins Schlafzimmer. »Sie sind ein Teufel ... Sie ist einer«, sagte sie, noch ärgerlich lächelnd, zu Michael.

»Warum?« fragte er, ebenfalls lächelnd.

»Sie werden noch früh genug dahinterkommen.«

Damals waren auch die Abendkleider kniekurz. Das schmiegsam herabfließende Gebilde, schulterfrei und tief ausgeschnitten, bestand nur aus farbigen funkelnden Glasperlen. Ihr volles weißes Gesicht, prickelnd wie die winzigen Perlen im Champagnerglas, hatte den ruhigen Ausdruck einer Frau, die sich schön weiß.

»Ein Teufel«, sagte die Haushälterin bewundernd und ging hinaus. Sie hieß Phrase. (Auch sie hatte, wie Millionen ihresgleichen, die Ersparnisse von Jahrzehnten durch die Inflation verloren.)

Michael, der zum zweitenmal den Smoking anhatte, in dem er vor zehn Jahren einmal mit Lisa in der Oper gewesen war, sagte lächelnd Ilona in die Augen. »Phrase liebt dich.« Sie verstand, sie legte die Wange an seine Wange. »Ist gut, daß du mich liebst.«

Sie sahen ein politisches Stück von Ernst Toller, der seine Festungshaft hinter sich hatte. Zu jener Zeit wurden an mehreren Theatern politische Stücke gespielt. Die jungen Dramatiker, inspiriert durch die umwälzenden Ereignisse in Rußland, schrien von der Bühne herunter nach der sozialen Revolution. Es war ein aussichtsloser Windkampf gegen die unerschütterlich gefestigte, immer mächtiger werdende Reaktion, die es schon nicht mehr nötig hatte, die expressionistischen Herzensschreie zu verbieten.

Wenn ein Satz mit echtem Gefühl gesprochen wurde, tastete Ilona bewundernd nach Michaels Arm. Sie bemerkte jede Gefühlsschwingung. Der Inhalt des politischen Stückes schien sie nicht zu interessieren, nur das Spiel.

Nach dem Theater gingen sie ein Stück den Kurfürstendamm hinunter, die Nacht war schön. Trotz seiner Theorie, daß Wohltätigkeit die Verbesserung der sozialen Verhältnisse verlangsame, konnte Michael an keinem Straßenbettler vorübergehen, ohne in die Tasche zu greifen. Als er den Schritt verlangsamte und eine Sekunde stehenblieb vor einem hohläugigen Alten, der schief am Gartenzaun lehnte, den Hut in der Hand, warf Ilona das Lorgnon vor die Augen und beobachtete interessiert die Begebenheit. Mit demselben Interesse blickte sie eine aufgetakelte Frau an, die soeben vorüberging, mit einem Hunderttausend-Mark-Schmuck am Hals. Für Ilona schienen Straßenbettler und wandelnde Juwelierschaufenster nichts als Lebenstatsachen zu sein, über deren Zustandekommen nicht nachgedacht zu werden brauchte. Und doch hatte sie einige Tage vorher plötzlich über Lenins Tod geweint und bewegt gesagt: »Sein Herz war wirklich mit den Armen. Er war ein guter Mensch.«

»Sollen wir jetzt zu mir gehen?« fragte sie, spitzbübisch lächelnd. »Phrase muß uns Kaffee kochen.« Sie warf den Kopf in den Nacken. »Sie muß!«

›Da ladet sie mich in aller Unschuld um Mitternacht in ihre Wohnung ein‹, dachte er, wie schon mehrmals erstaunt darüber, daß sie sich trotz des Hexenkessels innerer Verwirrungen ihre Ursprünglichkeit bewahrt hatte. Die Hoffnung, daß schließlich alles klar und gut werden würde, zog machtvoll in ihn ein.

Die Wohnung war am Lützowplatz. Phrase nahm den Auftrag, um Mitternacht Kaffee zu kochen, mit mißbilligendem Blick kopfschüttelnd entgegen. Das Verhältnis der beiden war das einer herangewachsenen eigensinnigen Tochter und einer aus Liebe machtlosen Mutter. Offensichtlich ungehalten über die Anwesenheit eines fremden Mannes zu so später Stunde, brachte sie schweigend Kaffee und Kognak und ging zu Bett.

Ilonas Gesichtsausdruck zeigte unverkennbar die kindliche Genugtuung, daß sie Phrase gegenüber ihren Willen durchgesetzt hatte, und dennoch offenbarte das vielfarbig funkelnde Fabelwesen, das Michael nur bis zu den Schultern reichte, in jedem Zug und in jeder Bewegung die innere Haltung, die eine Frau hat oder nicht hat. An ihr fand er das besonders reizend, weil sie an Gestalt so klein war. Zugleich erinnerte ihn etwas in ihrem Wesen an die noch unberührte Sophie, obwohl er sich sagte, daß Ilona ja seit vier Jahren verheiratet war. ›Sie ist nicht einfach, sie ist vielfach.‹

Sie ließ sich auf die Couch nieder. Wie ein Pelztierchen, das sich in seinem Waldversteck in Sicherheit fühlt, suchte sie lange die bequemste Lage und schmiegte schließlich, Knie angezogen, die Wange zufrieden ins Kissen.

Er lehnte am Fenster, das Kognakglas in der Hand. Die ganze Zimmerbreite war zwischen ihr und ihm. Er sagte sich: ›Zwischen ihr und mir sind nicht nur diese fünf Meter, sondern auch noch Gletscher und Abgründe.‹

Sie hatte die Lider geschlossen. »Warum liebst du mich? Warum?«

Schweigend überquerte er die fünf Meter und setzte sich in den funkelnden Leib- und Schenkelbogen. Die Hand auf ihrem Haar sagte er heiter: »Weil mir deine Nasenspitze gefällt … Und du? Warum?«

»Weil.«

Sie hatte das Wort so weich gesagt, daß es alles enthielt. Sie gönnten sich das Gefühl, eins zu sein, sie schwiegen und rührten sich nicht.

An ihrem Atem bemerkte er, daß sie eingeschlafen war. Er sah in ihrem Gesicht das friedevolle Glück und wünschte, in ihrem Traum zu sein. Aus Gefühl entstand der Gedanke: ›Wer noch nicht den Schlaf der Geliebten bewacht hat, weiß noch nicht, wie wunderbar das Leben sein kann.‹

Die bebenden Lider öffneten sich. Aus dem Traum heraus überließ sie ihm den Mund. ›Das ist sie, wie sie wirklich ist‹, dachte er im Kuß, und dann dachte er nichts mehr.

Sie hatte im Traum die Brücke überschritten zu ihm hin und bekannte sich im Wachen zu dem Schritt. Sie war in ihrer Mitte.

Die Sonne schien schon und die Vögel zwitscherten, als er über den noch menschenleeren Lützowplatz heimwärts ging. Er war von Freude tiefbewegt. Und er war nicht mehr allein.

Den folgenden Tag fuhr Ilona nach Warschau zu ihrer Mutter.

VI

Michael ging an den Abenden nicht mehr aus, die Erscheinung Ilonas hielt ihn zurück am Schreibtisch und war anwesend, während er schrieb. Er arbeitete Tag für Tag fünfzehn Stunden, bis »Das Ochsenfurter Männerquartett«, der kürzeste seiner Romane, fertig war.

Während dieser Arbeit von einundeinhalb Jahren war Michael zu der Überzeugung gelangt, daß im schnellen zwanzigsten Jahrhundert jedes Romanthema auf 300 bis 400 Seiten vollendet abgewandelt werden könne, wenn es gelänge, in klarer, einfacher Sprache mit den treffenden Worten immer nur das Wesentliche der Schauplätze und Situationen, nur das Charakteristische der handelnden Personen zu schildern und dennoch einen scheinbar von selbst entstandenen ruhigen Fluß der Geschichte zu erzielen. Da erscheine diese neu geschaffene Wirklichkeit, von der vorher nichts existiert habe, dem Leser so selbstverständlich wie die Wirklichkeit. Ein auf diese Weise geschriebener Roman könne unvergleichlich mehr an Lebensvorgang und Menschenschicksalen enthalten als ein breit geschriebener Roman in drei Bänden über dasselbe Thema, und er fessele stärker das Interesse des Lesers. Nur koste der verkürzt geschriebene Roman auch unvergleichlich mehr Hingabe und Arbeit als der dickbäuchige. Der Romanschriftsteller, der auf diese spartanische Weise viel weglasse und dennoch nichts, sei berechtigt, den Bergarbeiter zu beneiden.

Er fuhr nach Leipzig und übergab das Manuskript seinem Verleger Kippenberg. Auf dem Weg zurück ins Hotel – es war ein klarer sonniger Morgen – vernahm er, als er den Kirchplatz überqueren wollte, vielstimmigen hohen Engelsgesang, der aus dem Himmel kam und nur aus dem Himmel kommen konnte. Er trat in die Kirche. Außer ihm schien niemand hier zu sein. Sonnenstrahlen, riesigen Sägeblättern gleich, durchzogen wie auf den religiösen Bildern der alten Meister schräg das ganze Kirchenschiff. Der Knabenchor, der eine Bachsche Motette sang, war nicht sichtbar – das hohe Kircheninnere sang. Er setzte sich und lauschte, bis auf den Grund bewegt, und saß in der Münchener Tonhalle, wo er das erstemal in seinem Leben eine Symphonie von Beethoven gehört hatte. Er erinnerte sich: ›Diese Musik hat ein Mensch geschaffen? Das könnte den Gläubigen ungläubig machen – daß es nämlich keinen Schöpfer gibt außer dem Menschen.‹

Den folgenden Abend saß er Kippenberg am Schreibtisch gegenüber, vor sich sein Manuskript. Er schob es hinüber, während Kippenberg den Scheck, auf dem eine fünfstellige Zahl stand, herüber schob. Das Geldgeschäft war abgeschlossen. Nicht eine Szene, nicht einen Satz geschrieben oder geändert zu haben mit dem Blick auf Geld, und für den Roman dennoch Geld zu bekommen, war ein gutes Gefühl.

Kippenberg holte eine Flasche Mosel aus dem Keller. Als die Gläser gefüllt waren, sagte er, Michael habe an einer Stelle das Wort »Popo« gebraucht. Er schlage »Hintern« vor. Michael strich »Popo« und schrieb »Hintern«. Und dann sprachen der passionierte Verleger und Michael bei einem Glase Mosel über die deutsche Dichtung. Es war ein schöner Abend.

Einige Tage später kehrte Ilona aus Warschau zurück, begleitet von ihrer Mutter, die in Berlin bei alten Freunden wohnte. Auch Ilonas Mann war zurückgekehrt. Er hatte die Scheidung nicht eingeleitet. Daß in den Jahren vorher die Scheidung schon mehrmals beschlossen und nicht durchgeführt worden war, wußte Michael. Die besonderen Gründe kannte er nicht, da Ilona nie über ihre Ehe gesprochen hatte, nur gelegentlich ein paar Worte über ihren Mann, taktvoll und mit Achtung. Daß auch sie sich noch nicht entschlossen hatte, den ernsten Schritt zu tun, wurde Michael erst später klar. Aber er ahnte es schon, und sein Instinkt sagte ihm, daß er nicht um sie kämpfen dürfe, da es nie eine gute Beziehung werden könne, wenn Ilona nicht ganz von sich aus zu ihm gekommen sei. Ein Magnet habe entweder genug Anziehungskraft oder nicht genug.

Er lud Ilona und die Mutter zum Essen ein. Seine stille Schlosserstochter, die von acht Uhr früh an gekocht, den Tisch mit besonderer Sorgfalt gedeckt und auch Blumen dafür besorgt hatte, sah ihn mit ihren unschuldigen Tieraugen ein wenig ängstlich an, stumm fragend, ob sie alles recht gemacht habe. Sie hatte ein hübsches Waschkleid angezogen. Es fiel ihm zum erstenmal auf, daß sie viel dünner geworden war und eine makellos reine Gesichtshaut bekommen hatte. Sie war in den drei Jahren ein anmutiges Mädchen geworden. Er sagte es ihr. Nichts bewegte sich in ihrem immer freundlichen Gesicht, nur der stumme Tierblick sprach. Er dachte: ›Welch gute Frau sie einem Mann sein würde. Friedlich. Und gesunde Kinder.‹

Die Mutter – sie war erst fünfzig – reichte Michael eine schmale alte Hand und tat es drucklos wie die Tochter. Sie war klein und zart. Ihr in der Form schönes Gesicht war verwelkt und durch Basedowaugen entstellt. Ein Motor schien ununterbrochen in ihr zu laufen und das kaum bemerkbare Zittern des Gesichtes zu verursachen. An ihrem Blick, wie sie Ilona ansah, erkannte Michael, daß es in ihrem Leben nichts anderes gab als die Liebe zu der Tochter.

Sie gingen ins Eßzimmer. Die Mutter zupfte ordnend an Ilonas Bluse herum, die tadellos in Ordnung war, und warf, während Ilona durchs Lorgnon den gedeckten Tisch betrachtete, weiter zupfend zwischendurch kurze erschreckte Blicke auf sie. Michael dachte: ›Sie preßt ihre Liebe in Handlungen, in denen kein Platz ist für Liebe.‹

Bei Tisch beanstandete die Mutter jedes Tun und Unterlassen eines achtjährigen Mädchens, das seit vier Jahren verheiratet war. Ilona, die in vorbildlicher Haltung die Suppe aß, solle den Teller näher zu sich nehmen, dann könne sie aufrecht sitzen, so krumm zu sitzen, sei sehr ungesund und nicht schön. Sie dürfe nicht so viel Lippenrot auflegen, die Serviette würde ganz verfleckt werden. Sie müsse das Fleisch in kleinere Stückchen zerschneiden und sie sorgfältig kauen, sonst würde sie sich ein Magenleiden zuziehen. Der Kritisierautomat rotierte bei Tisch ununterbrochen in der Mutter. Zwischendurch wurde sie von ihrem nicht zu täuschenden Gewissen zu den kurzen erschreckten Blicken gezwungen, die dem in Grund und Boden kritisierten Opfer zu sagen schienen: ›Ich weiß, daß es ein Verbrechen ist. Aber ich kann nicht anders.‹

Anfangs war Michael nur belustigt. Als er sah, daß die liebevoll kritischen Bemerkungen wie Schläge in eine offene

Wunde auf Ilona wirkten, wurde er nachdenklich. Jedesmal trennten sich bebende Lippen eines zu Unrecht gescholtenen Kindes, wie damals, als sie geglaubt hatte, Michael habe ihren Mund nicht schön, sondern zu groß gefunden. Er sagte sich betroffen: ›Kein Wunder, daß sie sich jetzt fortwährend angegriffen fühlt, auch wenn niemand sie angegriffen hat. Ein empfindsames Kind, das in dieser Weise Jahre und Jahre hindurch von früh bis nachts kritisiert wird, muß ja ein unsicherer Mensch werden über jedes ausbalancierbare Maß hinaus.‹

An einer Bemerkung der Mutter über ihre Mutter hatte Michael erkannt, daß an ihr dasselbe Erziehungsverbrechen begangen worden war. Er dachte: ›Offenbar rächen sich auch die Sünden der Eltern, die ihre Kinder falsch erziehen, bis ins dritte und vierte Glied.‹ Aber er wird die zerstörerische Kette unterbrechen, er weiß jetzt, wodurch Ilona ihr inneres Gleichgewicht verloren hat, das wird ihm helfen, sie von den psychischen Ungeheuern zu befreien und sie zurückzuführen in ihr Zentrum. Es war ein denkwürdiges Mittagessen.

Ilona war verkrampft und verschlossen, als sie Michael zum Abschied drucklos die Hand gab. Bewegt von hilfloser Haßliebe, blickte sie durchs Lorgnon das entstellte zitternde Gesicht der Mutter an und ging verstummt mit ihr hinaus.

Michael sah eine Weile auf die leere Schreibtischplatte. Er befand sich, wie immer, wenn er ein Buch erst kurz vorher vollendet hatte, noch in dem Zustand hochgradigen Arbeitsfiebers und war begierig, sofort mit einer neuen Arbeit zu beginnen. Wenn er es nicht sofort tat, würde er sich seiner Erfahrung nach aus dem geladenen Zustand allmählich herausleben, eine innere Leere würde entstehen und damit eine Arbeitspause, deren Dauer nicht abzusehen war.

Er fühlte sich körperlich wohl und hätte seine zehn Stunden täglich arbeiten können. Aber keines seiner Themen faszinierte ihn so stark, wie es nötig gewesen wäre, damit er das geliebte Kreuz hätte auf sich nehmen können. Er saß herum. Monate und Monate vergingen, kostbare Zeit, verloren für das Lebenswerk, für das ein Menschenleben ihm sowieso zu kurz erschien. Er war innerlich blank. Es war ein hassenswerter Zustand.

Ein dreiviertel Jahr war vergangen, als er eines Tages im Romanischen Café eine Zeitungsnotiz las, die ihn verblüffte:

Sie hatten einander vorher nie gesehen

In Spandau wurde ein Mann, einstiger Kriegsgefangener in Rußland, zu sechs Monaten Gefängnis verurteilt, weil er versucht hatte, der Frau seines Kriegskameraden und Mitgefangenen einzureden, er sei ihr irrtümlich totgesagter Mann.

Der Gerichtsbericht zuckte durch Michaels unbewachtes Bewußtsein durch, ins Gefühl, und verursachte eine blitzartige Vorstellung, die blitzschnell wieder verschwand – eine fremde Landschaft, die er nie gesehen hatte. Es wurde ihm heiß in der Brust. Er wußte nicht, warum die Notiz ihn innerlich so stark angesprochen hatte, daß er plötzlich blind und taub war für alles, was um ihn vorging. Vage Vorstellungen, die er nicht festhalten konnte, entstanden schnell hintereinander und verschwanden.

Erst nach Minuten war er wieder fähig, zu denken. ›Aber

so kann dieser Fall ja nicht gewesen sein. Die beiden waren einander vorher nie begegnet, und wenn die Frau diesen Mann vorher gekannt hätte, könnte er ja erst recht nicht annehmen, daß sie ihm glauben würde, er sei ihr Mann. Nur ein Geisteskranker könnte sich das einbilden. Dieser Bericht ist erfunden und schlecht erfunden.‹

Er blätterte um, mit dem Kopf nicht mehr interessiert an der Zeitungsnotiz, und begann einen Wirtschaftsbericht zu lesen. Sätze und Zahlentabellen verschwammen. ›Und wenn der Mann diese Frau geliebt hätte? Dem Liebenden erscheint ja manches Unmögliche möglich. Aber er kann sie ja nicht geliebt haben – eine Frau, die er vorher nie gesehen hatte.‹

Er versuchte, den Wirtschaftsbericht zu lesen, und verstand nichts, der Kopf arbeitete nicht. Er hatte noch das quälend heiße Gefühl in der Brust und bemühte sich vergebens, die vagen Vorstellungen zu erinnern. Ohne seinen Kaffee bezahlt zu haben, ging er hinaus und langsam die Tauentzienstraße hinunter.

›Ein Mann liebt eine Frau, die er nie gesehen hat.‹ Diese Idee hakte sich fest und ging mit ihm mit. Er sah Menschengesichter und Schaufensterauslagen, die er nicht sah. In der Tauentzienstraße tat sich eine einsame Steppenlandschaft auf, in der zwei Kriegsgefangene arbeiteten. »Guten Tag«, sagte er abwesend zu einem Bekannten, der grüßend vorüberging, und wiederholte automatisch den Satz: »Ein Mann liebt eine Frau, die er nie gesehen hat.« Die Steppenlandschaft liegt einsam und unabsehbar weit vor ihm. Die zwei Kriegsgefangenen, in der Ferne klein wie Mücken, sprechen miteinander.

Erst jetzt begann er nachzudenken. ›Wenn der eine, gequält von Sehnsucht, in dieser großen Einsamkeit Jahre hindurch jeden Tag von seiner Frau spricht, wie sie aussieht, wie sie ist, alles von ihr erzählt, das Intimste, alles, könnte im andern ja wirklich ihr Bild entstehen und ihn so unwiderstehlich erfüllen, daß er die Frau liebt, die er nie gesehen hat, und in seiner Wahnsinnsliebe schließlich sogar glaubt, er sei ihr Mann.‹

In Brand gesetzt dichtete Michael weiter. ›Der Liebende kehrt aus der Gefangenschaft zurück. Er weiß, wo sie wohnt. Er kennt das schablonierte Muster im Stiegenhaus, jedes Möbelstück in ihrer Wohnküche, er weiß, wo das Öfchen und wo das Bett steht; daß der Gasbrenner pfeift; daß der Schürhaken einen Messinggriff hat und sie drei braune Muttermale am Körper und wo sie sind, der Kamerad hat ihm in seiner Sehnsucht alles erzählt. Überwältigt von seinem Gefühl für sie tritt er ein und begrüßt sie als ihr Mann … Und die Frau?‹

Er stand vor einem Schaufenster und sah Schuhe, die er nicht sah. ›Mit dem Kopf weiß sie, daß er lügt. Aber sein Gefühl lügt nicht. Wenn sie nicht denkt, fühlt auch sie, und was man fühlt, ist keine Lüge … Ein Jahr später kehrt ihr Mann zurück.‹

Er ging langsam weiter. ›Die Geschichte einer Liebe mit schwersten Hindernissen könnte es werden, eine wunderbare Geschichte, in der das scheinbar Unmögliche durch das Medium der Liebe möglich wird und geschieht.‹

Entflammt trug Michael die einsame Steppenlandschaft mit den zwei Kriegsgefangenen durch die Nürnberger Straße und die drei Steinstufen hinunter in das kleine Café, wo er um sechs Uhr mit Ilona verabredet war. Es war erst vier Uhr. In den zwei Stunden schrieb er auf die Papierserviette den ersten Satz von »Karl und Anna«:

Über dem fernen, fernen planetar gewölbten Horizont der Steppe, an der Grenze zwischen Europa und Asien, erschien ein Punkt, kleiner als ein Singvogel, der sich mit größter Fluggeschwindigkeit zwei Männern näherte und doch in seiner blauen Ferne an derselben Stelle reglos zu verharren schien, so überwältigend groß waren hier Himmel und Erde.

Er dachte nicht mehr an den Gerichtsbericht, der nur als Zündflämmchen gedient hatte, wie das der Zündschnur für die Dynamitexplosion. Aber »Karl und Anna« wäre nicht geschrieben worden, wenn er die Zeitungsnotiz von sechs Zeilen nicht gelesen hätte.

Ilona holte Michael ab. In den neun Monaten seiner Arbeitsunfähigkeit hatten sie einander täglich gesehen – zwei Liebesleute, die sobald wie möglich heiraten wollten. Ihr Mann war wieder in Paris, und diesmal hatte sie vom Anwalt die Mitteilung bekommen, daß die Scheidung eingeleitet sei.

Damals war die schöne Zeit. Von den Nachwirkungen des verlorenen Krieges war nichts mehr zu spüren. Die Wirtschaftsverhältnisse hätten nicht besser sein können, wenn Deutschland den Krieg gewonnen haben würde. Riesige Summen amerikanischen Privatkapitals wurden ins Land gepumpt, in doppeltem Sinne hineingepumpt. (Zwischen 1925 und 1929 dreißig Milliarden.) Auch jede deutsche Stadt konnte eine amerikanische Anleihe bekommen. Stahlproduktion – das Barometer für den Wohlstand des Industrielandes – und Fertigwaren-Export waren beträchtlich höher als vor dem Krieg. Die dreißig Milliarden wirkten von oben herunter vertikal durch das ganze Volk.

Ein neues Deutschland hatte sich herausgeschält. Eine

Art Märchen vom Aschenbrödel war für eine ganze Nation Wirklichkeit geworden.

Diese Zeit war der Beweis dafür, daß Wirtschaftskraft und -aufstieg auch das geistige und künstlerische Schaffen befruchten. Selbst der junge Maler hungerte nicht mehr, er malte nicht nur, er verkaufte. Mäzene besonnten sein Leben. Die Bücherproduktion war größer als je. Die neue expressionistische Richtung, in Deutschland entstanden, beeinflußte die europäische Dichtung. Theater, Oper, Konzertsäle waren überfüllt. Europäische Künstler, aus Paris, London, Rom, die nach Berlin kamen, waren begeistert und wollten nicht mehr fort. Die Luft in Berlin war elektrisch geladen. Vieles erinnerte Michael an die Zeit vor dem Krieg, als er von München nach Berlin gekommen war. Nur war der Strom, der das Leben trug, jetzt unvergleichlich breiter und tiefer, und er trug ein starkes schönes Leben. Michael und seine Freunde waren sich der trächtigen schönen Gegenwart Tag für Tag bewußt, sie sagten zueinander: ›Uns geht's gut.‹

In einem dreiviertel Jahr vollendete Michael »Karl und Anna«, eine Novelle, die in alle europäischen Sprachen übersetzt wurde und auch ins Hebräische, Jiddische, Russische, in basic english und in einen indischen Dialekt. Der Welterfolg des Buches fiel zeitlich zusammen mit Ilonas und Michaels Heirat im Vorfrühling 1928.

Kurz nach der Hochzeit hatte Michael in einem Ledergeschäft in der Tauentzienstraße, wo er für Ilona eine Handtasche kaufte, ein rührendes Erlebnis. Die Augen der dicken Verkäuferin – waagrecht vorstoßender Busen, auf dem ein abgesprungener Perlmutterknopf lag, der nicht herunterfallen konnte – leuchteten auf, als sie sagte: »Nicht wahr, Sie sind Herr Vierkant, ich sah Ihr Bild in der Zeitung. Wissen Sie, daß wir Ihnen unser Lebensglück verdanken, mein Mann und ich?«

»Mir? Wieso?«

»Ja, Ihnen. Wir hatten zusammen ›Karl und Anna‹ gelesen, und da haben wir geheiratet. Wir sind sehr glücklich.«

Michael konnte die Freude darüber, daß sein Buch direkt ins Leben gewirkt hatte, nicht verbergen. Er erinnerte sich, daß er als Dreiundzwanzigjähriger einmal etwas Ähnliches in München erlebt hatte. Er und Henry, der junge Franzose, waren in der Ludwigstraße hinter einem Ehepaar gegangen und hatten in bester Jugendlaune halblaut ein Lied gesungen. Der elegante Mann – Frack und Zylinder – drückte heimlich den Arm seiner Frau. Erst als sie ihn überholten, sah Michael, daß es Frank Wedekind war, der Dichter des Liedes, der sich vergebens bemühte, seine Freude zu verbergen.

(Daß Bücher direkt ins Leben wirken können, tragisch sowohl wie erfreulich, hatte Michael schon vorher erfahren. Eine russische Studentin hatte, verstört durch die Lektüre der Novelle »Die Ursache«, Michaels bedrückendes Buch gegen die Todesstrafe, in ihrem Zimmer in der Rankestraße Selbstmord begangen. Kurz vorher hatte der sozialistische Abgeordnete eines baltischen Staates an Michael geschrieben, er habe im Parlament während einer Lesung über das Gesetz zur Abschaffung der Todesstrafe in seiner Rede mehrmals auf »Die Ursache« hingewiesen. Die Todesstrafe sei abgeschafft worden, und es dürfe angenommen werden, daß das Buch dazu beigetragen habe.)

Michael schrieb das Schauspiel »Karl und Anna« in drei Wochen. Den Prosasatz fehlerlos zu bauen und das Wichtigste seines Inhalts plastisch hervorgehoben an die einzig richtige Stelle zu bringen, war für Michael auch jetzt noch eine ebenso mühevolle Arbeit wie zu Anfang seiner Schriftstellerlaufbahn; der kurze Dialogsatz hingegen kam aus Gefühl und Vorstellung wie von selbst aufs Papier.

Auch die gefühlsmäßige Berechnung der Bühnensekunde, die zehnmal so lang sein kann wie die Uhrsekunde, vollzog sich in ihm von selbst. Er sah, während er schrieb, ununterbrochen die Bühne, Auftritt und Abgang der handelnden Personen und jede ihrer Bewegungen und Gesichtsausdrücke und sagte sich immer von neuem, daß die einzelne Szene, da sie die Handlung weitertreiben und die Spannung steigern müsse für die folgende Szene, an dramatischer Wirkung verlöre, wenn sie auch nur Sekunden zu lange dauern oder einen Dialogsatz zuviel enthalten würde. Die Dramatisierung von »Karl und Anna« war für Michael ein erregendes Erlebnis.

Während er das Stück schrieb, entdeckte Michael, daß er fähig war, nach nervenaufpeitschenden Szenen mit Ilona sofort alles beiseite zu schieben und weiterzuarbeiten. In den neun Monaten vor der Heirat, da sie einander täglich gesehen hatten, waren auch täglich ungute Spannungen entstanden und manchmal ohne jeden Anlaß wie aus der Luft heraus plötzlich scharfe Zerwürfnisse. Michael sagte sich, er dürfe nicht immer nachgeben, sonst würde diese zerstörerische Art des Zusammenlebens von beiden schließlich als ein unabänderlicher Fakt hingenommen, und dann bestünde keine Hoffnung mehr, daß alles noch gut werden würde. Aber wenn Michael nicht nachgab, entstand vergiftender drückender Unfriede, der Tage dauern konnte, und oft auch, obwohl er nachgegeben hatte. Er fragte sich, ob sie ihm auch den Ausweg, durch Nachgeben wieder Frieden zu schließen, nicht lassen könne, weil sie nur noch in Unfrieden zu leben vermöge, wie von früher Kindheit an mit der alles kritisierenden Mutter. Hin und wieder, wenn Michael zu Beginn einer Szene einen drohenden Zornausbruch unterdrückt hatte, explodierte er später, in einer falschen Sekunde, wenn aktuell kein Anlaß dazu vorhanden war, und setzte sich dadurch ins Unrecht. Und gerade in diesen Fällen, wenn ihr Unrecht geschehen war, wurde sie triumphierend liebevoll und weich. Unrecht, ihr angetan, nahm sie erfreut und voller Genugtuung hin wie ein kostbares Geschenk.

Michael konnte nicht in Unfrieden leben. Er war ratlos. Die Szenen, die sich wie Giftperlen aneinanderreihten, hatten auf ihn eine gefühlszersetzende Wirkung. Er war schon entschlossen gewesen, sich von Ilona zu trennen, da teilte sie ihm mit, daß sie empfangen hatte. Das riß ihn wieder zurück zu ihr.

Ilona war schon hochschwanger, als sie im Januar 1929 mit Michael ins Berliner Staatstheater ging zur Premiere von »Karl und Anna«. Erich Engel, ein junger Regisseur mit besonderem Einfühlungsvermögen, hatte die Aufführung sorgfältig vorbereitet. Käthe Dorsch spielte die Anna, Oskar Homolka den Karl, Heinrich George den Richard – Annas Mann.

Michael, der mehrmals miterlebt hatte, wie Autoren vor den Premieren ihrer Stücke in unwiderstehliche Aufregung geraten waren, blickte aus der Rangloge neugierig hinunter zu den Abendkleidern und Fräcken im Parkett, so geschwollen ruhig, als ginge ihn das, was jetzt kommen werde, nicht viel mehr an als jeden anderen Zuschauer. Daß ein Rückfall in hilfreichen Größenwahn ihn so aufgeblasen ruhig und sicher gemacht hatte, wurde ihm erst Tage später bewußt.

Schließlich ging der Vorhang hoch, das gefährlich kritische Berliner Premierenpublikum wurde still, und Michael erlebte, wie in die saugende Stille des vollen Hauses Worte gesprochen wurden, die er geschrieben hatte. Erst jetzt kam er sich eingestanden wichtig vor, und da dachte er: ›Man muß sich wichtig nehmen, sonst kann man nicht schreiben.‹

Die sorgfältig vorbereitete Aufführung lief ab, als spielte das Stück sich von selbst. Viele Einzelheiten wirkten so, wie Michael gehofft hatte, daß sie wirken würden. Aber Richards Brief, durch den das große, einfache Liebespaar erfährt, daß Richard lebt und zurückkommt und seine alte Anna noch ebenso liebt, wirkte in einer Weise, an die Michael nicht einmal gedacht hatte. An Homolkas Wangen rannen, während er Anna den Schicksalsbrief vorlas, ununterbrochen Tränen herunter, und in der Stille des Hauses war die geladene Stille inneren Bewegtseins entstanden.

Das Kammerspiel hielt die Aufmerksamkeit in jeder Sekunde und steigerte die innere Spannung bis zum letzten Vorhang.

Der herrschende Theaterkritiker Deutschlands, der 1914 das Kriegsgedicht »Jeder Tritt ein Brit, jeder Stoß ein Franzos, jeder Schuß ein Ruß« veröffentlicht hatte, schrieb in seiner Besprechung, wie immer originell um jeden Preis: »Das Beste an ›Karl und Anna‹ ist ein Schrei von Käthe Dorsch.«

(»Karl und Anna« wurde in jeder deutschen Stadt, wo ein Theater war, und in allen Hauptstädten der Welt gespielt.)

Ein paar Tage nach der Premiere begann Michael einen neuen Roman zu schreiben, veranlaßt durch ein Gefühl, das zum ersten Male in ihm entstanden war, als er, zwölf Jahre alt, eine Schundliteraturerzählung gelesen hatte. Das Mädchen, auf dem farbigen Umschlag des Zehn-Pfennig-Heftchens nackt abgebildet, das dem Zwölfjährigen wunderbar schön erschienen war, ein uneheliches Kind, wandert durch viele Länder nach Rom und wird schließlich Päpstin. Noch nach Jahrzehnten war in Michael, sooft er sich an diese Schundliteraturerzählung erinnert hatte, jedesmal dasselbe Gefühl entstanden. Und es war, obwohl in der Schundgeschichte nichts von Inzestliebe vorkam, identisch mit dem Gefühl, das ihn veranlaßte, den Roman »Bruder und Schwester« zu schreiben. Er hatte keine Erklärung dafür und suchte keine.

Seinen Konstantin, die männliche Hauptfigur, versah Michael mit stark idealisierten Eigenschaften von sich selbst. Die schöne Lydia schuf er aus dem bevölkerten Nichts, aus dem der Poet seine Idealgestalten holt. Aus der Schriftstellerwerkstatt wußte Michael, daß große Liebe nur an schweren Hindernissen überzeugend gestaltet werden kann. Konstantin und Lydia erfahren erst nach der Heirat, daß sie Bruder und Schwester sind, aus demselben Schoße geboren. Ob Liebe dieses denkbar schwerste Hindernis zu überwinden vermag oder nicht, wußte Michael, während er an dem Roman schrieb, anfangs selbst noch nicht. Er befand sich auf einer Forschungsreise in ein unerforschtes Gebiet. Er folgte während der Arbeit als Beobachter seinen zwei Liebesleuten Schritt für Schritt und fühlte sich in ihre Gefühle ein.

Am 24. Februar 1929 gebar Ilona einen Knaben, den sie Andreas nannten. Die Geburt war sehr schwer gewesen. Michael stand am Fußende des Bettes und blickte erschüttert auf ein schlammgrün verflecktes, zerstörtes Frauengesicht. Schweißnasse Haare klebten auf der Stirn, und die geöffneten blauen Lippen zitterten unter jedem Atemzug. Jetzt kann ihn auf dieser Welt nichts mehr von ihr trennen.

Zehn Tage später schimmerte Ilonas Gesicht, wieder prickelnd wie die winzigen Perlen im Champagnerglas, als wäre nichts gewesen.

Michael sagte sich, was er und sein Gefühl nicht vollbringen konnten, werde das große Naturereignis vollbringen. Sie hat ein Kind getragen, mit ihrem Blut genährt, in Qualen geboren, ein gesundes Kind. Das ist eine Leistung, eine große Leistung, auf die sie stolz sein wird, und mit Recht. Unsicherheit kann jetzt keinen Angriffspunkt mehr in ihr finden. Jetzt wird sie Frieden schließen mit sich und an sich glauben.

Er mußte erfahren, daß psychische Ungeheuer, entstanden aus Wunden, in der Kindheit geschlagen, stärker sein können als die in Qualen erworbene Berechtigung, an sich zu glauben. Sie konnte nicht Frieden schließen mit sich, und so auch nicht mit Michael. Wie vorher war die Luft in der Wohnung durchtränkt mit Unfrieden, der an einem Blick Michaels ausbrechen konnte, an einem gutgemeinten Wort, durch das sie sich kritisiert und angegriffen fühlte. Er hatte keine Hoffnung mehr, er sagte sich: ›Den Schlüssel zu der Festung gibt es nicht.‹

Ilona hatte ihren besonderen Charme, in hellen Stunden, und war ein nobler Mensch, unfähig zu einer menschlichen Schlechtigkeit. Aber in Frieden mit ihr zu leben, war nicht möglich. Er gab auf. Sie lebten weiterhin zusammen in der Wohnung, innerlich getrennt, und jeder ging seines Weges. Es war die erste große Niederlage in Michaels Leben.

Als Schriftsteller stand er durch seine Arbeit von zwanzig Jahren auf solidem Boden. Seine Bücher waren in allen europäischen Sprachen erschienen, Geld kam aus allen Himmelsrichtungen, und auch zum Mitglied der Akademie war er gewählt worden.

Michael baute während der Arbeit an dem Roman »Bruder und Schwester« wieder einen unzugänglichen Turm um sich herum und schrieb, rücksichtslos gegen sich und seinen jeweiligen Gemütszustand, Tag für Tag sein festgesetztes Minimum – eine Seite, und wenn er Glück hatte, ein paar Sätze mehr, und jeden Tag ging er für eine halbe Stunde ins Romanische Café, aus Anhänglichkeit an seine Bohemezeit und auch John Höxters wegen, der seine Rente einkassierte, täglich zwei Mark für Morphium, und ungehalten war, wenn Michael nicht rechtzeitig erschien.

Eines Tages, als er aus dem Café trat – nachdem John Höxter wie immer seine fünf Worte über das Wetter gesagt hatte, für die zwei Mark, und wie immer eine Sekunde danach aufgestanden und verschwunden war –, eilte ein Mann freudig lächelnd auf Michael zu, die Hand armlang vorgestreckt – Johannes Wohl, der deutsche Oscar Wilde. Er trug das Haar immer noch lang und nach hinten gekämmt, es war gelichtet, das kam der hohen Stirn zugut. Sein schöner Mund blühte wie je.

Michael erinnerte sich sofort, daß er, ein dreiundzwanzigjähriger unwissender Knabe, im Café Stefanie instinktiv zurückgewichen war, entsetzt, als Oscar Wilde ihm den Arm um die Schultern gelegt und gesagt hatte: ›Sie sind schön geworden.‹ Voller Freude über das Wiedersehen nach zwanzig Jahren fragte er Wohl, was er tue und wie es ihm gehe.

»Gut, mir geht es gut. Ich bin verheiratet. Meine Frau ist

Lehrerin. Wir haben vier Kinder.« Er entnahm seiner Brieftasche eine alte Zeitung, die an den Falten schon gebrochen war, und zeigte Michael seinen Essay über Stefan George. Dieser Jugendneigung war er treu geblieben.

Es war diese Begegnung, die Michael veranlaßte, auf dem Heimweg einen langen Blick zurück zu tun – bis in die »letzte Bank« in der von Angst erdrückten Klasse des Lehrers Dürr. Er dachte melancholisch: ›Ein großer Schriftsteller, einer der Großen, bin ich nicht geworden. Dazu hat es nicht gereicht. Aber ich tat, was ich konnte, und ein klein bißchen mehr. Amen!‹

Im Herbst 1929 vollendete Michael den Roman »Bruder und Schwester«. Er glaubte, sprachlich sei es sein bestes Buch, und sagte sich, schließlich und endlich habe er doch schreiben gelernt.

Er hatte wieder jede Seite ein dutzendmal geschrieben, der Schreibtisch war von diesen Blättern beständig übersät gewesen. Jetzt war der Schreibtisch leer, tot wie im Möbelgeschäft. Nur ein Brief, der mit der Morgenpost gekommen war, lag darauf – der Feuilletonredakteur des »Berliner Tageblattes« hatte an jeden bekannten deutschen Schriftsteller die Frage gerichtet, welche Frau ihm am meisten bei der Arbeit geholfen habe.

Die Zeit, da er mit Lisas unberechenbar großer Hilfe »Die Räuberbande« und »Die Ursache« geschrieben hatte, die schwere, unvergeßlich schöne glückliche Zeit mit Lisa zog an Michael vorüber. Er schrieb Lisa ein Denkmal und schloß mit dem Satz: »Lisa war Jüdin.« Einige Tage später las er seine Antwort in der Zeitung. Der Feuilletonredakteur hatte den letzten Satz »Lisa war Jüdin« gestrichen.

Michael fuhr sofort in die Stadt. Theodor Wolff, erster

Mann im größten deutschen Zeitungsunternehmen, hatte einen nur noch fingernagelgroßen glühenden Zigarettenstummel zwischen den Lippen, während er zu seinem empörten Besucher gutmütig lächelnd sagte, so etwas sollte natürlich nicht vorkommen. Ihm schien die Sache bedeutungslos zu sein. (Daß der Feuilletonredakteur, Zögling des menschenfreundlichen jüdischen Chefredakteurs Theodor Wolff, schon damals Mitglied der Nazipartei gewesen war, wurde erst im Pestjahr 1933 bekannt. Theodor Wolff starb nach einem arbeitsreichen Leben in einem deutschen Konzentrationslager.)

Michael hatte die Novelle sowie das Schauspiel »Karl und Anna« und den Roman »Bruder und Schwester« pausenlos hintereinander geschrieben, er war ausgeschöpft und ruhebedürftig, gleich der Erde des Getreidefeldes, die nach einigen Jahresernten ausruhen muß, damit wieder genug Stickstoff, nötig für neues Wachstum, entstehen kann.

Er las viel. Er las auch in seinen Büchern und war hin und wieder freudig erstaunt über einen Satz, über die scheinbar spielend leicht geschriebene Formulierung eines schwer darzustellenden psychischen Vorgangs in nur einem Satz. Da er diese Sätze jetzt nur las und den schweren Arbeitsprozeß, durch den sie ihm schließlich gelungen waren, nicht mehr in den Nerven hatte, befürchtete er während der Lektüre mehrmals, daß er nicht mehr könne, was er früher gekonnt habe.

Nachdem Michael eine seiner Landschaftsschilderungen gelesen hatte, machte er im Kopf die Werkstattnotiz: ›Lange Landschaftsschilderungen können das Interesse des Lesers nicht halten. Der Romanschriftsteller, der eine Landschaft nicht mit einem Satz schildern kann, so plastisch, daß der

Leser sie sieht und riecht, als stünde er in ihr, sollte sich entschließen, keine Landschaften zu schildern.‹

»Das Ochsenfurter Männerquartett«, sein »schönstes« Buch, las Michael von Anfang bis zu Ende, besonders berührt durch seine Hanna – eine graziöse Sprungfeder, dünn und nicht mager, ein oliv- und rosafarbener heißer Fremdling, die trotz der Unschuld ihrer sechzehn Jahre schon alle Elemente des verführerisch Weiblichen spielen läßt und dabei gefühlsklug um die Gefahren ihrer Frühreife herumbalanciert. Michael hatte Hanna aus dem Nichts geschaffen – sie war damals sein ersehntes Mädchenideal gewesen. Während der Lektüre fühlte er, lächelnd über sich selbst, daß sein Wunschtraumbild auch jetzt noch die Hanna war, die nicht existierte in der Wirklichkeit.

Eines Tages, Monate waren vergangen, wurde er im Romanischen Café vom Blitz der Wirklichkeit getroffen – dort, zwei Tische entfernt, saß Hanna.

Durch das Erblicken jeder anderen Romangestalt, die er aus dem Nichts geschaffen hatte, wäre Michael wahrscheinlich nur überrascht gewesen und interessiert, zu erfahren, ob sie auch im Wesen so sei wie sein gedichtetes Geschöpf. Das wundergleiche Ereignis, daß das gedichtete Traumbild seiner Mannessehnsucht nun in der Wirklichkeit atmend vor ihm saß, nahm ihm die Fassung. Es war »Die Begegnung«, die ihm die Fassung nahm.

»Hanna« trug die weiße Baskenmütze schief auf dem rabenschwarzen Haar, das in glänzenden Locken zu den Schultern fiel. Ihr wohlgeformter Kopf war klein, oliv- und rosafarben das delikate Gesichtchen, und als sie den servierenden Kellner dankend anlächelte, mit ebenmäßigen Zahnbögen im jugendfrischen, etwas zu großen Mund, gab sie auch diesem Lächeln ungewollt das Lockende ihres noch versteckten glimmenden Frauentums mit – ein heißes Mädchen, das noch am Rande des Lebens stand. Was Michael tiefer als alles bewegte, war ihr Gesichtsausdruck – Gefühlskraft, durchwirkt von Humor und Heiterkeit, und in Blick und Mundlinie, von psychisch gezeichneten Lippen gebildet, unwiderstehliche Lebensneugierde. Sie war Hanna.

Jeder Gast warf hin und wieder heimlich einen Streifblick auf sie, und auch der Kellner, der sich mehr als nötig um sie bemühte, schien das Besondere in ihr zu fühlen. Schon durch den Anzug – exakt gearbeitetes rotes Tuchkostüm – paßte das behütete Kind wohlhabender Eltern nicht in das rauchdurchschwängerte Bohemecafé. Auch hatte sie sich, obwohl im Innern viele Tische frei waren, an das erste Tischchen dicht neben dem Eingang gesetzt, als wäre sie nur für Minuten gekommen. Den Kaffee berührte sie nicht, und die weißen Wildlederhandschuhe hatte sie nicht abgestreift.

Michael spürte, wie sich durch ihre Erscheinung in seiner Brust etwas Festes aushakte, und da entstand wieder dasselbe weichströmende Gefühl wie damals vor zwanzig Jahren, als er nach der Nacht auf der Bank im Tiergarten, noch feucht vom Regen, im Café des Westens das erste Mal Lisa gesehen hatte. Es war wie damals nicht Glück und nicht Leid; es war die Wahl, die ein Geheimnis ist.

Diesmal war dem Gefühl Wehmut beigemischt – »Hanna« konnte zwanzig sein, gewiß nicht älter als zweiundzwanzig; er war achtundvierzig. Der Altersunterschied war zu groß. Aber er sagte sich, er mußte sich sagen: ›Gefühl kannst du nicht nach Belieben auslöschen. Es ist, oder es ist nicht.‹ Er mußte sie ansehen, unverwandt, während er tief beunruhigt überlegte, was er jetzt gleich tun könnte, um mit ihr bekannt zu werden.

Ein langaufgeschossener dünner Jüngling kam eilig herein – der deutsche Intellektuelle mit hoher Stirn, Hornbrille und zurückgekämmtem Haar. Er sagte: »Entschuldige, Charlott, ich wurde aufgehalten in der Redaktion.« Sie gingen.

Michaels linke Körperhälfte wurde heiß. Er fragte den Kellner und jeden Gast, den er kannte. Niemand wußte, wer sie war, niemand hatte sie vorher im Café gesehen.

Er bemühte sich wochenlang, zu ermitteln, wer sie sei. Er sah Charlott nicht wieder.

Im Winter 1930 fuhr Michael nach Paris zur Premiere von »Karl und Anna«. Gaston Batu hatte Regie geführt, Marguerite Chamoix spielte die Anna. Michael ahnte nicht, daß ihm die Rolle eines »ambassador of goodwill« zugedacht war. In seiner Loge saß der deutsche Botschafter von Hösch, der den folgenden Tag zu Michaels Ehren einen Empfang gab. Hundert Personen waren anwesend, darunter Minister der französischen Regierung, die zehn Jahre später Michael, den Antinazi-Emigranten, ins Konzentrationslager sperren ließen.

Nach ein paar Wochen kehrte Michael zurück in ein verändertes Deutschland. Der plötzliche Kurssturz aus der Schwindelhöhe in den Abgrund an der New Yorker Börse im Jahre 1929, dem die schwerste Weltwirtschaftskrise des Industriezeitalters gefolgt war, hatte in Deutschland erst Ende des Jahres 1930 ruinös zu wirken begonnen. Die deutsche Wirtschaftsmaschine war noch eine Weile ungenährt weitergelaufen. Sie kam sozusagen über Nacht zum Stehen, als der Weltmarkt nicht mehr aufnahmefähig war für den

Export deutscher Fertigwaren, mit dem Deutschlands Wirtschaft steht und fällt.

Millionen wurden brotlos, weitere Millionen waren nur noch drei Tage in der Woche beschäftigt. Frauen und Kinder der Betroffenen mitgezählt, vegetierten zwanzig Millionen in auswegloser Not. Hoffnungslosigkeit kroch in die Familien, und die Mitgliederzahl der kleinbürgerlichen Nazipartei vervielfachte sich.

Die unheilschwangere Wirklichkeit dieser Zeit war das Thema zu Michaels Arbeitslosenroman »Von drei Millionen drei«.

Auf der Rückfahrt von Paris nach Berlin hatte Michael zum Zeitvertreib ein paar Gedanken notiert für die Schriftstellerwerkstatt, Kunstgesetze, die sich für ihn schon seit langem von selbst verstanden. Bevor er den ersten Satz des neuen Romans zu schreiben begann, las er diese Notizen noch einmal.

»Der Autor soll im Roman keine Meinung äußern, er soll hinter seinem Werk stehen.

Philosophische Abhandlungen gehören nicht in den Roman. Wer philosophische Abhandlungen lesen will, geht zu den Philosophen. Der Schriftsteller, der unbeantwortbare Fragen – wie die, ob Gott oder der Teufel Inspiration spende – im Roman zu beantworten versucht, in Form philosophischer Abhandlungen, offenbart einen Mangel an Gestaltungswillen oder Gestaltungskraft und bleibt der Kunst allzuviel schuldig. Die Philosophie eines Romans muß im gestalteten Ganzen enthalten sein. Der Romanschriftsteller sollte nicht tiefer sein wollen, als der Mensch und die Welt sind.

Wenn der Romanschriftsteller auf Inspiration warten

wollte, würde er nie ein Werk vollenden können. Inspiration ereignet sich selten und nie ohne Zutun des Autors, sie ereignet sich während der Arbeit durch Arbeit. Wenn sie sich ereignet, wenn auf diese anstrengende Weise etwas ›einfällt‹, muß die Goldader des Einfalls von unbrauchbaren Gefühlswolken und -schlacken befreit werden, und du mußt in der Regel zuerst Seiten und Seiten schreiben, um den gereinigten Einfall, der nur an der einzig richtigen Stelle zur Goldader wird, anbringen zu können. Inspiration ist ein Geschenk, das erst durch zähe Sitzfleischarbeit ein Geschenk wird.

Äußere Handlung, spannende Ereignisse, wenn sie des Themas wegen nicht zu vermeiden sind, dürfen im Roman nicht mehr Bedeutung haben als die aus den Tuben auf die Palette gedrückten Farben, die der Maler für das Bild benutzt.

Selbst die vollendete Gestaltung der handelnden Personen ist noch nicht Kunst. Kunst ist das Nicht-Gesagte und auf geheimnisvolle Weise dennoch Gesagte, das ohne Worte zwischen den Zeilen mitschwingt und über den kontrollierenden Verstand hinweg Gefühl erzeugend ins Gefühl des Lesers trifft.

Viele Schriftsteller haben den Satz geschrieben ›Der Himmel war blau‹. Es ist große Kunst, wenn sich da vor dem Lesenden plötzlich das blaue Himmelszelt auftut. Das kann sich ereignen, wenn der einfache Satz ›Der Himmel war blau‹ an der einzig richtigen Stelle der Landschaftsschilderung steht. Eine halbe Zeile zu früh oder zu spät sind es vier nichtssagende Wörter.«

Michael nahm sich vor, diese schwer zu erfüllenden Kunstgesetze wieder so gut er konnte zu befolgen. Im neuen Roman sollte Arbeitslosigkeit die Hauptgestalt sein und die Ursache für alles, was geschah und nicht geschah.

Drei Männer, die jahraus, jahrein jeden Tag im Arbeitsnachweis saßen, wo es auch für die Beamten des Arbeitsnachweises keine Arbeit gab, wandern schließlich aus der Stadt hinaus, der Nase nach, ganz gleich wohin. Sie haben siebzig Pfennige und den grimmigen Humor der Lebensgleichgültigen, denen nichts mehr geschehen kann, da ihnen schon zuviel geschehen ist. Sie haben aufgegeben, etwas zu suchen, das es in Deutschland nicht gibt – sie umgehen die Städte, da unter jedem Fabrikschornstein schon Tausende Arbeitslose vergebens auf Arbeit warten. Durch einen märchenhaften Glückszufall können sie auswandern, nach Argentinien, dem Land ihrer Hoffnung auf Arbeit. Kurz nach ihrer Ankunft bricht infolge riesiger Arbeitslosigkeit Revolution aus, an der sie sich kämpfend beteiligen. Sie werden deportiert. Abgemagert zu Skeletten und bar jeglicher Hoffnung kehren sie nach einer Odyssee von zwei Jahren zu Fuß wieder zurück in die Heimatstadt, da sie nur dort Arbeitslosenunterstützung bekommen können.

Michael schrieb einundeinhalb Jahre an diesem Buch. Als es erschien, im Herbst 1932, waren in Deutschland sieben Millionen arbeitslos und weitere sieben Millionen nur drei Tage in der Woche beschäftigt. Frauen und Kinder mitgezählt, lebte mehr als die Hälfte des Volkes in auswegloser Not.

Das war der Boden für den Sumpfmenschen Hitler.

Der Roman »Von drei Millionen drei« fand trotz anerkennender Kritiken wenig Beachtung. Wenige hatten damals Geld für Bücher. Eine der Kritiken las Michael erstaunt noch einmal – Emil Faktor hatte seine wohlmeinende Besprechung mit dem Satz geschlossen: »Die Schwäche des

Romans ist, daß der Autor kein Mittel gegen Wirtschaftskrise und Arbeitslosigkeit weiß.« Michael fand, daß sein Kritiker ein bißchen zuviel von ihm verlangte. (Hitler wußte das Mittel gegen Arbeitslosigkeit – die Aufrüstung für den zweiten Weltkrieg, durch den sechsundzwanzig Millionen Menschen starben und Europa verwüstet wurde.)

Obwohl die Nazis bei der letzten Reichstagswahl, im November 1932, eine Anzahl ihrer Sitze verloren und nur ein Drittel von den 608 Sitzen gewonnen hatten, ernannte Hindenburg, um die Aufteilung der ostpreußischen Güter zu verhindern, Hitler zum Reichskanzler, am 30. Januar 1933.

Am 27. Februar ließ diese feierlich eingeschworene Regierung des Volkes Beethovens und Goethes den Reichstag anzünden, um legalerweise Tausende Kommunisten verhaften zu können, noch in der Brandnacht.

In dieser Nacht saß Michael in der Likörstube Mampe am Kurfürstendamm. Ein Zeitungsverkäufer stürzte herein. Die dicke Schlagzeile schrie: »Die Kommunisten haben den Reichstag angezündet!«

Jeder wußte sofort, wer den Reichstag angezündet hatte. Ein Freund Michaels, der große Romanschriftsteller und Meister der deutschen Sprache, Joseph Roth, erklärte prophetisch: »Wenn die etwa glauben sollten, mit Gangstermethoden auch Weltpolitik machen zu können, wären sie schon jetzt zum Untergang verurteilt und würden wie Gangster enden.« Er eilte sofort heim, packte und fuhr nach Paris.

Gleich anderen Nazigegnern hoffte auch Michael, daß die bayerische Regierung sich der Naziherrschaft widersetzen werde. Er beschloß, nach München zu fahren.

Vor Abgang des Nachtschnellzuges ging er auf dem Bahnsteig hin und her, jedesmal vorüber an einem dicken Mann, den er nicht weiter beachtete. Der Dicke rauchte eine Zigarre und sprach empor zu zwei alten Damen, die aus dem Fenster eines Abteils erster Klasse blickten. Neben ihm stand ein verludert gekleideter, krummbeiniger Mann, das zerknüllte grüne Plüschhütchen schief auf dem Kopf. Sein Gesicht – mager, Mund und Nase schief und verbogen – war hart wie Eichenholz.

Michael wollte eine Zigarette anzünden. Als er die zwei Schritte auf den rauchenden Dicken zuging und dabei, vergebens nach seiner Streichholzschachtel suchend, die Hand automatisch noch einmal in die Rocktasche schob, griff der Krummbeinige blitzschnell in die Hintertasche nach dem Revolver, plötzlich den Mörderblick in den fast geschlossenen Augen, und erst in diesem Bruchteil einer Sekunde sah Michael, daß der dicke Zigarrenraucher Hermann Göring war. Ein Zurück, mitten im Schritt, gab es nicht mehr, und ein Zögern der Unsicherheit, mit der Hand noch in der verdächtig erscheinenden Rocktasche, würde Görings Leibwache ebenfalls sofort zum Schießen veranlassen. Er mußte so gelassen wie möglich beenden, was er begonnen hatte. Göring hielt ihm die Zigarre hin. Die Revolverhand der Leibwache erschien wieder, ohne Revolver.

Michael stieg die Stufen hoch in den Zug, hinaufgehoben von dem Bewußtsein, daß er nur eine Sekunde vom Tod entfernt gewesen war. Vom Zug aus beobachtete er, wie kurz nacheinander drei schlanke SS-Offiziere in schwarzer Uniform vor Göring erschienen, die Hacken zusammenknallten, Meldungen schnarrten, Hacken zusammenknallten und absausten. Göring legte jedesmal die Hand mit der Zigarre leger an den Hutrand. Das konnte er schon.

In München traf Michael Max Pallenberg, mit dem er in

den letzten Jahren täglich zusammen gewesen war. Da Pallenberg in einem Sanatorium war, um sich einer Generaluntersuchung zu unterziehen, schlief auch Michael in diesem Sanatorium. Nach der Untersuchung, die mehrere Tage gedauert hatte, sagte Pallenberg lächelnd, wie nur der produktive Geist zu lächeln vermag: »Alle meine Organe sind gesund – nur ich bin krank.«

Die Pflegerinnen dieses Sanatoriums waren katholische Schwestern. Nach ein paar Tagen bemerkte Michael, daß die Oberschwester, ein vollbusiges Geschöpf, dessen Gesicht aus der gestärkten weißen Haube wie eine Rose herausblühte, sich in ihn verliebt hatte. Sie fand den Ausweg – sie bemutterte ihn. Er war gerührt.

Eines Tages sagte sie mütterlich streng zu Michael, nachdem sie seine Wäsche nachgesehen, zwei Paar Strümpfe gestopft und Kamm und Bürste gereinigt hatte, er müsse sich neue Hausschuhe kaufen, seine alten seien schon zu abgetreten. Michael fuhr sofort in die Stadt. Er wollte auch ein Reisenecessaire kaufen.

Auf dem Max-Joseph-Platz begegnete er einem Mitarbeiter des »Tagebuchs«, Josef Bornstein, der nach Michaels Ansicht die besten Artikel in deutscher Sprache geschrieben hatte. Merkwürdigerweise wollte auch Bornstein ein Reisenecessaire kaufen. Oder war es gar nicht so merkwürdig? Fühlten die deutschen Antinazis schon, was sie noch nicht wußten: daß die große, viele, viele Jahre währende Reise nach allen Ländern des Planeten bevorstand?

Als sie aus dem Laden traten, sahen sie, von der engen Gasse aus, wie Menschen vornübergebeugt über den Max-Joseph-Platz sprangen, fliehend vor einer unsichtbaren Gefahr. Es war dabei ganz still, und diese Stille wirkte unheimlich: die Regierung Held war zurückgetreten, und die Münchener Nazis machten schon Jagd auf die Antinazis.

Den folgenden Morgen fragte die Oberschwester, nachdem sie Michaels Koffer gepackt und sich von den Knien erhoben hatte, schüchtern lächelnd, ob sie Michael zum Bahnhof begleiten dürfe.

Im Taxi war er in bedrückende Gedanken versunken. Ob jetzt alles, was er als Bohemien in den acht Hungerjahren ersehnt und dann durch schwere Arbeit im Laufe von zwanzig Jahren geschaffen habe, weggewischt sei – Herz und Sinn seines Lebens? Wird jetzt er selbst weggewischt in dem Lande seiner Sprache? Im »Völkischen Beobachter« war schon vor Wochen ein Artikel, gespickt mit Drohungen und wüsten Schimpfworten, über ihn erschienen. Ob er überhaupt noch über die Schweizer Grenze kommt? Da dachte er lächelnd: ›Wie die Dinge sind, kann es ja nur nützlich sein, daß eine Pflegerin in katholischer Schwesterntracht mich zum Zug bringt – es sieht aus, als wäre ich ein leidender konservativer Mann.‹

Bevor er einstieg – sie hatten einander schon die Hand zum Abschied gereicht –, holte die Oberschwester, im Gesicht plötzlich glührot, ein Veilchensträußchen aus ihrer weitläufigen Tracht und reichte es ihm. Beide gerieten in einen unentrinnbaren Trichter der Verlegenheit.

Der Zug begann zu rollen. Sie hob langsam die Hand, sie winkte ein wenig, nur mit den Fingern. Er blickte zurück – dort stand sie, schwarz-weiß, allein auf dem leeren Bahnsteig. Sie hob noch einmal zögernd-langsam die Hand.

Michael gelangte unbehelligt über die Schweizer Grenze.

(Schon den folgenden Tag wurden politische Flüchtlinge aus den Zügen geholt.) Er fuhr nach Zürich.

Seine zweite Emigration begann. Sie dauerte siebzehn Jahre.

VII

Michael, nun fünfzig Jahre alt, hatte ein Vierteljahrhundert in Berlin gelebt, das sein Arbeitsplatz gewesen war, seine gefühlsgeladene Werkstatt, sein Leben. Jedesmal, wenn er im Sommer aufs Land gefahren war, hatte er sich nach kurzer Zeit unwiderstehlich nach Berlin gesehnt. Er war jedesmal vorzeitig zurückgefahren und am Anhalter Bahnhof froh aus dem Zuge gestiegen, froh, wieder im elektrisierten Brennpunkt Deutschlands zu sein. Er verstand, warum Max Pallenberg am Tage seiner Rückkehr von einer fünfzehn Monate langen Weltreise auf Michaels Frage, was sein größter Eindruck gewesen sei, strahlend geantwortet hatte: »Berlin.«

Jetzt gab es kein Zurück mehr. Dieses lähmende Bewußtsein begleitete ihn siebzehn lange Jahre Tag für Tag, ganz gleich, ob ihm dazu noch anderes Leid oder ob ihm Freude widerfuhr – unter allem war, beständig wie sein Atem, das drückende Gefühl, daß es kein Zurück mehr gab nach Deutschland, in seine Werkstatt, sein Leben, in seine Landschaft, mit der er sich eins fühlte, als wäre er ein Teil von ihr, ein Tal, ein Baum, der Fluß am Sommerabend. Sein Leben war nicht mehr sein Leben. Es war mitten entzweigebrochen.

Als im Jahre 1934 H.G. Wells während eines PEN-Club-Banketts in London, zu Ehren emigrierter deutscher

Schriftsteller, eine Rede über Michaels Lebenswerk hielt, dachte Michael wieder und wieder: ›Er kann in seinem Lande sein.‹ In anderen europäischen Ländern bemerkte Michael an nicht mißzuverstehenden Untertönen der Schadenfreude und dem kalten Bedauern seiner früheren Bewunderer, daß der Schriftsteller, der sein Land nicht mehr hinter sich hat, an der Respektbörse in den Abgrund fällt wie ein schlechtes Wertpapier. Das nahm er hin, gelassen, er zog sich auf sich selbst zurück – er war allein.

Der neue Nazipräsident der Dichterakademie, deren Mitglied Michael war, fragte in einem vorgedruckten Wisch, ob Michael die nationalsozialistische Regierung anerkenne. Wenn nicht, würde er ausgeschlossen werden. ›Sie haben nur mit ja oder nein zu antworten.‹ Michael antwortete nicht, da auch ein Nein ihm schon zu entgegenkommend erschien.

Im Sommer 1934 las er in der »Zürcher Zeitung«, daß er ausgebürgert worden war wegen seines Antikriegsbuches »Der Mensch ist gut«. Es war ein Schlag aufs Herz. Er stand mit der Zeitung auf der Straße. Die Brust war leer. Jetzt gehört er zu dem durch die Jahrtausende stetig sich erneuernden Grüppchen der Geächteten, die auf ihre Weise den Preis bezahlen dafür, daß das Licht nicht verlösche. Und er wollte doch nur seine Arbeit tun.

Michaels Sohn, Andreas, war in einem vorzüglich geleiteten Knabeninternat, im Institut Montana bei Zürich. Er kam jede Woche einmal in die Stadt zu Michael und brachte immer eine Wunschliste mit. Einmal stand obenan, dick unterstrichen: Ein Taschenmesser.

Michael dachte später nicht ohne Stolz an das Gespräch über das Messer. Er hatte gesagt: ›Ich weiß, was ein Taschenmesser für einen Jungen bedeutet, ich würde dir sehr gerne eins kaufen. Aber ich habe Angst, daß du dich schneidest.‹ Der Sechsjährige war eine Minute schweigend neben Michael hergegangen und hatte schließlich entgegnet: ›Papa, wenn du mir kein Taschenmesser kaufst, kann ich dir ja gar nicht beweisen, daß ich mich nicht schneide.‹ Überwältigt von der Logik seines Sohnes hatte Michael ihm das Taschenmesser gekauft.

Im Sommer 1935 vollendete Michael den Roman »Traumgefährten«, den er in Berlin zu schreiben begonnen hatte. Das Buch erschien in Amsterdam im Querido-Verlag, dem der emigrierte, erfahrene Verlagsfachmann Dr. Landshoff eine Abteilung für deutschsprachige Literatur angegliedert hatte. Das war ein bleibendes Verdienst um die emigrierten deutschen Schriftsteller, die auch ihre Verlegerheimat verloren hatten.

Im Herbst 1936 erschien im Querido-Verlag eine Gesamtausgabe von Michaels Werken, die in Deutschland verboten waren und verbrannt wurden. Daß seine Bücher, außer in Übersetzungen, jetzt auch wieder in der Muttersprache gelesen werden konnten, trotz »Verboten und Verbrannt«, war ein Trost auf dem Weg ins Unbekannte.

1937 fuhr Michael nach Paris. Zu dieser Zeit lebten die Franzosen noch unbesorgt in den Tag und in die Nacht hinein, obwohl Deutschlands Aufrüstung seit vier Jahren in vollem Gange war. Erfahrene politische Beobachter, deren Wort bei den Machthabern der Welt nichts galt, erklärten, 1933 würde ein unmißverständlicher Satz des englischen Premierministers, ausgesprochen im Unterhaus, Hitler beseitigt haben; jetzt seien Deutschlands Angriffskrieg und damit eine Welttragödie ohnegleichen schon nicht mehr zu verhindern. (Als zwei Jahre später der Krieg begann, mit dem Einmarsch deutscher Truppen in Polen und der Zerstörung Warschaus aus der Luft, mußte Michael sich sagen, die Geschichte werde die Westmächte nicht freisprechen können von der schweren Schuld, untätig zugesehen zu haben, wie Deutschland aufgerüstet hatte.)

Anfangs glaubten die Emigranten, Hitler würde sich nicht länger als ein paar Monate an der Macht halten können. Sie waren anfangs nur staunende und manchmal erheiterte Zuschauer einer brutalen Burleske, die da in Deutschland gespielt wurde und nicht ernst genommen werden konnte. Sie hielten es nicht für möglich, daß ein Volk mit der respektgebietend hohen Kulturtradition der Deutschen sich den Nazimethoden fügen werde, die trotz ihrer Ungeheuerlichkeit anfangs nur lächerlich wirkten auf die staunende Welt.

Nur wenige, unter ihnen Michael, sagten sich und waren davon überzeugt, daß die Repräsentanten der Schwerindustrie und des Finanzkapitals, die Hitlers Partei vorher mit Millionensummen aufgepulvert und ihn schließlich an die Macht geschoben hatten, ihren Mann halten und stützen würden, da er wie kein anderer ihre wirtschaftlichen Interessen wahre, zunächst durch die Aufrüstung. Auf Grund dieser Überlegung konnte Michael eine Jahre und Jahre während Hitlerherrschaft prophezeien. Er wurde belächelt.

Im Lauf der Jahre war die Hoffnung der Emigranten, wieder in die Heimat zurückkehren zu können, verblaßt und vergangen. Das Wort »entwurzelt« bekam seine grausamste Bedeutung. Die Emigranten gehörten nirgends hin und bekamen Tritte wie Hunde, die sich verlaufen hatten und umherstreunen, und besonders wuchtige Tritte, wenn sie versuchten, im Gastland zu verdienen, was sie zum nackten Leben brauchten. Arbeiten war verboten und wurde hart bestraft, schließlich mit Ausweisung in ein Land, wo Arbeiten verboten war und hart bestraft wurde. Die Emigranten hatten ihr Leben gerettet, das vielen nicht mehr wert erschien, gelebt zu werden. Viele begingen Selbstmord.

Der Kernschuß hatte den emigrierten Schriftsteller getroffen – die Arbeit am Lebenswerk war unterbrochen. Er mußte erfahren, daß er ohne den lebensvollen, stetigen Zustrom aus dem Volk seiner Sprache und ohne die unwägbare stetige Resonanz der Leser als wirkender Schriftsteller nicht mehr existent war. Er spielte in der Emigration auf einer Geige aus Stein, auf einem Klavier ohne Saiten, und was er vor der Emigration geschrieben hatte, geriet im Lande seiner Sprache in Vergessenheit. Das Ergebnis und die Wirkung jahrzehntelanger Arbeit waren zerstört, nicht weniger als die deutschen Städte nach dem Krieg. Die in Nazideutschland verbliebenen deutschen Schriftsteller hatten es besser und wurden nicht beneidet von den emigrierten, die den vollen Preis bezahlen mußten.

In Paris waren Zehntausende Emigranten. Ihr Leben in der Stadt des Lichts war düster, und die Angst vor der Präfektur, vor den Polizeibeamten, die sadistisch je nach Laune Schicksal spielten, begleitete sie, wo sie gingen und standen, und wich auch nicht im Schlaf. Für die französische Polizei waren die Emigranten ins Land geschwemmter Unrat, und so wurden sie behandelt.

Unter diesen entwürdigenden Umständen begann Michael einen Roman zu schreiben. In dieser Zeit, da der Leser in Deutschland unerreichbar war, wurde ihm klar, daß der Schriftsteller ganz zuletzt seiner selbst wegen schreibt, sich selbst zur Freude und Qual, und weil er schreiben muß. Es sollte ein umfangreicher Liebesroman werden, der Lebensweg eines Mädchens, von ihrem dreizehnten Jahre bis zu dem Alter, da ihre Tochter dreizehn ist.

Er hatte erst ein paar Kapitel geschrieben, als er im September 1939 – die deutschen Panzerdivisionen waren schon über die polnische Grenze gerollt – gleich Zehntausenden Emigranten ins Konzentrationslager getrieben wurde, in ein Sammellager bei Paris, von dem aus, Wochen später, das Emigrantenvieh nach einem Dutzend ständiger Lager verfrachtet wurde.

Es nützte Michael nichts, daß an den französischen höheren Schulen nach seinem Roman »Die Räuberbande« Deutsch gelehrt wurde; daß zehn Jahre vorher auf dem Empfang in der Botschaft anläßlich der Premiere von »Karl und Anna« französische Minister ihm die Hand gedrückt hatten. Und daß er ein politischer Emigrant war, ein erklärter Nazigegner, nützte ihm ebenfalls nichts.

Er kam zusammen mit vierzehnhundert alten Juden in ein verlassenes Bauerngehöft – tür- und fensterlose Scheunen und Ställe, als Nachtlager altes, stinkendes Stroh auf Zementböden, und es war schon Oktober und kalt, durchdringend naßkalt. In der ersten Woche erkrankten vier an Lungenentzündung. Der Arzt, ein Emigrant, mußte machtlos zusehen, wie einer starb, da von der Lagerverwaltung nicht einmal eine Aspirintablette zu bekommen war.

Im Lager gab es nur einen Wasserhahn, er war nicht größer als der Messinghahn in einer Armeleuteküche, und das Wasser wurde aus unerfindlichen Gründen jeden Morgen um zehn Uhr wieder abgesperrt. Michael beteiligte sich nicht an den täglichen Kämpfen der vierzehnhundert um die Handvoll Wasser, mit dem er den Dreck an seinen Händen und im Gesicht nur hätte verschmieren können. Er wurde zu einer stoischen Drecksäule.

Das Gehöft, Tag und Nacht bewacht von Soldaten mit geladenen Gewehren, durfte nicht einen Schritt verlassen werden, und der Hof war so klein, daß die vierzehnhundert, wenn sie tagsüber Luft schnappten, sich in ununterbrochenem Zickzack dicht umeinander herumwinden mußten. Selbst wenn alle reglos gestanden hätten, würde der Hof lückenlos dicht gefüllt gewesen sein.

In dieser unaufhörlich rotierenden Menschenmühle, einem dickflüssigen grauen Menschenbrei, steckte auch einer, der das rote Bändchen der französischen Ehrenlegion im Knopfloch trug, ein österreichischer Jude. Michael hatte ihn gebeten, das rote Ehrenbändchen nicht abzulegen – es mache sich gut in dieser Umgebung.

Es gab nur das eine Gesprächsthema, die Frage, auf die sie keine Antwort fanden – warum sie, die Opfer und gegebenen Feinde der Nazis, wie aussätzige Feinde Frankreichs behandelt wurden. Ein jüdischer Emigrant, der seines Alters wegen nicht ins Konzentrationslager mußte, beantwortete diese Frage in einer Wochenschrift, die in Paris erschien. Er wog in seinem Artikel die Notwendigkeit für Frankreich, sich zu schützen, und das schwere Schicksal der bedauernswerten jüdischen Opfer der Nazis gegeneinander ab, mit überaus feinsinnig nuancierter Objektivität, und gelangte zu der Schlußfolgerung, man könne es Frankreich nicht verübeln, daß es die jüdischen Opfer Hitlers ins Konzentrationslager sperre, denn schließlich seien sie Deutsche.

Ein Lagerinsasse, ein Zahnarzt aus Berlin, der diese Nummer der Wochenschrift geschickt bekommen hatte, las den

Artikel seinen vierzehnhundert Schicksalsgenossen vor im Hof. Der Totenstille folgte ein Entrüstungssturm sondergleichen. Der Zahnarzt brüllte ins Gebrüll, ob es die Aufgabe eines jüdischen Emigranten sei, diese Maßnahme der französischen Regierung gegen die jüdischen Emigranten öffentlich zu rechtfertigen.

Später kam der erbitterte Zahnarzt zu Michael, noch weiß im Gesicht, und fragte, ob der Schriftsteller diesen Artikel geschrieben haben würde, wenn auch er ins Konzentrationslager gesperrt worden wäre. Er fragte, stotternd vor Erregung: »Hätte er diesen Artikel etwa auch hier, im Lager, geschrieben?«

Während einer langen Regenperiode wurde der Hof zu einer unpassierbaren Lehmgrube unter Wasser. Alle blieben liegen in den Scheunen und Ställen, wo dicker Menschengestank stand. Auch hier, auf seinem stinkenden Strohlager, schrieb Michael weiter an dem Liebesroman. Als er die Schilderung eines Tannenwaldes beendet hatte, mit dem Satz: ›Die Amsel zog einen schwarzen Strich vom Bach zum Wipfel, der durch den Anflug schwankte, sie schwankte mit und pfiff‹, mußte er lachen über den bemerkenswert gesunden Wahnsinn, daß er hier, in dieser stinkenden, von Dreck starrenden eiskalten Hölle, das Paradies beschrieb.

Nach sechs Wochen wurde eine kleine Anzahl Emigranten wieder aus dem Lager entlassen, unter ihnen der bekannte Hals- und Nasenarzt Dr. Friedmann aus Berlin und Michael, die befreundet waren. Sie wurden bis zum Bahnhof gebracht und dort freigelassen. Die beiden gingen ins Bahnhofsrestaurant. Und hier hatte Michael ein erschütterndes Erlebnis – sie bestellten Kaffee, und der Kellner brachte tatsächlich den Kaffee, ganz und gar in einer Weise, als bediente er zwei Menschen.

In Paris schrieb Michael während sechs Monaten noch einige Kapitel des neuen Romans. Er saß schreibend im Bett, als eines Morgens, Anfang Mai 1940, zwei Polizeibeamte in sein Zimmer kamen, seine Papiere prüften und ihm erklärten, daß er sich den folgenden Morgen in einem Sammellager einfinden müsse.

Sein Manuskript nahm er mit.

Von den zwanzigtausend Emigranten im Sammellager wurden zweitausend abgesondert und nach vierundzwanzigstündiger langsamer Bahnfahrt an der äußersten Spitze der Bretagne ausgeladen, in Quimper.

Auf dem Marsch nach Audierne, wo das Lager war, wurden die Emigranten von den haßerfüllten Einwohnern, die zu beiden Seiten der Straße standen, angespuckt, mit Fäusten und Stöcken geschlagen, und Steine trafen jeden, der nicht blitzschnell auswich. (Später erklärte der Lagerkommandant den Einwohnern durch eine Zeitungsnotiz, daß die Emigranten Opfer und Feinde der Nazis seien.)

Die deutschen Armeen standen schon in Holland und Belgien. Ein paar Wochen später wurde Paris kampflos übergeben, und am 9. Juni lief die Schreckensnachricht durch das Lager, daß die Deutschen schon in Quimper waren und mit Motorrädern in Minuten hier sein könnten.

Jede Regung verging in Angst. Unter den zweitausend waren mehr als fünfhundert, deren Söhne in der französischen Armee dienten, und einige Lagerinsassen, unter ihnen Michael, hatten noch gewichtigere Gründe, nichts so sehr fürchten zu müssen, als in die Gewalt der Deutschen zu geraten.

Der Lagerkommandant hatte von oben den unverständlichen Befehl bekommen, die Emigranten nicht freizulassen, obwohl der Krieg schon verloren war. Er teilte ihnen mit, daß die französischen Wachtposten auf jeden schießen würden, der aus dem Lager zu flüchten versuche. Er sagte zu den vier Emigranten, die als Sprecher zu ihm ins Büro geschickt worden waren: »Wohin wollen Sie denn flüchten? Die ganze Bretagne ist besetzt. Also wie und wohin? In die Hände der Deutschen? Da können Sie ebensogut hierbleiben.«

Ein Emigrant sagte: »Es ist noch ein Unterschied, ob wir hier wehrlos den Deutschen ausgeliefert werden oder ob wir draußen um unser Leben laufen können, auch wenn es aussichtslos erscheint. Lassen Sie diejenigen von uns frei, die das Risiko auf sich nehmen wollen – draußen.«

Der Kommandant entgegnete: »Ich kann auf Grund eines Befehls von höherer Stelle nichts dergleichen zulassen. Wir sind jetzt alle in derselben Lage. Sie haben die Ehre, das Schicksal Frankreichs zu teilen.« Die Unterredung war beendet.

Inmitten der maßlosen Erregung der zweitausend packte Michael sein Bündel. Er befürchtete, von den Deutschen gefragt zu werden, warum er Deutschland verlassen habe, obwohl er kein Jude sei. Was wird dann mit ihm, dem politischen Emigranten, dem erklärten Nazigegner, geschehen?

Ein jüdischer Rechtsanwalt aus Prag, der neben Michael zusammengebrochen auf seinem Lager hockte, sagte fassungslos: »Unmöglich, es ist ja unmöglich – wie wollen Sie hinauskommen?«

»Über die Mauer!«

»Die französischen Wachtposten schießen.«

»Wenn Sie mitwollen – packen Sie. Zum Reden ist keine Zeit mehr.«

»Draußen sind die Deutschen. Was wird sein, draußen, selbst wenn es uns gelingt, hinauszukommen?«

»Das weiß ich nicht.«

»Wir riskieren, von den französischen Wachtposten erschossen zu werden oder draußen von den Deutschen.«

»So ist es. Aber wenn wir hier warten, bis die Deutschen ins Lager kommen, haben einige von uns nicht mehr die Wahl zwischen einem Risiko, erschossen zu werden, und dem sicheren Tod in einem deutschen Konzentrationslager.« Er packte hastig weiter.

Angesichts der blinden Entschlossenheit Michaels griff der Tscheche nach seinen Sachen, die am Nagel hingen. Die Nachbarn blickten begriffsstutzig auf die beiden und begannen ebenfalls zu packen. Zehn Minuten später waren zweitausend Koffer und Bündel gepackt, obwohl keiner wußte, wie er hinauskommen könne.

Die Trillerpfeife ertönte – das Zeichen, anzutreten. Alle traten an im Hof, entgeistert und verstummt. Michael hatte sich in die letzte Reihe des dicken Menschenhufeisens gestellt, mit dem Rücken gegen eine Mauer, in der ein Durchgang zum hinteren Teil des Hofes war. Sein Bündel lag neben ihm.

Der Kommandant trat in die Mitte des Hufeisens und sagte: »Sie haben von Ihrer Abordnung erfahren, warum ich Sie nicht freilassen kann. Die Wachen sind verstärkt. Hoffentlich ist niemand unter Ihnen so unvernünftig, einen Fluchtversuch zu unternehmen. Ich mache Sie noch einmal darauf aufmerksam, daß die Wachtposten den Befehl haben, zu schießen. Packen Sie Ihre Sachen wieder aus und halten Sie Ruhe.«

In die Todesruhe ertönte das Knattern von Motorrädern. Ein deutscher Leutnant und zwei Soldaten mit automatischen Pistolen kamen durch das Tor. Der Leutnant blickte interessiert, wandte sich um und winkte seine Soldaten herein.

Im Hof herrschte die Stille der namenlosen Angst. Ein Schluchzen brach durch.

Während die deutschen Soldaten hereinkamen, liefen Michael und der Tscheche, gedeckt von dem erstarrten Menschenhufeisen, in den hinteren Teil des Hofes, gefolgt von einem sechzigjährigen Gewerkschaftsführer aus München und einem österreichischen Journalisten, der Antinaziartikel in der französischen und englischen Presse veröffentlicht hatte.

Unter dem Blick des französischen Wachtpostens schleppten sie einen Tisch zu der hohen Mauer und stellten eine Kiste darauf. Vorne ertönten Kommandorufe. Sie hörten Schritte – eine Abteilung deutscher Soldaten marschierte auf diesen Teil des Hofes zu.

Der französische Wachtposten, verstört durch das Erscheinen der Deutschen, in deren Gewalt jetzt auch er war, und durch den plötzlichen Machtwechsel verwirrt, wußte offensichtlich nicht mehr, was er tun solle – er sah weg, als die vier an der Mauer hochkletterten.

Sie sprangen hinab und rannten im freien Felde den Abhang hinunter.

Als Michael sich umsah nach dem Tschechen, der bei dem Sprung, von der Mauer herab, gefallen war, sah er drei deutsche Soldaten, die auf dem Gipfel des Abhanges standen. Plötzlich knieten sie hin – Maschinengewehrfeuer knatterte.

Die vier warfen ihre Bündel weg und rannten bis zu einem Bach, hinein und durch, erklommen das hohe Ufer und glotzten unschlüssig umher, weil sie im Augenblick nicht wußten, in welche Richtung sie zu rennen hatten, um den Deutschen nicht in die Hände zu laufen.

Ein Schuljunge sprang von seinem Fahrrad ab und erklärte, aufgeregt vor Hilfsbereitschaft, den Weg zur Küste, wo sie von den Deutschen nicht gesehen werden könnten.

Dazwischen war ein steiler Hügel. Oben taumelte der sechzigjährige Gewerkschaftsführer, vom Herzschlag getroffen, tot zu Boden.

Stolpernd und keuchend stürzten sie durch den tiefen Hohlweg, den der Junge gewiesen hatte, und erblickten plötzlich das Meer. Sie rannten die Küste entlang, vorwärtsgestoßen von dem Bewußtsein, daß sie sich mit jedem Sprung weiter vom Lager entfernten. Erst als es dunkel geworden war, rasteten sie, gedeckt durch einen lehmigen Abhang.

Ihr Ziel war England. Ein alter Fischer zerstörte diesen Traum – die Deutschen hatten an der ganzen Küste den Betriebsstoff beschlagnahmt, damit die Fischkutter nicht ausfahren konnten. Er sagte: »Weil sie nämlich verhindern wollen, daß unsere jungen Männer hinüber nach England flüchten. Nachts suchen sie in Motorbooten die See mit Scheinwerfern ab. Jetzt kommt da nicht einmal mehr ein Ruderboot durch.«

Meer und Himmel waren schwarz geworden. Sie wanderten in der Finsternis weiter, immer die Küste entlang, die ganze Nacht.

Vier tote Tage verbrachten sie ratlos in einer zerfallenen Steinhütte. Ein Bauer brachte ihnen heimlich Eßwaren. Durch das Knattern von Motorrädern, die an der Steinhütte vorbeifuhren, wurden sie oftmals eindringlich daran erinnert, daß sie eines Tages entdeckt werden würden, wenn sie hierblieben. Aber sie wußten kein Wohin. Im Rücken hatten sie das Meer und vor sich die deutsche Armee.

Sie gingen zum zwanzigsten Mal an den Strand, von dem aus kein Weg aus Frankreich in die Freiheit führte. Schließlich sprach Michael aus, was auch die anderen schon gedacht und nicht ausgesprochen hatten, da es undurchführbar schien: »Wir können nur noch in einem Hafen am Mittelmeer aus Frankreich entkommen. Es bleibt uns nur noch die Flucht ans Mittelmeer.«

Der österreichische Journalist sagte, krank lächelnd und als hätte er schon alles bedacht: »Wir sind hier am Atlantischen Ozean. Das Mittelmeer, zum Beispiel Marseille, ist tausend Kilometer von hier, und da wir alle Städte und Ortschaften, die von den Deutschen besetzt sind, in großen Bögen umgehen müßten, hätten wir mindestens zweitausend Kilometer zurückzulegen. Und zwar zu Fuß! Die Eisenbahn geht nicht.«

Der Tscheche rief verzweifelt: »Aber zwischen dem Atlantischen Ozean und dem Mittelmeer ist ja die deutsche Armee!«

Michael sagte: »Hier auch.«

Als sie den folgenden Morgen in der Steinhütte erwachten, regnete es. Nach endlosen Gesprächen beschlossen sie, da es etwas Mögliches nicht gab, das Unmögliche zu versuchen – die Flucht vom Atlantischen Ozean durch die deutsche Armee ans Mittelmeer.

Der Tscheche, ein überängstlicher Mann, sagte verzweifelt: »Es ist der sichere Tod.«

Gegen Mittag, als der Regen endete, brachen sie auf. Zu tragen hatten sie nichts. Drei unrasierte Landstreicher schritten die Straße hinunter, auf der sie jede Minute von deutschen Motorradfahrern angehalten werden konnten. Sie bogen ab in die Felder.

Nach vier Stunden, als sie ein von den Deutschen besetztes Städtchen, das sie auf der Straße in einer halben Stunde erreicht haben würden, umgangen hatten und von einem Hügel aus den Atlantischen Ozean wieder sahen, in verblüffender Nähe, wurden sie sich klar darüber, daß die Flucht zum Mittelmeer infolge der unvermeidlichen Umgehungsbögen Monate dauern werde.

In den Dörfern herrschte eine besondere Stille. Die Menschen überquerten anders die vertraute Gasse und blickten anders. Schicksal lag über dem Lande.

Ein Dorfgendarm, der es wissen mußte, da er soeben erst von dort zurückgekehrt war, versicherte ihnen, im nächsten Städtchen könnten sie ruhig übernachten, dort seien keine Deutschen.

Die drei unrasierten, verstaubten Fremden fielen auf im Städtchen. Aber die Einwohner hatten etwas im Blick, als schlössen sie mit den Flüchtlingen stillschweigend ein Bündnis gegen den gemeinsamen Feind.

Sie gingen durch eine sehr schmale Seitengasse auf die querüberziehende Hauptstraße zu, wo an der Kirchmauer mehr als hundert Einwohner standen, schweigend und reglos, als würde gegenüber ein Sarg herausgetragen. Die drei, die von der Seitengasse aus noch nicht sehen konnten, was sich in der Hauptstraße ereignet hatte, gingen ahnungslos bis zur Ecke und standen plötzlich vor deutschen Motorradfahrern und Soldaten, die von Lastwagen heruntersprangen. Der Leutnant, der die Besetzung des Städtchens leitete, stand in der Straßenmitte, die Zigarette fast senkrecht hängend zwischen den Lippen, und blickte prüfend auf die drei schreckerstarrten Vagabunden.

Da ereignete sich etwas Unglaubwürdiges. Michael erinnerte sich, und auch jetzt tobte wieder das Herz, sofort an die Szene im Anhalter Bahnhof, als er unter dem Blick der schießbereiten Leibwache Göring um Feuer ersucht hatte. Erklären konnte er sich die Wiederholung eines so einzigartigen Erlebnisses nur damit, daß jeder Gewohnheitsraucher, sooft er in Erregung oder in Gefahr gerät, unwillkürlich nach der Zigarette greift.

Wie damals Michael tastete der Österreicher die Tasche nach der Streichholzschachtel ab und folgte offensichtlich dem Impuls einer zehntel Sekunde, als er die zwei Schritte auf den Leutnant zutrat, und dann mußte auch er, wie damals Michael, so gelassen wie möglich beenden, was er begonnen hatte.

Der Leutnant, überrumpelt, bot ihm die Glut und verfolgte mit dem Interesse des Rauchers, wie der Österreicher seine Zigarette in Brand setzte.

Schweigend gingen sie die Hauptstraße hinunter. Der Österreicher flüsterte nur: »Nicht zurückblicken!«

Als sie bei den letzten Häuschen angelangt waren, ertönte hinter ihnen das Knattern eines Motorrades. Der Tscheche flüsterte entsetzt: »Der Leutnant hat es sich überlegt.«

Das Knattern wurde lauter. Sie wandten sich nicht um. Der Schauer lief den Rücken hinab. Der Deutsche sauste vorbei.

Sie übernachteten im Heuboden eines abseits gelegenen Bauernhofes. Bei Tagesanbruch wanderten sie weiter. An Marseille, das ein Nebelfleck auf einem anderen Stern war, dachten sie nicht; ihr Ziel war immer nur das nächste Dorf. Die drei Flüchtlinge, die in der Steinhütte gelähmt und tot gewesen waren, wanderten in dem Bewußtsein, daß sie jetzt mit jedem Schritt etwas zu ihrer Rettung taten. Sie lebten wieder, weil sie die Füße voreinander stellten, Schritt für Schritt auf ein Ziel zu, das immer in derselben unwirklichen Ferne blieb.

Vor ihnen zog die weiße Straße in der Einsamkeit endlos sich selbst entlang. Und dennoch lag sie abends hinter ihnen in der Vergessenheit.

Nach zwei Wochen – sie hatten oftmals plötzlich in Deckung flüchten müssen vor deutschen Abteilungen – waren die Schuhe Ruinen, und die hundertmal durchgeschwitzten Hemden klebten auch nachts. Michael, jetzt 57 Jahre alt, war zu seinem Skelett abgemagert.

Schutz fanden sie bei den Bauern – da sie vor den Deutschen flüchteten, waren sie willkommen. Sie schliefen in den Heuböden. Michael hatte das Romanmanuskript in sein Regenmäntelchen eingenäht, damit er es nicht in der Hand zu tragen brauchte. In den Nächten wickelte er das Mäntelchen um das eingenähte Manuskript und benutzte es als Kopfkissen.

Sie hatten schon zu Beginn der Flucht beabsichtigt, Fahrräder zu kaufen. Aber in den Dörfern gab es keine Fahrradgeschäfte, und in den Städten und Städtchen waren die Deutschen. Eines Tages hatten sie Glück. Erschöpft und naßgeschwitzt wanderten sie in der brennenden Julihitze hintereinander langsam einen schmalen Seitenweg entlang. Er mündete auf die Route Nationale, die sie der Deutschen wegen fürchteten und bisher vermieden hatten. An der Ecke stand ein Gasthaus, in dessen neuem Anbau ein Fahrradgeschäft war.

Sie gingen in die Gaststube, setzten sich an den Fenstertisch und bestellten Spiegeleier, auch für den Österreicher, der ins Fahrradgeschäft gegangen war. Während der Wirt den Rotwein brachte und eingoß, trat ein städtisch gekleideter Herr ein, gefolgt von zwei deutschen Offizieren, die erregt über England sprachen. Die drei neuen Gäste setzten sich im dämmerigen Hintergrund an die Bar, mit dem Rücken zum Fenstertisch. Sie sprachen Deutsch.

Michael zog den Tschechen, der flüchten wollte, auf den Stuhl zurück. Fortzulaufen, bevor der Wirt die bestellten Eier gebracht hatte, erschien ihm gefährlicher, als unauffällig sitzen zu bleiben.

Elektrisiert horchte er auf das Gespräch an der Bar. Es schien sich um einen alten Streit zu handeln zwischen dem höheren Offizier und dem jungen Leutnant, der erregt rief: »Alles, was die Engländer an schweren Waffen hatten, ist in Dünkirchen zurückgeblieben. Sie haben bestimmt so gut wie nichts auf der Insel. Zur Zeit haben sie nichts. Jetzt sofort die Invasion!«

Der höhere Offizier entgegnete in ablehnendem Tone: »Ich kann nur wiederholen, daß der Generalstab wissen wird, was jetzt getan werden muß.«

Der Leutnant hob verzweifelt die Arme. »Wenn die Invasion nicht jetzt gemacht wird, wer weiß, vielleicht werden wir uns einstens sagen müssen – damals haben wir die Welt verschenkt. Was glauben denn Sie?« fragte er den Zivilisten, der ruhig antwortete: »Heil Hitler!« Da schwieg auch der Leutnant.

Der Wirt brachte die Eier. Hinten ertönte die Stimme des Zivilisten. »Frankreich ist niedergeboxt, knocked out! Eure Arbeit ist getan. Jetzt beginnt unsere. Leider sind viele Herrschaften, für die wir uns besonders interessieren, schon im unbesetzten Gebiet.« Der Gestapoagent erhob sich.

Da kam der Österreicher herein und rief strahlend: »Drüben sind zehn Räder. Wir haben die Auswahl.« Er erstarrte, als er die Gäste an der Bar erblickte.

Aber der Gestapoagent interessierte sich nicht für die stoppelbärtigen französischen Bauern, die Spiegeleier aßen und Rotwein tranken, er schritt vorbei und hinaus. Kurz danach gingen auch die zwei Offiziere.

»Auf dieser Flucht hängt alles von winzigen Zufällen ab«, sagte Michael. »Wenn Sie uns die Freudenbotschaft, daß nebenan Fahrräder sind, nicht auf französisch, sondern auf deutsch mitgeteilt hätten, was ja ganz natürlich gewesen wäre, würde dieser Herr uns bestimmt in sein Büro eingeladen haben.«

Der Tscheche kaufte die drei Räder. (Er trug eine große Summe Geldes unterm Hemd auf der Brust. Michael und der Österreicher besaßen nicht einen Franc.) Sie fuhren ein Stück auf der Route Nationale, bis zum ersten Seitenweg, und bogen ab. Die Tour de France – auf Feldwegen und Waldpfaden – begann.

Der furchtsame Tscheche war eine schwere psychische Belastung. Er weigerte sich jedesmal, ein sicheres Versteck, in dem sie rasteten, zu verlassen, und erzwang immer wieder stundenlange Beratungen, die zu nichts führen konnten – er wollte kein Risiko eingehen, obwohl auch er sich sagen mußte, daß ihr Unternehmen anders nicht durchführbar war, da sie, wenn sie überhaupt vorwärtskommen wollten, jeden Tag ein dutzendmal die Gefahr auf sich nehmen mußten, abgefaßt zu werden von den Deutschen, die alle Städtchen besetzt hatten und unvermutet überall auftauchen konnten. Keine Rücksicht mehr zu nehmen auf ihn und seine Angst und einfach loszufahren, war das einzige Mittel, ihn aus den sicheren Unterschlüpfen heraus und wieder auf den langen Weg zu bringen.

Schließlich erreichten sie das unbesetzte Gebiet, wo sie die Deutschen nicht mehr zu fürchten hatten. Sie waren achtundzwanzig Tage unterwegs gewesen und hatten achtundzwanzig Bauern um Unterkunft gebeten – nicht neunundzwanzig. Sie fuhren mit der Bahn nach Marseille.

Die Flucht aus dem Lager und vom Atlantischen Ozean durch die deutsche Armee ans Mittelmeer war ein abenteuerreiches, anstrengendes Vergnügen gewesen, verglichen mit der Behandlung der Emigranten durch die Polizei in Marseille. Michael sagte sich damals, daß er nicht imstand sein würde, den unaufhörlichen Wirbel entnervender Bedrohungen, die Höllenqualen der verängstigten und vollständig rat- und hilflosen Emigranten glaubwürdig zu schildern.

Die Gefängnisse waren überfüllt. Die Polizei unternahm jeden Tag und jede Nacht Razzien, und dann waren jedesmal Emigranten verschwunden, die nie mehr gesehen wurden. Irgend etwas hatte in ihren Ausweispapieren gefehlt, eine Bestätigung, ein Stempel, oder ein Entlassungsschein des Lagerkommandanten – ein Papier, das der Emigrant, der vor den Deutschen aus dem Lager geflüchtet war, gar nicht haben konnte.

Außer zahllosen phantastischen Gerüchten entstand immer wieder das nicht unglaubwürdige Gerücht, daß die Deutschen schon im Anmarsch seien, um auch Südfrankreich und somit Marseille zu besetzen, und da steigerte sich die Angst der entnervten Emigranten ins ungemessene, da sie aus Frankreich nicht ausreisen durften. Jeder hatte sich das spanische und portugiesische Durchreisevisum und irgendein exotisches Endvisum verschafft. Aber die französische Behörde gab das Ausreisevisum nicht. Sie gab es nicht. Ein Grund dafür war nicht zu ermitteln, da es einen verständlichen Grund nicht gab. (Als die Deutschen später auch Südfrankreich besetzten, übergab die französische Polizei der Gestapo Tausende Emigranten, Männer, Frauen, Kinder, die in den Öfen von Auschwitz endeten. Sie wären nicht ermordet worden, auf diese entsetzlichste Weise, wenn die französische Behörde ihnen Ausreisevisa gegeben haben würde.)

Aus diesem Ring des Todes brach schließlich eine Anzahl Emigranten aus, auch Michael. Sie überquerten ohne Ausreisevisa zu Fuß die französisch-spanische Grenze in den Pyrenäen. Viele wurden schon auf dem Weg zur Grenze verhaftet, in den Bahnhöfen, in den Zügen, viele an der Grenze. Viele zogen der Rückkehr in die Hölle von Marseille den Tod vor und begingen Selbstmord an der Grenze, einen Schritt entfernt von der Freiheit.

In Lissabon bekam Michael nach einigen Wochen das amerikanische Visum durch die Vermittlung des Emergency Rescue Committee, das Franklin Delano Roosevelt gegründet hatte zu dem Zweck, bekannte europäische Wissenschaftler und Künstler vor dem Zugriff der Nazis zu retten. Am 9. Oktober 1940 ging Michael an Bord, schweren Herzens. Was soll er, ein deutscher Schriftsteller, in Amerika.

VIII

Während der Einfahrt in den New-Yorker Hafen betrachtete Michael, gleich Millionen Emigranten vor ihm, ein dem Meer entstiegenes riesenhaftes, phantastisches Gewächs –

die grandiose Silhouette unwahrscheinlicher Gebäuderiesen, eng zusammengedrängt auf Manhattan, das einen Wert von mehr als hundert Milliarden Dollar repräsentiert und von den Indianern einstens für den Gegenwert von zwanzig Dollar an den weißen Mann verkauft worden war.

Michael kam mit dreizehn Dollar und dem Manuskript eines unvollendeten Romans vollständig zerlumpt in Amerika an. Am Pier überreichte ihm ein Angestellter von Warner Brother's zweihundert Dollar Vorschuß. (Deutsche Filmleute in Hollywood hatten die Leiter der großen Studios überredet, einigen emigrierten deutschen Schriftstellern »Lebensrettungsverträge« zu geben, ein Jahr lang wöchentlich hundert Dollar.) Während der Mann die unterschriebene Quittung einsteckte, sagte er, freundlich grinsend, Michael werde in einer Woche im Warner Brother's Studio erwartet.

Hollywood ist 4800 Kilometer von New York entfernt, und die Fahrt im schnellsten Zug dauert drei Tage und vier Nächte. Michael blieb nicht viel Zeit, sich in New York umzusehen.

Abends stand er in seinem Hotelzimmer im achtzehnten Stock eine Weile am Fenster. In der Ferne leuchteten die Augen der Wolkenkratzer himmelhoch in der Dunkelheit, unzählige stille Lichtquadrate in verschiedenen Pastellfarbtönen, leicht gelblich, blaßblau, rosa – ein märchenhafter Anblick. Und in der Abgrundtiefe tobte der Verkehr.

Im weit offenstehenden Riesenschrank hing einsam und allein das unsäglich verdreckte Regenmäntelchen. Michael trennte mit einer Rasierklinge das eingenähte, plattgepreßte Romanmanuskript heraus, das ihm während der Flucht durch Frankreich in achtundzwanzig Nächten als Kopfkissen gedient hatte. Er betrachtete voller Genugtuung das gerettete Manuskript. Schließlich las er scheu die erste Seite, die er in einer anderen Welt, in einem anderen Leben geschrieben hatte – vor Beginn des Hitlerkrieges, durch den Deutschland bis ins Herz verwüstet werden sollte.

Am folgenden Morgen kamen einige Reporter. Michael, der auch in der dunkelsten Stunde, während seiner Flucht durch das besiegte, zusammengebrochene Frankreich, nicht eine Sekunde an den Endsieg Hitlers geglaubt hatte, sagte zu den Reportern: »Hitler wird nicht die Welt besiegen; die Welt wird Hitler besiegen.«

Während der Fahrt nach Hollywood sah Michael ein paar hundertmal ein und dasselbe Städtchen, alle mit Benzinstation, Drugstore und Kino. Es war, als hätte ein Städtchen-Fabrikant ein paar hundert Stück fabriziert, alle nach demselben Modell, wie Kinderbaukästen, und sie an der Strecke aufgestellt.

Der schnelle Zug fuhr einmal stundenlang durch Mais, ununterbrochen nichts als Mais, und später ununterbrochen nichts als Getreide, ein nach allen Seiten hin unübersehbares Getreidemeer. Michael hatte schon gelesen, daß es den Bauernhof mit ein paar Äckern und Kühen, wie in Europa, nicht gäbe in der amerikanischen Landwirtschaft, da sie ebenso ausschließlich auf Massenproduktion organisiert sei wie die Industrie. Er dachte: ›In ganz Amerika scheint es nicht einen einzigen Misthaufen zu geben.‹

In Warner Brother's Studio bekam Michael ein Büro, eine Sekretärin, die Englisch und Deutsch sprach, und Schreibmaterial, genug für ein Dutzend Drehbücher. Wochenlang ereignete sich nichts. Michael las hin und wieder, und die Sekretärin kämmte und bürstete ihr Haar, zupfte die Augenbrauen, zog sie nach mit dem Stift, manikürte die

Hände. Sie lackierte die Nägel jeden Tag zweimal mit größter Sorgfalt. Die Schreibmaschine schlief.

Michael mußte pünktlich um neun Uhr früh ins Studio kommen. Die Angestellte hinter dem Schalterfenster notierte sein Erscheinen. Um fünf Uhr ging er, nachdem er sich den ganzen Tag gelangweilt hatte, und dafür bekam er jeden Sonnabend einen Hundertdollarscheck.

Der amerikanische Filmautor im Büro nebenan, der 3 500 Dollar die Woche verdiente, löste das Rätsel, warum Michael keine Arbeit zugewiesen bekam. Er sagte, kameradschaftlich lächelnd: »Die halten es für vollständig ausgeschlossen, daß ein Schriftsteller, der für hundert Dollar die Woche arbeitet, etwas Brauchbares schreiben kann.« Er verbringe täglich fünfzehn bis zwanzig Minuten auf dem Klosett und habe ausgerechnet, daß Warner Brother's ihm allein dafür hundert Dollar die Woche bezahlten. »That means: five thousand two hundred a year.«

Um die Langeweile zu unterbrechen, trank Michael jeden Nachmittag für fünf Cent eine Tasse Kaffee in dem Drugstore gegenüber dem Studio. Hier bedienten drei diskret parfümierte, verblüffend lebenswahr bemalte puppenartige Figurinen, deren seidiges blondes Engelshaar in akkuraten Wellen zu den Schultern herunterfloß. Automatisch herzlich lächelnd, kassierte die in allen Gliedern bewegliche Engelspuppe – Michael konnte nie unterscheiden, welche es war – die fünf Cent.

An der Linkswand der offenen Küche, die vom Gästeraum aus in jeder Einzelheit zu überblicken war, hingen sechs funkelnde Maschinen – halbmeterhohe Nickelzylinder, alle umrahmt von Glasröhren, in denen rot und grün gefärbtes Wasser rotierte, solange der blütenweiß gekleidete

Küchenchef auf Hebel und Knöpfe drückte und aus den sechs Nickelzylindern verschiedenfarbige dünn- und dickflüssige Substanzen ins Glas spritzen ließ. Im Vordergrund standen ein blitzblanker elektrischer Herd und ein blitzblanker sechsflammiger Gasherd.

Eines Tages bestellte Michael, weil er Halsschmerzen hatte, heiße Milch. Die Engelspuppe sagte bedauernd, die Milchmaschine funktioniere leider nicht. Als er fragte, ob die Milch denn nicht auf dem Gasherd gekocht werden könnte, entstand im starrschönen Puppengesicht zum erstenmal ein Zug wirklichen Lebens infolge des Staunens darüber, daß Michael glaubte, die Milch könnte anstatt in der Milchmaschine auf dem Gasherd gekocht werden. Sie schüttelte verstummt den Kopf über den geisteskranken Europäer, trat vor den Spiegel und zeigte sich selbst ihre blendendweißen Zahnbögen.

Michael bekam nach weiteren fünf Wochen schließlich den Auftrag, nach dem amerikanischen Roman »Danger Signal« ein Drehbuch zu schreiben. Warner Brother's hatten das Verfilmungsrecht für eine sehr große Summe gekauft. Dieser Roman war ein Studiohüter. Michael wußte, daß schon mehrere hochbezahlte Filmautoren ein halbes Dutzend unbrauchbarer Drehbücher geschrieben hatten, unbrauchbar deshalb, weil nach diesem Roman ein brauchbares Drehbuch nicht geschrieben werden konnte. Daß es kein ernstgemeinter Auftrag war, erkannte Michael schon an dem Lächeln des Boten, der ihm den Roman und den Stoß alter Drehbücher brachte. Offenbar wollte man verhüten, daß Michael vor Langeweile in seinem Büro sterbe. Große Arbeitslust konnte er unter diesen Umständen nicht aufbringen. Aber er begann.

Mit Sicherheit zu wissen, daß er bis Oktober 1941 jede Woche hundert Dollar bekommen werde, war in dieser Notzeit eine große Erleichterung für Michael. Er nahm die Schecks dankbar entgegen und schrieb im Büro zwischendurch an seinem Roman. Heinrich Mann, dessen Büro gegenüber war, gestand Michael, daß auch er diesen Diebstahl begehe. Der große Romanschriftsteller, ein Grandseigneur des Geistes, der ein riesiges Lebenswerk geschrieben hatte und schon siebzig Jahre alt war, mußte ebenfalls um neun Uhr früh ins Studio kommen und um der hundert Dollar willen die Stunden absitzen, da er, gleich Michael, nichts mehr besaß als die Ehre, ein politischer Emigrant zu sein.

Die erfolgreichen deutschen Filmleute in Hollywood, die seit Jahren Unsummen verdient hatten und in luxuriösen Villen das Leben des Dollarmillionärs führten, kamen anfangs alle zu Michael und fuhren ihn in den letzten Cadillac-Modellen zu ihren Prachtpalästen. Als sie gerochen hatten, daß Michael kein Stern am Hollywoodhimmel werden würde, kannten sie ihn nicht mehr.

Da in Hollywood jemand, der im Jahr zweihunderttausend Dollar verdient, mit jemand, der nur hunderttausend verdient, nicht verkehrt, hatte Michael, der nach einem Jahr gar nichts mehr verdiente, wie kein anderer die Gelegenheit, gründlich zu erleben, daß in Hollywood Geld entscheidend ist und sonst nichts auf der Welt. Für seine erfolgreichen Landsleute war er jetzt ein körperloses, unsichtbares Gespenst, wenn sie ihm begegneten. Michael sagte sich, mit Humor und Haltung kann man das, und beträchtlich mehr als das, an sich abgleiten lassen. Er schrieb weiter an seinem Roman.

In Hollywood brauchte Michael, dem das starke, erfrischende Klima Berlins ganz besonders zugesagt hatte, für die Arbeit am Roman ein Übermaß an Energie, da seine Konzentrationsfähigkeit auf ein Minimum reduziert war infolge des blutverdünnenden tropisch warmen, weichen Klimas. Keine Luft in der Luft, wie er sich ausdrückte. Oftmals schrieb er, beständig schnappend nach Luft, die nicht vorhanden war, mit verbissener Energie von früh bis nachts an einem Satz, den er am folgenden Morgen wieder ausstreichen mußte. Er verlor in Hollywood viel Zeit, kostbare Zeit, unwiederbringliche Jahre.

Michaels Telefon läutete selten, er hatte wenig Verkehr, er wich aus, wo er konnte. In diesem zeitfressenden Klima mußte sein Tag ganz der Arbeit am Roman gehören. Einmal jede Woche besuchte er ein emigriertes jüdisches Ehepaar, das er in der Schweiz kennengelernt hatte.

Als er wieder einmal zu diesen freundlichen Leuten ging, diesmal um sein Beileid auszudrücken – der sechsundsiebzigjährige Vater der Frau war gestorben –, stieg ein schwarzgekleideter Herr zu ihm in den Lift, mit einem schwarzen Lacklederkoffer, auf dem an Stelle von Hotelreklamemarken silberne Singvögel klebten. Der schwarze Herr mit dem schwarzen Koffer sah aus wie ein Zauberkünstler und war der Chefleichenwäscher und -schminker des Hollywooder Beerdigungsinstituts, das Evelin Waugh in seinem satirischen Roman »The Loved One« geschildert hat.

Die Frau öffnete die Wohnungstür. Der Leichenwäscher bat, sie solle ihn eine Weile mit dem Seligen allein lassen. Nach einer Stunde führte er sie und Michael in das Zimmer, in dem der Verstorbene lag. Wie ein Maler, der seinem Auftraggeber zum erstenmal das bestellte, noch nasse Porträt zeigt, deutete er, stolz und bescheiden, auf das Totenbett.

Der Leichenschänder hatte alle Gesichtsfalten des Verstorbenen mit einer Art Glaserkitt ausgefüllt, das todgraue Gesicht mit dickflüssiger rosa Schminke angestrichen und die Lippen zurechtgezerrt und geknetet zu einem verklärten Lächeln.

Der tote Mann auf dem Bett war jetzt nicht mehr tot, er schlief nur und träumte, verklärt lächelnd. Es war ein unüberbietbar grauenvoller Anblick. Die Frau, kreideweiß geworden, flüchtete entsetzt aus dem Zimmer.

Eine nebenan wohnende Amerikanerin, deren Mutter eine Woche vorher an Magenkrebs gestorben und ebenso verklärt lächelnd begraben worden war, als quicklebendige Leiche, trat leise ein und flüsterte froh: »Wie gut, daß wir von unseren Angehörigen in Wirklichkeit ja gar nicht Abschied zu nehmen brauchen.«

Michael dachte: ›Wie gefühlsverarmt, wie abgründig feige müssen Menschen sein, die bereit sind, sich den Tod des Angehörigen weglügen zu lassen durch Glaserkitt und Schminke.‹

Den folgenden Tag war die Beerdigung. Der Friedhof war ein riesiger Park, überreich geschmückt mit überlebensgroßen Kopien griechischer Statuen und allerlei prachtvollen Plastiken aus Marmor und Bronze, mit Seen und Fontänen – ein Vergnügungspark. Das Ehepaar und Michael fuhren im Auto durch bis zur Begräbnisstätte.

Nebenan wurde soeben die Asche eines siebzehnjährigen Mädchens beigesetzt. Sieben Hinterbliebene standen um die Begräbnisstätte herum und zwölf vergoldete Drahtkäfige mit vierundzwanzig Kanarienvögelchen. Die Hinterbliebenen lauschten befriedigt dem Gezwitscher, ganz offensichtlich überzeugt, daß auch das Mädchen in der

Aschenurne befriedigt dem sonnigen Gezwitscher lauschte. Die Stimmung war gut.

Michael vergegenwärtigte sich eine Beerdigung in einem europäischen Dorffriedhof – das verstorbene Mädchen ist tot, und die schluchzende Bäuerin hat den Mut des Herzens, den Tod ihrer Tochter zu erleiden.

Nach dem Überfall Japans auf den amerikanischen Flottenstützpunkt Pearl Harbour, am 7. Dezember 1941, und dem Eintritt Amerikas in den Krieg, wurde das Hotel, in dem Michael wohnte, verdunkelt. Die Gäste saßen abends in der großen Halle und sprachen bei spärlichem Kerzenschein flüsternd von japanischen Bombenflugzeugen, obwohl alle wußten, daß kein japanischer Flieger die achttausend Kilometer zurücklegen und Bomben auf Hollywood abwerfen konnte. Nach ein paar Tagen war es keine Sensation mehr, bei Kerzenschein flüsternd in der Halle zu sitzen. Es wurde wieder hell.

Die blutigen Siege und Niederlagen auf den Schlachtfeldern Europas konnten von den Einwohnern Hollywoods während des ganzen Krieges wie von einer Loge aus verfolgt werden. Im täglichen Leben hatte sich nichts geändert. Auch zu kaufen gab es nach wie vor alles.

Michael erlebte kritisch die Jahre, da die Russen, und nicht nur die Russen, vergebens auf die »Zweite Front« warteten. Auch das amerikanische Volk verstand die Jahr um Jahr andauernde Verzögerung nicht. Als die Alliierten in Sizilien dreieinhalb deutsche Divisionen schlugen und die Russen immer und immer noch länger gegen zweihundert deutsche Divisionen kämpfen mußten, fragte Michael sich, ob die Alliierten jetzt, im Kriege, schon eine andere Politik konzipiert hätten, ihre Nachkriegspolitik.

Die Zeit, nicht ausgefüllt mit wirklichem Leben, das es in der Filmstadt für niemand geben kann, verflog, als wäre sie ein vorbeizuckender farbloser Vogel. Ein Monat verging schneller als anderswo der mit Leben erfüllte Tag. Nach Jahren hatte Michael das Gefühl, er sei erst seit ein paar Wochen in Hollywood.

Einen Lichtpunkt gab es in diesem leeren Dasein. Michael, mit dem Leben davongekommen durch die rettende Hand Amerikas, war sich in den blutnassen Kriegsjahren Tag für Tag bewußt, dankerfüllt, was es bedeutete, in einem Lande zu sein, das im Gegensatz zu Frankreich dem Emigranten, den es aufgenommen hat, uneingeschränkte Freiheit gewährt.

Michael schrieb, ununterbrochen gepeinigt von dem luftlosen tropisch weichen Klima, täglich ein paar Sätze an seinem Roman, mühsam wie nie zuvor. Als das vorletzte Kapitel fertig war, im Frühjahr 1944, geriet er in die eigenartige Lage, die Arbeit am Roman, der mit dem Ende des Krieges schließen sollte, unterbrechen zu müssen, weil er das Ende des Krieges abwarten mußte, um die Einzelheiten geschichtlich treu schildern zu können.

Eines Tages blieb er, unfroh, weil er seit Wochen nichts getan hatte, auf dem Hollywood-Boulevard vor einem Schaufenster stehen, in dem Herrenartikel ausgestellt waren, in der Mitte eine blauseidene Krawatte mit einer fleischfarbenen nackten Frau – die ganze Länge herunter. »Handgemalt« stand auf dem Täfelchen. (Ein paar Wochen vorher hatte er in einem Magazin gelesen, daß es in Amerika handgemalte Krawatten gibt, Originale, die tausend und zweitausend Dollar kosten, und handgemalte Krawatten, die nur in je einem Exemplar hergestellt waren, Originale, die fünftausend Dollar kosten.)

Im Anblick der Krawatte mit der nackten Frau sah er plötzlich das schmutzige Lächeln eines Mannes, dem er in Rothenburg ob der Tauber vor vierzig Jahren begegnet war. Zu jener fernen, fernen Zeit hatte Michael in Rothenburg sämtliche Zimmerwände und -decken in dem Louis-Seize-Palais einer Baronesse Josepha von Uffendorf abgekratzt und dann zusammen mit dem Malermeister frisch gestrichen. Baronesse Josepha war damals zweiunddreißig Jahre alt gewesen und schon ein wenig angewelkt – ein vereinsamtes altes Mädchen, das nicht mehr hoffen konnte, daß der Mann, den sie sich einstens erträumt hatte, noch kommen und sie heimführen würde. Der zweiundzwanzigjährige Wändeabkratzer hatte sich stürmisch in sie verliebt. In der Kammer des Dieners, deren Wände ebenfalls abgekratzt und frisch gestrichen worden waren, hatte ein Farbdruck gehangen – eine nackte dicke Frau und ein Frackherr, der mit der Peitsche zum Schlag ausholte. Der Diener hatte Michael den obszönen Farbdruck gezeigt und dabei so nebenher gesagt, schmutzig lächelnd: »Wenn ich der Baronesse morgens das Frühstück ins Schlafzimmer bringe, liegt sie wie ein Engel im Bett.« Michael, der noch ganz unerfahren gewesen war, hatte sich nichts dabei gedacht.

Aber jetzt, da er sich durch den Anblick der Krawatte mit der nackten Frau an diesen Ausspruch des Dieners und an sein schmutziges Lächeln erinnerte, das erste Mal seit vierzig Jahren, geriet er plötzlich in denselben Erregungszustand wie damals durch den Gerichtsbericht in der Zeitung, der ihn veranlaßt hatte, »Karl und Anna« zu schreiben.

Blind und taub für alles auf der Straße ging er, versunken in Vorstellungen, zurück ins Hotel und begann die »Deutsche Novelle« zu schreiben.

Michael hatte an die Zeit in Rothenburg vier Jahrzehnte nicht gedacht. Jetzt ging ein Vorhang hoch wie im Theater. Ein Strom von Erinnerungen, verlebendigt durch zahllose Einzelheiten, brach in ihm auf. Herz und Kopf waren heiß.

Er wollte in der »Deutschen Novelle« auch den deutschen Handwerker zeigen, während er einen Hausschlüssel feilt und eine Axt schmiedet, ein Paar Schuhe macht, eine Saaldecke mit Leimfarbe streicht und eine Kommode baut. Er glaubte, diese Arbeitsvorgänge zu schildern, so plastisch, daß der Leser sie sähe, würde für ihn nicht schwer sein, da er Schlosser gewesen war und die Erfahrung gemacht hatte, daß jemand, der ein Handwerk gelernt hat, die Arbeitsvorgänge jedes Handwerks versteht und sich vorstellen kann. Aber er fürchtete, daß es ihm nicht gelingen würde, Josephas Ruin durch den Diener, der sie verführt und zum Selbstmord treibt, mit psychologischen Einzelheiten überzeugend darzustellen, ohne die Psychologie selbst hinzuschreiben.

Das Gegenteil ereignete sich. Michael war über etwas aus der Schriftstellerwerkstatt niemals so erstaunt gewesen. Die Tragödie Josephas mit immer neuen psychologischen Einzelheiten zu gestalten, fiel ihm verhältnismäßig leicht; plastisch zu schildern, wie ein Maler die Decke eines großen Empfangssaales mit Leimfarbe streicht, war unvergleichlich schwieriger und mühevoller und kostete ihn hundertmal mehr Zeit, als der Maler zum Streichen einer Saaldecke braucht. Er saß glühend am Schreibtisch und strich tagelang eine Saaldecke.

In dieser Zeit war Michael öfter bei Thomas Mann zu Gast. Nach Tisch lasen sie an diesen Abenden abwechselnd einander vor, Thomas Mann jeweils einen Absatz aus dem noch unvollendeten Roman »Doktor Faustus«, Michael die »Deutsche Novelle«, jeweils den Absatz, den er in den Wochen vorher geschrieben hatte. Thomas Mann schien von der »Deutschen Novelle« beeindruckt zu sein, und Michael glaubte und sagte es, daß »Doktor Faustus« ein nicht minder bedeutendes Werk als »Die Buddenbrooks« werden würde. Es waren schöne Abende.

(Jahre später las Michael in Thomas Manns Buch »Die Entstehung des Doktor Faustus« über sich und die »Deutsche Novelle« die Sätze: »Seinem leisen, ein wenig stockenden Vorlesen hörte ich mit wahrer Hochachtung zu. Das dichterisch überaus getroffene Milieu der altdeutschen Kleinstadt [Rothenburg ob der Tauber], das Handwerkliche, worin der ehemalige Mechaniker und Schlosser so exakt Bescheid wußte und dem er wiederum einen spezifisch ›deutschen‹ Nimbus zu geben verstand; das leidend Psychologische auf dem Grund der Geschichte, nämlich das Auseinanderfallen von Sexus und Eros, und die geheime Dämonie des Ganzen – dies alles zog mich außerordentlich an, und ich bin ein Bewunderer der viel zu wenig beachteten Geschichte geblieben, die ein kleines Meisterwerk ist.«

Einige Zeilen vor diesem Satz der Anerkennung und des Lobes hatte Michael den Satz gelesen: »Kein Zweifel, daß es [das Werk] vom Geiste des Faustus allerlei aufgenommen hatte – Stimmungen und Ideen, die ihm übrigens ebensowohl angehörten wie mir.«

Michael fragte sich: Was bezweckt Thomas Mann mit diesem Satz, der ein Widerspruch in sich selbst ist? Warum behauptet er zu Beginn des Satzes, die »Deutsche Novelle« habe [»Kein Zweifel«] vom Geiste des Faustus allerlei aufgenommen – Stimmungen und Ideen, wenn er am Schluß des Satzes zugeben muß, daß diese Stimmungen und Ideen ebensowohl mir angehörten wie ihm? Hat unbewußtes Gerechtigkeitsgefühl ihn veranlaßt, am Schluß des Satzes seine Behauptung wieder zurückzunehmen? Hätte aber Thomas Mann, der den Menschen kennt, sich da nicht sagen sollen, daß der böswillige Leser nur den ersten Teil des Satzes zur Kenntnis nehmen, also Michael für einen Plagiator halten werde?

Michaels Genugtuung über Lob und Anerkennung des Kollegen, der mit nur einem Satz den inneren Gehalt der »Deutschen Novelle« so bewundernswert treffend wiedergegeben hatte, war umgeschlagen in Verstimmung. Schließlich sagte er sich: ›Das Rätsel, wie ein Schriftsteller von einem anderen Schriftsteller Stimmungen und Ideen aufnehmen kann, die ebensowohl jenem wie diesem angehörten, vermag wohl nur Thomas Mann zu lösen.‹)

Als der Hitlerkrieg, durch den sechsundzwanzig Millionen Menschen ums Leben gekommen waren, mit der vom Beginn an voraussehbaren Niederlage Deutschlands geendet hatte, schrieb Michael das letzte Kapitel seines Romans, der unter dem Titel »Mathilde« zuerst englisch erschien, in New York und in London.

Im Spätherbst 1945 kaufte Metro Goldwyn Mayer das Verfilmungsrecht von »Karl und Anna«. Am 18. November bekam Michael den Scheck. Am 19. saß er im Zug nach New York.

Anfangs war Michael oftmals im Auto von Hollywood ans Ufer des Pazifischen Ozeans gefahren und hatte, überwältigt von herzabdrückender Europasehnsucht, hoffnungslos hinausgestarrt, in dem Gefühl, hinter jenem fernen Horizont sei Europa. Erst nach Wochen war ihm plötzlich bewußt geworden, daß er in die entgegengesetzte Richtung gestarrt hatte, weg von Europa – nach Asien.

In der Bahn trugen die neuerwachten Lebensgeister Michael empor in eine seit vielen Jahren nicht mehr erlebte gesunde Freude, weil er die ewig besonnte, lebensferne Hölle von Hollywood hinter sich hatte und in New York seinem Ziel, Europa, um 4 800 Kilometer näher sein würde. Er hatte wie in vergangenen Zeiten wieder das gehaltvolle Gefühl innerer Kraft.

In New York besuchte Michael am ersten Abend einen alten Bekannten aus Europa. Nach dem Essen trat er ins Zimmer nebenan und blickte durch das geschlossene Fenster hinaus in die beleuchtete Nacht. Nach einer Weile kam der Gastgeber herein und fragte verwundert lächelnd: »Warum stehst du denn hier? Was ist denn?«

Michael, der in Hollywood, wo auch im Winter Sommer, wo ewig Sommer ist, fünf Jahre keine Schneeflocken gesehen hatte, antwortete, ohne den verzauberten Blick abwenden zu können: »Es schneit.« Ihm war, als hätte er das Leben wieder eingeholt. Er mußte wie ein sentimentaler Knabe ein bißchen schlucken und drücken, während er zusah, wie die beleuchteten Flocken schräg herunterschwebten, lautlos über dem tobenden Verkehr.

Während der fünf Kriegsjahre waren in New York keine Wohnhäuser gebaut worden, und die Einwohnerschaft hatte sich nach Kriegsende um Hunderttausende Neuankömmlinge vermehrt. Eine Wohnung war ohne absonderlichen Glückszufall nicht zu finden. Viele Wohnungssuchende sahen ihre letzte Rettung im Tod alleinstehender Menschen – sie warteten jede Nacht vor dem Gebäude der »New York

Times«, bis um drei Uhr früh die Zeitung herauskam, studierten begierig die Todesanzeigen und eilten bei Tagesanbruch zu den Hausbesitzern, in der Hoffnung, die Wohnung des Verstorbenen zu bekommen.

Nach Monaten vergeblichen Suchens bekam Michael schließlich eine möblierte Wohnung in der besten Gegend New Yorks, durch Bestechung des Hausverwalters und durch das Unglück des bisherigen Mieters, eines Schweizers, der geisteskrank geworden und in eine Anstalt überführt worden war. Der Hausverwalter hatte zu Michael gesagt, brutal scherzend: »Der Mann muß irrsinnig gewesen sein, sonst hätte er gewußt, daß er seine Wohnung verliert, wenn er irrsinnig wird.«

Ein paar Tage nach dem Einzug in die neue Wohnung las Michael in der Zeitung, daß Würzburg nicht mehr existierte. Kalt am ganzen Körper las er die Schilderung, wie seine Heimatstadt nach dreizehnhundertjährigem Bestehen in fünfundzwanzig Minuten durch Brandbomben zerstört worden war.

Er sah Würzburg, die Stadt des edelsten Barock, und sah zugleich den riesigen grauen Trümmerhaufen, aus dem Würzburg sofort wieder emporstieg in seiner ganzen Schönheit, die Stadt, die nicht mehr existierte. Der Schlag traf ihn mitten ins Gefühl und erschlug sein Gefühl. Er war innerlich taub. Sein Schmerz war substanzlos, gleich dem eines Menschen, der den Schmerz im amputierten Arm noch spürt. Ein gefühlsgeladener Teil seines Lebens war für immer weggewischt. Er hatte für die Millionen Kindheitserlebnisse den Schauplatz nicht mehr.

Von einem in Süddeutschland stationierten amerikanischen Offizier, den er gebeten hatte, nachzuforschen, erhielt Michael an demselben Tage – die Zeitung mit der Schreckensnachricht lag noch vor ihm – die Mitteilung, daß seine Schwester und sein Bruder noch lebten und wo. (Da seine Briefe an die Geschwister, zu Anfang der Hitlerherrschaft, unbeantwortet geblieben waren, hatte er, aus Angst, sie zu gefährden, nie mehr an sie geschrieben.) Die Trauer um das zerstörte Würzburg und die Freude darüber, daß seine Geschwister noch lebten, wechselten in ihm, scharf getrennt wie Leben und Tod. Er trug einen Brief an seine Schwester, den ersten seit zehn Jahren, zum Postkasten und unternahm einen Beobachtungsspaziergang in New York.

In Berlin war Michael unzählige Male ziellos durch die Straßen gewandert. Er hatte während dieser ausgedehnten Spaziergänge durch die Kleinen-Leute-Viertel ganz ohne nationalökonomische Theorien und Statistiken die unsoziale Verteilung der Güter in Deutschland direkt von den durchfurchten Gesichtern ablesen können. Michael sagte sich, auch die New-Yorker und ihren Lebensstandard könne er am besten »zu Fuß« kennenlernen.

Auf seinen ausgedehnten Spaziergängen durch die von Autobussen ununterbrochen durchrasten asphaltierten Gebirgsschluchten New Yorks sah er auch in den Kleinen-Leute-Vierteln in überwiegender Mehrzahl gut genährte und sauber gekleidete Menschen, die sich nicht fragen mußten, ob sie die Miete bezahlen können, wenn sie ein Paar Schuhe kauften und Butter zum Brot und in der nächsten Bar einen Whisky tranken.

Der Anblick, wie ein junger Arbeiter, der seine zwei flott gekleideten Buben an den Händen in den Drugstore führte und für sich und seine Kinder gelassen Sandwiches und riesige Portionen Ice cream bestellte, verursachte ein Gefühl der Genugtuung in Michael, der wußte, daß der hohe Lebensstandard der amerikanischen Massen durch die opferreichsten, blutigsten Streiks des Industriezeitalters erkämpft worden war. Er dachte: ›Das frisch gewaschene Hemd, das dieser junge Vater anhat, und das Ice cream, das seine Kinder mit so großem Genusse essen, wurden schon vor vielen Jahren bezahlt, und teuer bezahlt.‹

Erst vor kurzem hatten die Bergarbeiter und die Metallarbeiter wieder gestreikt. Michael, der neben den Buben saß, notierte ein paar Sätze. »Die Besitzer des riesigen und immer weiter wachsenden größten Produktionsapparates der Welt müssen wieder und wieder durch Streiks zu der Einsicht gezwungen werden, daß sie ihre Produkte nicht verkaufen können, wenn mit der jeweiligen Steigerung der Produktionskraft nicht auch die Kaufkraft der Massen jeweils gesteigert wird durch höhere Löhne. Sie brechen immer wieder das volkswirtschaftliche Gesetz, das unumgänglich gebietet, den Reichtum des Landes einigermaßen vernünftig zu verteilen, da andernfalls infolge mangelnder Kaufkraft des Volkes Absatzkrisen und Arbeitslosigkeit entstehen, wodurch der Reichtum umschlagen muß in Armut für die Massen nicht nur, sondern auch in riesige Verluste für die Unternehmer, die auf ihren unverkäuflichen Waren sitzenbleiben.«

Unterdessen beobachtete der junge Vater lächelnd, wie seine zwei Buben den flüssig gewordenen Rest des Ice creams durch Strohhalme hochsaugten.

Michael hatte ein gutes und für Musikwiedergabe besonders geeignetes Radio gekauft, da in New York von sieben Uhr früh bis zwölf Uhr nachts klassische Musik gesendet wurde, auf Platten gespielt von den großen amerikanischen

Symphonieorchestern, dirigiert von den berühmtesten Dirigenten Europas.

Er machte die beglückende Erfahrung, daß er konzentriert arbeiten und dabei uneingeschränkt aufnahmefähig zuhören konnte. Die zwei gegensätzlichen Fähigkeiten, Schaffen und Aufnehmen, wurzelten im selben Gefühlsbezirk und vertieften und verstärkten einander. Er kam auf diese Weise befriedigend vorwärts mit der Arbeit, obwohl er sie wieder und wieder unterbrechen mußte, um das Radio zurückzuschrauben, auf leise, weil in den Pausen – auch zwischen den Sätzen einer Beethoven- oder Mozart-Symphonie – die unbestreitbar beste und sparsamste Haushaltseife der Welt, ein Füllfederhalter, der unter Wasser schreibt, ein sicher und angenehm wirkendes Abführmittel angepriesen wurden, mit größter Lautstärke. Eine Beethoven-Symphonie zu hören und dabei ein sicher wirkendes Abführmittel mit den Ohren zu schlucken, hatte er noch nicht gelernt.

Im Wirtschaftsteil der »New York Times« hatte Michael gelesen, daß die amerikanischen Unternehmer jährlich viele Milliarden Dollar für Reklame investieren. Er mußte zugeben, daß die Reklamefachleute – die Radioansager und die Zeichner und Dichter der Zeitungs- und Magazinannoncen –, die unwahrscheinlich hoch bezahlt werden dafür, daß sie diese Milliarden wieder einbringen und noch ein paar hundert Milliarden mehr, unübertreffliche Meister der Suggestion waren. Auch ihn hatten sie trotz seiner Skepsis schon oftmals verführt, Waren zu kaufen, die er von sich aus nie gekauft haben würde.

Ein amerikanischer Professor der Nationalökonomie hatte zu Michael gesagt, das Reklameunwesen sei mit schuld daran, daß die amerikanischen Arbeiter trotz der hohen Löhne den

Kampf um den Dollar ruhelos und verbissen lebenslang fortsetzen müßten. Das schwer verdiente Geld werde aus den durch Reklame hypnotisierten Massen herausgesaugt, zurück zu den Unternehmern, deren Umsätze und schwindelnd hohe Gewinne von Jahr zu Jahr größer würden. Das Resultat sei, daß der kleine Mann schließlich einen Eisschrank, eine Waschmaschine, einen Staubsauger, ein Radio, einen Fernsehapparat, ein halbes Dutzend Maschinen für die Küche, eine Unfall- und eine Lebensversicherung, eine Begräbnisstätte und das Recht auf einen Sarg habe – alles, nur kein Leben mehr. Denn der kleine Mann müsse diesen Maschinenpark ratenweise abzahlen, für jedes Stück, je nach Wert, wöchentlich soundsoviel Dollar, für alles zusammen mehr, als er allein bezahlen könne, so daß auch die Frau gezwungen sei, auf Arbeit zu gehen, in den lebenslangen Kampf um den Dollar. Und abends säßen dann Mann und Frau in ihrer Maschinenausstellung wieder einander gegenüber, erschöpft von der Tagesarbeit, und rechneten aus, wieviel sie noch abzahlen müßten, während die Stimme im Radio schon einen allerneuesten, phantastisch verbesserten Fernsehapparat mit enorm vergrößerter Bildfläche, bequem abzuzahlen in Raten von nur ein paar Dollar wöchentlich, unwiderstehlich suggestiv anbiete. Der amerikanische Massenmensch, beständig durch Reklame hypnotisiert, bleibe zugunsten der Unternehmer bis zum Grab der gefesselte Sklave seines hohen Lebensstandards. Der ergrimmte Professor der Nationalökonomie war vom Stuhl hochgeschnellt. »Yes, Sir, that's one side of the American way of life.«

Michael hatte gesagt, damit sei zum Teil auch die erschreckende Gefühlsverarmung des amerikanischen Menschen erklärt. Er werde durch die Art der amerikanischen

Wirtschaftsführung und infolge der durchmaschinisierten Lebensweise zu sehr ins Äußere gerissen. Innerlich sei der amerikanische Mensch das einsamste Lebewesen auf Erden. Im beständig suchenden Blick des Amerikaners sei zu lesen, daß er nicht in der Vergangenheit und nicht in der Gegenwart, sondern immer in der Zukunft lebe – also nicht lebe, trotz des Riesenspektakels. Und er hatte lächelnd hinzugefügt: »Möge die Menschheit davor bewahrt bleiben, daß der American way against life sich über die Erde verbreitet.«

Während das von acht Millionen Menschen besetzte imposante »Karussell New York« brausend um den Dollar kreiste, arbeitete Michael in seiner Wohnung von früh bis nachts an Kurzgeschichten, die das zerstörte Nachkriegsdeutschland als Schauplatz hatten.

Den Versuch, eine amerikanische Kurzgeschichte zu schreiben, hatte er aufgegeben. Michael glaubte, ohne zusätzliche Schwierigkeiten Engländer, Franzosen, Italiener – Europäer jeder Nationalität – gestalten zu können. Aber er war nicht imstande, eine ernst zu nehmende Geschichte zu schreiben mit Amerikanern als handelnden Personen, da in Amerika das ganze Gefüge des Lebens anders war als in Europa und der amerikanische Mensch auf alle Dinge des Lebens anders reagierte als der Europäer. Obwohl er schon sieben Jahre im Lande war, kannte er den Amerikaner nicht annähernd so durchgehend, wie er ihn hätte kennen müssen, um ihn wesensecht gestalten zu können.

Michaels Sohn Andreas, der mit seiner Mutter 1941 nach Amerika gekommen war und sich jetzt im Swarthmore-College schon auf das Universitätsstudium vorbereitete, erschien wieder einmal, unangesagt wie immer, bei Michael, um zwölf Uhr nachts, ließ sich der ganzen Länge nach auf die Couch fallen und sagte: »Old boy, ich brauche Schuhe und einen Anzug und Geld für ein Motorrad.«

Andreas war ein athletischer Junge, um einen Kopf größer als Michael, Langstreckenläufer im Collegeteam und sprach Englisch wie ein geborener Amerikaner und Deutsch nur noch sehr schlecht.

Er wollte zwei Ferienwochen in New York verbringen. Nach zwei Tagen verschwand er, ohne sich von Michael zu verabschieden. Eine Woche später kam er wieder, aus Miami in Florida. Er hatte an der Ausfallstraße Richtung Florida mit Kennerblick einen besonders starken Tourenwagen ausgewählt und mit dem Daumen angehalten, in Florida eine Tasse Kaffee getrunken und war zehn Minuten später wieder nach New York gefahren. Die Reise, hin und zurück 2800 Kilometer, hatte ihn vier Dollar gekostet.

»Ganz schöne Landschaft in Florida«, sagte er ruhig lächelnd.

Auf dieselbe Weise hatte Andreas von den achtundvierzig Staaten Amerikas schon zweiundvierzig gesehen, und so war er auch fünfmal von New York zu Michael nach Hollywood gefahren und zurück, fünfmal 9600 Kilometer.

Während der großen Sommerferien arbeitete Andreas, gleich den meisten Studenten, irgendwo in Amerika als Tellerwäscher und Kellner, als Hilfsmaurer oder als Holzfäller für ein Sägewerk. Er verdiente in den Ferienmonaten, was er zum Leben brauchte, und noch ein paar hundert Dollar mehr, die er hinterher achtlos ausgab. In ihm war das große Land Amerika, wo auch der kleine Mann großzügig ist.

Diese Selbständigkeit in allen äußeren Dingen des Lebens war für Andreas der Ausgleich zu dem zerstörerischen Gefühl, unzulänglich zu sein – die von ihm selbst geschaffene Balance zu dem schweren psychischen Schaden, den seine Mutter ihm von früher Kindheit an zugefügt hatte und unablässig weiter zufügte.

Ilona kritisierte trotz ihrer unbändigen Liebe zu Andreas und trotz ihres großen Stolzes auf ihn nach wie vor alles, was er tat, gleich ihrer Mutter, die ihr Leben lang alles an Ilona kritisiert hatte.

An jenem Mittag, vor zwanzig Jahren, da Ilona von ihrer ebenso zerstörerisch falsch erzogenen Mutter während des Essens zwei Stunden lang ununterbrochen kritisiert worden war, hatte Michael gedacht: ›Offenbar rächen sich auch die Sünden der Eltern, die ihre Kinder falsch erziehen, bis ins dritte und vierte Glied.‹ Jetzt fand er die Richtigkeit dieses Gedankens an seinem Sohne bestätigt.

Während der Arbeit an einer der Kurzgeschichten hatte Michael inmitten eines Satzes plötzlich den Einfall zu einem Roman, mit Nachkriegsdeutschland als Schauplatz. Er machte sich ein paar Notizen. Der Roman sollte vier dicht miteinander verbundene Handlungslinien haben: Die Taten einer Knabenbande, deren Anführer, Petrus, die geheimen Sitzungen immer mit dem Satz eröffnete: ›Wir, die Jünger Jesu, Vollstrecker der Gerechtigkeit, nehmen von den Reichen, die alles haben, und geben es den Armen, die gar nichts haben.‹ – Den voraussehbaren Neonazismus in Deutschland zu schildern an einer Abart heimlich wieder organisierter Hitlerjugend. – Die tragische Liebesgeschichte zwischen einem deutschen Mädchen und einem amerikanischen Soldaten. – Und das Schicksal einer Jüdin, die als siebzehnjähriges unberührtes Mädchen nach Warschau in ein Bordell für deutsche Soldaten gebracht worden war und nach dem Krieg, von tausend Soldaten mißbraucht, seelisch zerstört zurückkehrt in ihre Heimatstadt, wo ihr einstiger Verlobter lebt, der sie geliebt hatte.

Michael sagte sich, als Schauplatz dieses Romans, dessen Vorgänge und handelnde Personen ausnahmslos frei erdacht werden mußten, könnte er jede deutsche Stadt wählen. Er wählte das zerstörte Würzburg als Schauplatz, weil er zu seiner Heimatstadt die stärkste Gefühlsbeziehung hatte.

Michael schrieb den ersten Satz des Romans »Die Jünger Jesu« Anfang Januar 1947 und den letzten Satz, nachdem er sozusagen Tag und Nacht gearbeitet hatte, Ende Dezember 1947.

Den Sommer 1948 wollte Michael wieder außerhalb New Yorks verbringen, an demselben Platz, wo er im Sommer 1947 an den »Jüngern Jesu« gearbeitet hatte – auf einer Farm, deren Besitzer zahlende Gäste aufnahm. Verhandlungen mit Verlegern hielten ihn bis Ende Juli zurück im glühenden, dampfenden New York, wo seit Wochen jedes Haus ein Menschenbackofen war und der ununterbrochene Druck der klebrigen Luftfeuchtigkeit Tag und Nacht die Lungen zusammenpreßte. Auch diesen Sommer starben in New York wieder Dutzende Menschen auf der Straße an Hitzschlag. Tausende nächtigten im Central Park, Hunderttausende am Sandstrand des Ozeans.

Michael saß tagsüber splitternackt am Schreibtisch, schweißnaß am ganzen Körper, als wäre er vom Hals bis zu den Füßen in einen dicken Pelzsack eingenäht. Er dachte, grimmig lächelnd: ›Die Indianer, die Manhattan einst für zwanzig Dollar verkauften, haben die Amerikaner reingelegt. Das Klima in Manhattan brüllt – hier soll der Mensch nicht leben.‹

Am 1. August konnte Michael, erschöpft bis zu häufigen Schwindelanfällen, auf die Farm fahren. Dieser 1. August des Jahres 1948 sollte ein denkwürdiger Tag seines Lebens werden.

Er nahm nach der Ankunft auf der Farm, wo es ein Dutzend Grade kühler war als in New York, ein erfrischendes Bad, setzte sich, umgekleidet für das Abendessen, auf die niedrige Mauereinfassung eines Blumenrondells, und plötzlich tobte das Herz – dort, auf der Bank vor dem Hause, saß »Hanna«, das lebend aus dem »Ochsenfurter Männerquartett« herausgestiegene Idealbild seiner Manneswünsche, das er einstens aus der Vorstellung geschaffen und später im Romanischen Café plötzlich in atmender Wirklichkeit ein paar Minuten gesehen und trotz wochenlangen Nachforschens nicht mehr wieder gesehen hatte.

Michael blickte sie unverwandt an, wie damals fassungslos vor Staunen darüber, daß dieses Mädchen, ein heißer Fremdling mit kleinem Kopf und rabenschwarzem Haar in Locken bis zu den Schultern, in jedem kleinsten Zug das Ebenbild der Hanna des Romans war.

Ihr oliv- und rosafarbenes delikates Gesichtchen, mit einem gefährlich frischen Frauenmund und ebenmäßigen Zahnbögen, sprühte Schönheit, während sie sich lachend mit zwei Gästen unterhielt. Sie trug einen rot in rot gestreiften weiten Bauernrock und dazu nur ein weißes ärmelloses Etwas, das die Schulterkugeln frei ließ und, quer überlaufend, noch den Ansatz der kleinen Brüste.

Michael beruhigte sich mit dem Gedanken, daß sie diesmal nicht nach ein paar Minuten in einer Millionenstadt unauffindbar verschwinden konnte. Der Entschluß, alles zu tun, um sie fürs Leben zu gewinnen, verstand sich von selbst. Er war wie damals bis auf den Grund bewegt. Nebenher begann der Kopf selbsttätig zu rechnen – die »Hanna« im Romanischen Café konnte höchstens zweiundzwanzig gewesen sein, die »Hanna« dort auf der Bank kann nicht älter sein, und seither sind achtzehn Jahre vergangen.

Dennoch zweifelte er nicht eine Sekunde daran, daß sie dieselbe war. Er dachte: ›Gefühl kann sich da nicht irren, Gefühl weiß, ohne zu rechnen, millionenmal mehr als der Kopf. Sie ist weder die Tochter noch eine jüngere Schwester jener »Hanna«. Sie ist es selbst. So brennend genau könnte die Natur sich ja auch gar nicht wiederholen.‹

Michael hatte unzählige Male an sie gedacht und das von der Natur überreich beschenkte Mädchen in der Vorstellung klar gesehen. Ihre Erscheinung war achtzehn Jahre unverblaßt in ihm gewesen. Das Rätsel, daß sie in jeder kleinsten Einzelheit noch so aussah wie vor achtzehn Jahren, mußte er zunächst ungelöst lassen.

Sein Leben mit Lisa tat sich auf, und da erinnerte er sich, daß durch den ersten Blick auf »Hanna« dasselbe Gefühl in ihm entstanden war wie durch das erste Erblicken Lisas. Es war nicht Glück und nicht Leid. Dort saß die Lebensgefährtin. Es war die Wahl, die ein Geheimnis ist.

Dieses einzigartige Gefühl beherrschte ihn auch jetzt, zugleich mit dem drängenden Wunsch, ihr sofort alles zu sagen und sie gleich im ersten Ansturm zu sich zu nehmen. Aber er glaubte, daß sie trotz ihres heiteren Wesens gegenüber ernsten Lebensentscheidungen im Gefühl langsamer sei als ihre berechnenden Schwestern, und bekam Angst vor seiner Ungeduld, Angst, sie zu erschrecken und zu verletzen. Er flüsterte: »Sie wird meine Frau werden.«

Die absonderliche Begebenheit, sie nach achtzehn Jahren in einem anderen Erdteil, bevölkert von hundertfünfzig Millionen, wiedergesehen zu haben, und noch dazu auf dieser abgelegenen Farm, auf die nur ein paar Dutzend Gäste kamen, bestätigte ihm einmal mehr, daß im Leben des Menschen der Zufall identisch werden kann mit Schicksal.

Michael ging früh zu Bett, noch ermüdet von der Hitze in New York. Das Bewußtsein, daß sie diese Nacht im selben Hause schlafen werde wie er, verwandelte sich in ein gutes Gefühl, das ihn getreulich in den Schlaf begleitete.

Am folgenden Nachmittag fand er sie nach langem Suchen schließlich auf der Farmwiese unter einem fruchttragenden Apfelbaum. Sie hatte die ganze Flut der schwarzen Locken mit weinroten Kämmchen hochgesteckt auf den Scheitel und die Brust wieder nur mit einem schmalen weißen Etwas verhüllt, und da sie diesmal an Stelle des weiten Bauernrockes weiße Shorts trug, sah er, daß sie dünn war und doch nicht mager, auch darin gleich der Hanna des Romans. Sie saß neben einem Kinderwagen, in dem ein Säugling lag. ›Ihr Kind?‹ dachte er, beunruhigt, und fragte: »Ist das Ihr Kind?«

Die Antwort, es sei das Kind des Farmbesitzers, konnte er nicht mehr aufnehmen, da sie ihn schon verzaubert hatte durch ihre eigenartige Erscheinung und durch den Ausdruck des delikaten Gesichtchens, in dem der Grundriß ihres Wesens, ihre seelische Biographie, klar zu lesen war – ein herzenswarmes fremdes Menschenkind mit unverstelltem Gemüt und ursprünglichem Gefühlsreichtum.

Sie lächelte verlegen unter seinem rückhaltlos bewundernden Blick und verhüllte wie als Antwort darauf die entblößten Schultern mit einem Schal. Erst dadurch wurde ihm bewußt, daß er entgegen seiner Absicht nun doch aus Ungeduld zu schnell gewesen war.

Er fragte sich, durch welche Zauberei die Natur das Kunststück vollbracht habe, in diesem kleinen Oval alles so selbstverständlich unterzubringen – die schmale Mädchenstirn, die schön geschnittenen braunen Augen, überdacht von Bögen aus schwarzer Seide, ein geschliffenes Näschen, diesen wunderbar schönen Mund und die kleinen Ohren, weißer als das Gesicht, porzellanweiß, und dicht angeschmiegt. Er hätte gern zu ihr gesagt – er unterließ es aus Angst, zu schnell zu sein –, an ihrem Gesicht habe die Natur sich ein Meisterwerk der Proportion geschaffen als Modell für ihr schönstes Mädchengesicht, und eine Wiederholung sei ihr dann nie gelungen und werde ihr in tausend Jahren nicht gelingen.

Sein Gefühl drängte ihn zu einer Liebeserklärung. Aber er zwang sich zu einem großen Umweg, den er mit der Frage begann, ob sie vor vielen Jahren einmal im Romanischen Café gewesen sei. An ihrem fragenden Blick ins Leere sah er, daß sie sich nicht entsinnen konnte.

»Es war vor achtzehn Jahren. Sie trugen eine weiße Baskenmütze und ein rotes Tuchkostüm. Nach ein paar Minuten kam ein schlanker blonder Jüngling, mit Hornbrille und zurückgekämmtem Haar, und sagte: ›Entschuldige, Charlott, ich wurde in der Redaktion aufgehalten.‹ Und fort waren Sie! Ich habe Sie trotz wochenlangen Nachforschens nicht wiedergesehen.«

Da entstand plötzlich das Licht der Erinnerung in Charlotts Blick. Sie sagte langgezogen: »Ach, ja!« Und fuhr lächelnd fort: »Mit dem blonden Jüngling bin ich seit vierzehn Jahren verheiratet.«

Das war ein Hindernis und konnte unter Umständen ein schwer zu überwindendes Hindernis sein. Aber es ging um alles, und da durfte es unüberwindliche Hindernisse nicht geben. Obwohl er schon den Abend vorher ausgerechnet hatte, daß sie mindestens neununddreißig sein mußte, war er jetzt doch verblüfft. ›Da sitzt ein Mädchen, das aussieht, als wäre es zweiundzwanzig, und erklärt, daß es seit vierzehn Jahren verheiratet ist.‹

Er sagte: »Wieso das möglich ist, daß Sie nicht um einen Tag älter aussehen als vor achtzehn Jahren, kann ich zwar nicht verstehen. Aber sonst weiß ich alles von Ihnen. Wie Sie sind! Auch wie Sie als Kind waren! Alles! Ich kannte Ihre geheimsten Regungen, bevor ich Ihnen im Leben begegnet war ... Haben Sie das ›Ochsenfurter Männerquartett‹ gelesen?«

Sie sagte lächelnd: »Hanna.«

Michael dachte erfreut: ›Das hilft.‹ Und sagte: »Da müssen Sie mir ja glauben, daß ich alles von Ihnen weiß. Können Sie sich vorstellen, was es für mich bedeutet hat, meine Hanna plötzlich in Wirklichkeit zu sehen in diesem Café. Und was es für mich bedeuten muß, daß ich Ihnen jetzt endlich wiederbegegnet bin?« Er hielt ihren Blick fest. »Ich habe ja die Hanna in dem Roman weiß Gott nicht ohne besonderen Grund erdacht und sie so liebenswert geschildert.«

Sie lenkte ab. »Meine Jugendfreundin bekam Ihretwegen eine Ohrfeige, als sie beim Lesen Ihres Liebesromanes ›Bruder und Schwester‹ erwischt wurde. Die Eltern hatten es verboten. Sie war erst vierzehn. Liesel besaß viele Photographien von Ihnen aus den Zeitungen. Sie war verliebt in Sie.«

»All right! Und Sie?«

Über diese Frage schlüpfte sie hinweg mit der Erzählung, daß sie im Berliner Staatstheater gespielt habe, zu der Zeit, als »Karl und Anna« geprobt worden sei. Sie habe sich vorgenommen, während einer Probe Michael zu bitten, ihr die noch nicht festbesetzte Rolle der Marie zu geben. Aber als er im Gespräch mit Käthe Dorsch an ihr vorbeigegangen sei, habe sie, die junge Anfängerin, den Mut verloren.

Da konnte Michael sich nicht mehr zurückhalten, er sagte ihr in die Augen, was er dachte: »Wenn Sie den Mut nicht verloren hätten, wären Sie seit achtzehn Jahren meine Frau.«

Ihr Versuch, seine mit unverkennbarem Ernst vorgebrachte Liebeserklärung in die Region des Scherzes zu verweisen, durch ein gespielt harmloses Lächeln, und mit diesem Lächeln zugleich auch ihre entstehende Herzensangst zu verheimlichen, mißlang unter seinem Blick. Ihre Wangen glühten plötzlich. Sie stand auf. Er begleitete sie schweigend ins Haus.

Im Flur verlor er unversehens die Selbstbeherrschung. Sie preßte beide Fäuste gegen seine Brust und riß sich los aus der Umarmung, entsetzt wie ein Tier des Waldes, das in eine Wildfalle geraten ist.

Als Charlott durch den Flur eilte, schwor er sich, keinerlei Annäherungsversuche mehr zu machen, nicht das geringste Interesse mehr zu zeigen. ›Das ist das einzige, was ich gottverdammter Idiot jetzt noch tun kann.‹

Sie sprachen nicht mehr miteinander. Wenn er Charlott zufällig begegnete, erwiderte sie seinen Gruß harmlos lächelnd. Sie spielte Gleichgültigkeit ebensogut wie er. Was ihr im Herzen geschehen war durch Michael, im Kampf gegen ihr wachsendes Gefühl für ihn, erfuhr er erst nach drei

Wochen, als sie den Kampf gegen sich selbst schließlich aufgeben mußte.

Sie erzählte ihm alles: Nach seiner Liebeserklärung auf der Farmwiese und der Szene im Flur beschloß sie, sofort abzureisen, und konnte es nicht. Sie packte ihre Koffer in den drei Wochen immer wieder ein und aus. Um an Michael nicht vorbeigehen zu müssen, betrat sie den Speisesaal nicht mehr. Sie redete sich ein, nicht mehr richtig im Kopf zu sein, und wollte sich analysieren lassen. Die Frau des Farmbesitzers sagte: »Du brauchst keine Analyse, du bist nicht krank, deine Krankheit ist dieser Schriftsteller.« Als Michael auf einer Abendunterhaltung in der Farmbar aus gut gespielter Höflichkeit nur einmal auch sie zum Tanzen aufforderte und den Arm um sie legte, war ihre Widerstandskraft plötzlich weggeschmolzen. Sie war vor Ergriffenheit dem Weinen nahe, weil er sie so behutsam, so vorsorglich hielt. Nach dem Tanz flüchtete sie sofort in ihr Zimmer. Und da geschah die Sache mit dem kleinen Schokoladentäfelchen, das auf ihrem Nachttisch lag. Wie unter dem Zwang eines fremden Willens schlich sie in Michaels Zimmer und legte das Täfelchen auf sein Kopfkissen. Als sie, besessen von Herzensangst, durch den langen Gang eilte, um es wieder zu holen, kam Michael schon die Treppe herauf. Sie rannte zurück.

Michael hatte das Schokoladentäfelchen, dieses »Ja« auf seinem Kopfkissen, bewegt angesehen und war ohne anzuklopfen zu ihr ins Zimmer getreten.

Am folgenden Morgen rief sie in Michaels Gegenwart ihren Mann an und sagte, sie müsse sich scheiden lassen.

Charlott war zur selben Zeit wie Michael in Paris, London und New York gewesen. Obwohl sie überall in denselben Kreisen verkehrt hatten, mit Schauspielern, Schriftstellern, Komponisten, waren sie infolge unwahrscheinlicher Zufalle einander nie begegnet. (Im Sommer 1947 war Charlott nach langem Aufenthalt auf der Farm eine Stunde vor Michaels Ankunft abgereist. Sie mußten in den Autos aneinander vorbeigefahren sein.) Jetzt endlich hatte der Zufall sie zusammengeführt, nach achtzehn Jahren, auf dieser abgelegenen Farm. Michael dachte: ›Der Zufall ist blind, auch dann blind, wenn er scheinbar einmal sieht; er ist immer nur das, was der Mensch aus ihm macht.‹

Aus dem wundergleichen Ereignis, daß das eigenartig schöne Menschenkind, das er einstens wunschvoll aus dem Nichts geschaffen hatte, nun in atmender Wirklichkeit ihm angehörte, entsprang Glück auf der höchsten Gefühlsebene, die dem Menschen verstattet ist.

›Das Los, zu lieben, das unter Tausenden einen trifft, hatte sie getroffen, das in seinem Urquell unerforschliche absolute Muß, das unabhängig ist von Lebensumständen, vom Äußeren, vom Charakter, von einzelnen Eigenschaften des anderen, das da ist oder nicht, das bleischwer ist und gewichtlos wie Duft, kleiner als ein Atom und so groß wie die Welt, das den Getroffenen hochhebt ins Glück und ihn ins Leid drückt, daß er eine Ratte beneidet. Das unerforschliche Geheimnis hatte sich in ihr aufgetan.‹

So hatte Michael einstens die Liebe des großen, einfachen Liebespaares Karl und Anna geschildert. Jetzt erlebte er durch Charlott und sie durch ihn, was er einstens geschrieben hatte. Sie erlebten es, wenn sie einander ansahen und wenn sie gemeinsam einem vorbeifliegenden Vogel nachsahen, wenn sie über nichts und alles sprachen und wenn sie auf der Farmwiese in Strecksesseln schweigend nebeneinander lagen, wenn sie einen Spaziergang machten hinunter zum Drugstore an der Landstraße und dumme kleine Sachen kauften, nur um zusammen etwas zu kaufen, wenn sie mit dem stillfließenden Bach zum See gingen und den steilen Waldpfad wieder hinaufstiegen, wenn sie vor ihm stieg und dann er vor ihr und ihr zeigte, wie man steigen kann, ohne zu ermüden, langsam und immer in gleichmäßigem Tempo, die Knie immer abgebeugt.

Wenn sie dann wieder ankamen auf der Farm, sahen alle, was Charlott geschehen war, denn sie leuchtete vor Glück, und Michael, dünkelhaft bis ins volle Herz hinein, tat so, als würde das Allerseltenste auf der Welt, einen Menschen glücklich machen zu können, sich für ihn von selbst verstehen.

Charlotts Lebenselement war Gefühl. Selbst ihre blitzgescheiten Bemerkungen machte sie, ohne vorher auch nur den Bruchteil einer Sekunde nachzudenken, unmittelbar aus dem Gefühl heraus – von Humor durchtränkte Aussprüche über die Welt und das Leben, immer nur in einem kurzen Satz, über dessen Inhalt ein Student der Philosophie eine Doktorarbeit von hundert Seiten schreiben würde. Es war Michael, der oftmals zuerst eine Weile nachdenken mußte, blank vor Staunen, bis der Blitz, den sie entzündet hatte, schließlich bei ihm einschlug.

Sie überraschte ihn täglich von neuem. Er fragte sich, wie lange dauert es, bis du sie kennst? Jahre! Und nach Jahren, wenn du glaubst, sie durch und durch zu kennen, kommt da plötzlich wieder etwas angetollt, aus einer Gefühlsschicht, von der du keine Ahnung hattest.

Als er eines Abends aus dem Hause trat, platzte ihm stürmisches, wildes Gelächter entgegen. Auf der Mauereinfassung des Blumenrondells saßen sämtliche Gäste. Charlott erzählte, in gehörigem Abstand von ihrem Publikum, eine mit hundert komischen Einzelheiten ausgeschmückte Geschichte, die sie Wort für Wort erfand, während sie sie erzählte – wie ihre Hündin, namens Jette, die häßlichste Straßenmischung der Welt, mit einem abscheulich nackten rosa Bauch, einem vorstehenden Zahn und einem in der Mitte entzweigebrochenen baumelnden Schwanz, der einen scharfen rechten Winkel bildete, sich in einen preisgekrönten arroganten Dobermann verliebt habe. Sie gab ihrer Geschichte ein tragisches Ende. Als der Besuch sich schließlich verabschiedet und der Dobermann, ohne seine arme Verehrerin auch nur mit einem Blick zu beachten, sich auf den Rücksitz des offenen Cadillac gesetzt habe, sei die sonst so unverschämt freche Jette traurig zum Gartenzaun getappt und habe zum Abschied die Pfote zwischen den Eisenstäben durchgestreckt, hoffnungslos noch einmal um Liebe bettelnd.

Charlott hatte, fortwährend unterbrochen vom Gelächter der Zuschauer, ihre erfundene Geschichte zugleich auch gespielt, wie auf der Bühne. Sie war abwechselnd der alberne, arrogante Dobermann und die hoffnungslos verliebte, abschreckend häßliche Jette mit dem vorstehenden Zahn gewesen. Und zwischendurch war von Mal zu Mal ihr Schönheit sprühendes Gesichtchen wiederentstanden.

›Was soll man jetzt dazu wieder sagen‹, dachte Michael, entzückt und stolz wie ein Theaterdirektor, dessen Hauptdarstellerin die Premiere zu einem durchschlagenden Erfolg geführt hatte.

Charlott hatte die Trennung von Michael schon um eine Woche hinausgeschoben. Sie mußte zurück nach Washington. Er fuhr im Auto ein Stück mit. Ihr Gesicht war der Spiegel ihres Herzens. Sie weinte lautlos. Schließlich konnte sie dazu nicht mehr nur schmerzlich lächeln – das Schluchzen brach durch mit unwiderstehlicher Wucht.

Die Farm, noch überfüllt von Gästen, wurde für Michael zum einsamsten Platz auf Erden. Nach ein paar Tagen fuhr er zurück nach New York. Bei der Einfahrt in die Acht-Millionen-Stadt bohrte sich das Auto, kommend aus der reinen Landluft, in eine atemberaubend heiße, klebrig-feuchte, stinkende, sichtbare Substanz, die nicht mehr Luft genannt werden konnte. Michael, der vierzig Jahre in anderen Großstädten gelebt hatte und die Großstadt liebte, sagte sich, als die von dickem Höllendunst erfüllte Wolkenkratzer-Gebirgsschlucht ihn und das Auto verschluckte: ›Der Mensch lebt falsch.‹

Briefe flogen nach Washington und von Washington nach New York. In vier Wochen schrieb Michael, der unbestritten schlechteste Briefschreiber aller Menschen, die er kannte, mehr Briefe, als er in den letzten zehn Jahren geschrieben hatte, und da er auch eine Novelle mit Charlott und sich selbst als Hauptgestalten zu schreiben begann, war die Frau, die er liebte, beständig um ihn, von früh bis nachts und auch im Schlaf. Er war in New York nicht mehr allein.

Sein gegenwärtiges Erleben, sein Glück der Stunde, das ihn ganz und gar erfüllte, die gegenwärtig von ihm selbst erlebte Wirklichkeit zu gestalten, war ein besonders schwieriges Unternehmen, da er keinen zeitlichen Abstand hatte und dennoch hinter das Werk zurücktreten mußte und diesmal auch hinter sich selbst, hinter den Autor der Novelle, deren Inhalt sein gegenwärtiges Erleben sein sollte. Er mußte, wie der Zauberer, das Kunststück vollbringen, ein

Glas Wein zu trinken und gleichzeitig einen anderen dasselbe Glas Wein trinken lassen. Das war schwer.

Nach den längsten vier Wochen, die Michael jemals erlebt hatte, stand er eines Tages wartend vor dem Hause, und da fuhr tatsächlich ein Taxi vor, in dem Charlott saß.

Ihre Hände zitterten. Sie lächelte erregt und ängstlich, als hätte sie zuviel gewagt. Ohne sie zu berühren, nahm er sie schützend in die Arme, nur allein mit einem lebensernsten Blick, der ihr sagte, daß es mit zu seinem Glück gehöre, sie vor allem Ungemach des Lebens zu bewahren.

Charlott blieb eine Woche in New York. Diese Woche war herausgehoben aus dem blinden sinnlosen Ablauf der Tage, den nur derjenige sinnvoll machen kann, der es unterläßt, lebenslang Zielen nachzujagen, die sich als sinnlos erweisen, nachdem sie erreicht sind. Sie lebten im Ziel, ernst und heiter zugleich, und ihre Bereitschaft, dafür jedes Opfer zu bringen, verstand sich von selbst.

Die Novelle, deren handelnde Personen, Charlott und Michael, von einem tragischen Verhängnis bedroht sind, hatte das Nachkriegsberlin als Schauplatz. Da saß er nun in New York am Schreibtisch und versuchte zu schildern, was er und Charlott, die hinter ihm lesend auf der Couch lag, in Berlin erlebten – wie Charlott (die sich soeben auf der Couch bequemer legte) in Berlin zu ihm in die Gefängniszelle trat.

Er versuchte während der Arbeit immer wieder von neuem, sich von der erfüllten Gegenwart ganz loszulösen. Das war unmöglich. Später bemerkte er, daß eine vollständige Loslösung nicht nötig war – er machte die Erfahrung, daß der Sitz der Vorstellungskraft ausschließlich in der Vorderseite des Körpers ist, unter dem Brustbein und hinter der

Stirn. Nach Stunden – Charlott hatte unterdessen einen ganzen Roman gelesen und er nur einen Satz geschrieben – sagte er zurück zu ihr: »Ich bin auch während der Arbeit nicht getrennt von dir, ich fühle dich im Rücken.«

Sie entgegnete schlicht: »Ich dich überall.«

›Das ist der Unterschied‹, dachte er beglückt. ›Sie hat nichts anderes zu tun, als mich zu lieben; ich muß ihre und meine Liebe noch dazu auch schildern. Aber ach, wie wunderbar kann das Leben sein, das die letzten fünfzehn Jahre blind an mir vorbeigezogen ist und Wunden schlagend über mich hinweg.‹

In der Zeit, da Michael die Novelle schrieb, kam Andreas öfters nach New York, mit seinem neuen Motorrad. Er weigerte sich jedesmal, bei seiner Mutter zu wohnen. Michael benutzte jedesmal seine ganze Überredungskunst, da er wußte, wie unglücklich Ilona sein würde, wenn Andreas nicht bei ihr übernachtet hätte. Aber am Morgen kam dann jedesmal ein hilflos verwirrter und zerquälter Junge zurück, der haßerfüllt sagte, er wolle seine Mutter nie mehr sehen.

Michael hatte Jahre hindurch in Briefen und in stundenlangen Gesprächen wieder und wieder versucht, Andreas gegen die krankhafte Kritiksucht Ilonas unverwundbar zu machen, um ihm die Sohnesliebe und den Respekt vor der Mutter zu erhalten. Er versuchte immer wieder, besänftigend einzugreifen. Aber wenn er an seine persönlichen Erfahrungen während der Ehe mit Ilona dachte, an die täglich aus dem Nichts hergeholten grundlosen, nervenaufpeitschenden Szenen, die ihn schließlich veranlaßt hatten, zu resignieren, mußte er sich sagen, daß es keine Rettung für Andreas gab, dessen kindliche Anhänglichkeit im Laufe der Jahre in einer zerstörerischen Haßliebe untergegangen war.

Michael hatte an Ilona erlebt, daß negative Kraft stärker sein kann als jede positive Kraft. Er wußte, daß Ilona gegenüber jedem, den sie liebte, zu ihrem eigenen Unglück immer die negativ Stärkere sein werde.

Eine noble Frau, die ohne Besinnen jedes Opfer bringen würde für den Sohn, mußte ihm trotz ihrer übergroßen Liebe schweren psychischen Schaden zufügen, infolge der Erziehungssünde ihrer kritiksüchtigen Mutter, die ihrem Kinde trotz übergroßer Liebe irreparablen psychischen Schaden zugefügt hatte.

Andreas fuhr einmal öfter zerquält und haßerfüllt ab.

Michael vollendete die Novelle in neun Monaten. Er hatte während der Arbeit ein Dutzend Titel erdacht und verworfen. Da er aus Erfahrung wußte, daß er den Titel für ein Buch, wenn er ihn nicht schon hatte, bevor der erste Satz geschrieben war, nicht mehr finden konnte, wandte er sich an Charlott.

Sie las die hundert Seiten, ließ das Manuskript sinken und sagte so selbstverständlich, als wünschte sie ihm einen guten Morgen: »Michaels Rückkehr«.

»Das ist der Titel«, sagte Michael, verblüfft, als hätte er die neun Monate in einem stockfinsteren Zimmer gesessen und den Lichtkontakt plötzlich dicht neben sich gefunden.

Einen Monat später begann Michael diesen Bericht seines Lebens zu schreiben. Diesmal wußte er den Titel, bevor der erste Satz auf dem Papier stand. Er schrieb auf das noch blütenweiße Blatt: »Links wo das Herz ist«. Es war im Mai 1949.

Charlott wurde erst im Mai 1950 geschieden. (Auch in Amerika kann es Jahre dauern, bis eine Ehe geschieden ist; die Eheschließung dauert fünf Minuten.)

Charlott und Michael, für das Leben verbunden, fuhren im Sommer 1950 wieder auf die Farm.

Michael arbeitete weiter an dicsem Bericht über sein Leben, dessen erste Hälfte im Laufe des vergangenen Jahres entstanden war. Er bemühte sich, wie schon vor vierzig Jahren, als er »Die Räuberbande« zu schreiben begonnen hatte, jeden Satz so klar und so einfach wie möglich zu bauen, damit jeder Leser mühelos verstehen könne, was er liest. Er befolgte das Grundgesetz: Die Arbeit muß der Schriftsteller tun, nicht der Leser.

Wenn er eine Seite geschrieben hatte, las er sie sofort Charlott vor, die gleich Lisa unbestechlich kritisch war. Im Gegensatz zu Lisa konnte Charlott nicht auf den Punkt sagen, was schlecht war an einem Satz und wie er verbessert werden könnte. Sie fühlte nur, daß etwas nicht stimmte, und Michael mußte sich nach der Änderung eingestehen, daß ihr rein gefühlsmäßiges Urteil richtig gewesen war. Er dachte: ›Es ist gut für einen Schriftsteller, eine Frau zu haben, die wie ein feines Haarsieb nur das Brauchbare durchläßt.‹

Eines Mittags erschien Andreas unangesagt im Speisesaal. Er war zu Fuß um drei Uhr früh angekommen, durchs Fenster in ein Zimmer gestiegen und hatte sich mit schöner Selbstverständlichkeit entkleidet und ins Bett gelegt. Ihm erschien das normal, er wunderte sich, daß Michael sich wunderte.

Die Art der Beziehung zwischen sich und Charlott bestimmte er sofort am Eßtisch, er war der erfahrene Mann, der die Faxen eines jungen Mädchens generös durchgehen läßt. »But you are a nice girl«, sagte er gönnerhaft, nachdem er das überaus reichhaltige Menü von der Suppe bis zur Nachspeise zweimal gegessen hatte.

Am Nachmittag bat er Charlott, im Farmauto mit ihm auszufahren. Nach einer Viertelstunde ließ er auf der Landstraße anhalten. »Hier könnte es sein«, sagte er nachdenklich, stieg aus und zog seinen Koffer aus dem Gebüsch. Bis zu dieser Stelle war er in einem eleganten schnellen Cadillac gereist und hatte dann im Nachtdunkel stundenlang die abgelegene Farm gesucht. Er war vorher nie in dieser Gegend gewesen.

Für Andreas verstand es sich von selbst, aus einer Augenblicksstimmung etwas ins völlig Unbekannte zu unternehmen, ohne sich im geringsten darum zu kümmern, wie es ausgehen würde. Ohne Geld von New York nach Florida, eine Tasse Kaffee und zurück nach New York, 2800 Kilometer – warum nicht, da er sich ja in New York gelangweilt hatte. Seine Philosophie war, irgendwie wird es schon gehen. Und es ging.

Durch äußere Dinge des Lebens konnte Andreas nie etwas geschehen; aber psychisch war ihm durch die ununterbrochene Kritik seiner Mutter schon zuviel geschehen. Sein Selbstbewußtsein war unterhöhlt. Er war innerlich unsicher und ratlos wie ein Kind, das täglich zu Unrecht getadelt wird. Das zeigte sich einmal öfter, als er unbewußt den Grund offenbarte, der ihn auf die Farm zu Michael getrieben hatte.

Er saß auf der Wiese Michael gegenüber, die Ellbogen auf die Knie gestützt, den Kopf in beiden Handschalen, überlastet wie jemand, der unter Steinmassen verschüttet ist, und fragte in einem Ton, als hätte er schon tausendmal darüber nachgedacht: »Warum habe ich keine besondere Begabung wie du? Aus mir wird nie etwas werden.« Er blickte Michael an, sehnsüchtig fragend und zugleich verloren, als erwarte er ein vernichtendes Urteil.

Michael hatte das Gefühl, daß dies eine der offenen Stunden im Leben eines jungen Menschen sei, wo ein treffendes gutes Wort heilend wirken und den Lebenszug des Verwundeten vom toten Gleis herunter und ins Freie leiten könne. Er sagte lächelnd die Wahrheit: »In deinem Alter glaubte auch ich, daß nie etwas aus mir werden würde. Das hielt noch viele Jahre an. Ich war bis zu den Lippen im Wasser. Als ich schließlich zu schreiben begann, war ich schon achtundzwanzig. Ich kann dir versichern, daß ich in deinem Alter vollständig unfähig gewesen wäre, einen Artikel zu schreiben von der Qualität deines Collegeartikels über Mexiko. Der könnte in jeder guten Zeitschrift stehen. Ich will damit nicht sagen, daß du Schriftsteller werden sollst. Laß dir Zeit. Eines Tages wirst du wissen, was du werden willst. Du bist ein gesunder, warmherziger, gescheiter Mensch. Darauf kommt es an. Ich habe keine Angst um dich.«

Andreas sagte: »Na ja, das sagst du so.« Aber er lächelte ruhig, als hätte er schon besessen, was er soeben in Besitz genommen hatte.

Sie einigten sich, daß er einstweilen Nationalökonomie studieren solle, da dieses Studium eine gute Vorbereitung für viele Berufe sei.

Michaels Rückkehr nach Europa, die er schon vor zehn Jahren beschlossen hatte, als er in Lissabon schweren Herzens an Bord gegangen war – was soll er, ein deutscher Schriftsteller, in Amerika –, stand nichts mehr im Weg. Charlott bestellte die Schiffskarten für die Überfahrt, auf der S. S. »Flying Enterprise«, die ein Jahr später sank.

Als Michael im Frühjahr 1933 in Berlin das letztemal seine Gartentür hinter sich geschlossen hatte, in dem Bewußtsein, daß er nie mehr zurückkehren werde, war ihm der Abschied vom Gartenzaun, der Abschied von seinem bisherigen Leben bitter schwergefallen. Als er auf der »Flying Enterprise« langsam aus dem New Yorker Hafen fuhr, in dem Bewußtsein, daß er nie mehr zurückkehren werde, mußte er den Blick abwenden von Manhattan, unwiderstehlich ergriffen von Wehmut über den Abschied von Amerika, wo er wieder ein Stück seines Lebens zurückließ – die Straßen in New York, durch die er täglich gegangen war, das Schreibwarengeschäft, in dem er täglich Zeitungen gekauft hatte, die Verkäufer im »market«, die ihn freundlich begrüßten, schnell und sachlich bedienten und ihn zuvorkommend fragten, wann sie die mit Eßwaren bis zum Rand gefüllten halbmeterhohen Papiersäcke ins Haus senden sollten, die Kellner im Café, die ihn gern hatten und deshalb freundlich grinsend mit der Anrede »chief« beehrten, den Barmixer, der zwei zu eins mit ihm wettete, während sie den Boxkampf im Fernsehapparat gespannt verfolgten, den großherzigen kleinen Mann Amerikas, der tapfer um sein Leben kämpft im brausenden New York, und auch die schwere Einsamkeit, die dir teuer ist, wenn du sie hinter dir hast. Es schien nicht viel zu sein und war doch so viel. Es war ein Stück seines Lebens, das er zurückließ.

Die »Flying Enterprise« hatte das offene Meer erreicht. Michael blickte zurück auf die ferne luftgraue Silhouette von Manhattan. Charlott stand neben ihm, sie ließ die Tränen laufen.

IX

Sie gingen in Le Havre an Land. Hier, im Hafen, sahen sie die ersten Ruinen – erdenfremde, riesige Ungeheuer, die in die Menschheit eingebrochen waren und nun verwesten. In ganz Amerika gab es nicht eine Ruine. Dort war kein Krieg gewesen. Sie aber waren jetzt im verwundeten, amputierten Europa, das sich mit Hilfe von Krücken und Prothesen aufrecht hielt, und mußten und würden, komme was immer, auf sich nehmen, was kam.

Sie fuhren durch Belgien und kamen um zwei Uhr morgens in Aachen an. Sie waren in Deutschland. Was wird sein? Sie wußten nichts, sie waren Forschungsreisende im Urwald. Übermüdet folgten sie dem Gepäckträger, der sie in ein Hotel führte, vorüber an erdenfremden dunklen Ungeheuern, die gezackte Silhouetten in den Sternenhimmel schnitten.

Charlott hatte vor zwanzig Jahren im Aachener Stadttheater gespielt. Als sie morgens erwachte, blickte sie verwirrt im Zimmer umher, wieder und wieder, gleich jemand, der den Ausgang eines Irrgartens nicht findet. Sie fragte den Kellner, der das Frühstück brachte: »War das früher ein Privathaus? Ist das hier Zollernstraße 25?«

»Ja, ja! Aber nach dem Krieg wurde das zerbombte Haus gleich in ein Hotel umgebaut. Nur dieser Teil hier war stehengeblieben.«

Charlott hatte die erste Nacht in Deutschland ahnungslos in dem Zimmer geschlafen, das vor zwei Jahrzehnten jahrelang ihr Schlafzimmer gewesen war.

Michael ging zum Bahnhof, um den besten Zug nach Würzburg zu ermitteln. Im Buchladen, einer Bretterhütte mit einer Holzplatte auf Böcken, fragte er lächelnd nach seinen Büchern. Er nannte ein paar Titel.

Der junge Buchhändler kannte die Titel der Bücher nicht, er kannte nicht Michaels Namen. Ein deutscher Buchhändler wußte nichts von Michael, der kurz vor der Abreise von

New York seine Bücher hinter dem Schaufenster einer Buchhandlung in der Fifth Avenue gesehen und auf der »Flying Enterprise« einen Passagier beobachtet hatte, der in die Lektüre der französischen Ausgabe von »Karl und Anna« vertieft gewesen war. Im Land seiner Sprache waren Michaels Bücher verboten und verbrannt. Die deutschen Leser bis zu vierzig Jahren kannten nichts von ihm. Über Michael hatte Hitler gesiegt.

Die Schwester lächelte und mußte die Lippen zusammenpressen, weil sie zugleich auch weinte, als Michael aus dem Zuge stieg. Das letztemal hatten sie einander vor zwanzig Jahren gesehen. Ihm war, als hätte er sich erst den Tag vorher von ihr verabschiedet und wäre nur von der nächsten Ortschaft zurückgekommen. Räumliche Entfernung trennte ihn nicht von Menschen, die ihm teuer waren, und große Entfernungen gab es in seinem Gefühl nicht mehr. Die Welt war klein geworden. Er sagte: »Das ist Charlott.«

Als Michael in seiner New Yorker Wohnung das zerstörte Würzburg gesehen hatte, mit dem inneren Blick, war aus dem riesigen grauen Trümmerfeld die Heimatstadt sofort wieder emporgestiegen in ihrer ganzen Schönheit. Angesichts der entsetzlichen Wirklichkeit mußte er sich sagen: ›In Würzburg können wieder Wohnhäuser gebaut werden; Deutschlands architektonisches Kleinod, die Stadt des edelsten Barock, wird nie wieder erstehen.‹ Er hatte, während er durch die gewundenen Gassen toter Überbleibsel ging, wie durch einen uralten Friedhof voll zerfallener Grabsteine, das Gefühl, daß die Stadt gestorben war, und mußte die Irreparabilität des Todes erleiden, die jedes Gefühl schon im Entstehen vereist und erschlägt. Er dachte: ›Der Kaufmann kann seinen Verlust abschreiben.‹ Michael konnte Würzburg nicht abschreiben, für ihn bekam das Wort »untröstlich« seine grausamste Bedeutung.

Der Oberbürgermeister kam zur Begrüßung ins Hotel. Abgesehen von diesem Akt der Freundlichkeit herrschte eine besondere Stille um Michael, der nach siebzehn Jahren Emigration begierig gewesen war, zuerst die Heimatstadt zu besuchen. Eine Art Handlungsreisender, dessen Ware nichts taugt, war nach Würzburg gekommen. Man war entrüstet über ihn. Er habe in seinem Roman »Die Jünger Jesu«, den die Zeitung totschwieg, Würzburg und die Würzburger verunglimpft.

Michael versagte es sich, die Herren der Zeitung und die übrigen Verwalter der Ehre Würzburgs zu fragen, ob es ein Verbrechen sei und eine Verunglimpfung Würzburgs, die Schandtaten des Naziregimes zu brandmarken und damit zugleich auch darauf hinzuweisen, daß die Meinung der Welt, das deutsche Volk habe in seiner Gesamtheit diese Schandtaten begangen, eine Weltlüge war. Er versagte es sich, den Hütern der Ehre Würzburgs zu erklären, daß der Mörder schuldig ist und nicht derjenige, der den Mörder des Mordes beschuldigt.

Michael hatte zum Lob und Preis der Stadt Würzburg drei Romane geschrieben, die in allen europäischen Sprachen erschienen waren. Stöße von Briefen an ihn, Briefe aus allen Ländern Europas, bezeugten, daß Tausende Fremde, veranlaßt durch die Lektüre dieser Romane, nach Würzburg gekommen waren, um zu sehen, was sie gelesen hatten. In Würzburg schien man nicht zur Kenntnis nehmen zu wollen, daß durch die entsetzlichste Schandtat der Menschheitsgeschichte, verübt durch das Naziregime, sechs

Millionen Juden das Leben in Gaskammern und Öfen verloren hatten, als Michael den vierten Roman mit Würzburg als Schauplatz zu schreiben begann. Jeder Leser in Würzburg konnte nach der Lektüre der »Jünger Jesu« wissen, wenn er guten Willens war, daß in diesem Roman nicht Würzburg und die Würzburger gebrandmarkt sind, sondern die bluttriefenden Untiere des Naziregimes. Sie zu brandmarken, und sonst niemand, war Michaels Gewissensaufgabe gewesen, ganz gleich, welche deutsche Stadt er als Schauplatz gewählt haben würde.

Der unwürdige Empfang in der Heimatstadt würde Michael, der seine Würzburger kannte, nicht gestört haben. Was ihn erbitterte, war der beschämende Mut, daß man angesichts der Weltschuld des Naziregimes, dessen Sturmführer und Gauleiter auch in Würzburg gewütet hatten, überhaupt jemand seinesgleichen zu beschuldigen wagte, ganz gleich, wer dieser Jemand sei. Die menschliche Kleinheit, die sich gegen Menschen seinesgleichen zum Richter aufwarf, mit den Augen im Hinterkopf, war es, die Michael den Aufenthalt in der Heimatstadt vergällte.

Vor der Abreise lud Michael die einstigen Mitglieder der »Räuberbande« – sie lebten alle noch – zu einem Zechgelage, das sich sehen lassen konnte. Sie tauschten mit Michael Erinnerungen aus, weinfroh und zwischendurch wehmütig. Michael staunte über die Trinkfestigkeit der Räuber, die noch respektabel aufrecht saßen, als schon Dutzende geleerter Bocksbeutel auf dem runden Tische standen. Erst als sie an die kalte Nachtluft kamen, wurden sie ein Grüppchen schwankender Zecher und konnten sich nur noch aneinander auf den Beinen halten, wie Boxer, wenn sie groggy sind. Aber der bleiche Kapitän, einstmals Häuptling der Räuberbande und nun ein Mann mit Riesenbauch und Glatze, bugsierte seine Leute, kühn wie vor fünfundfünfzig Jahren, wieder einmal unversehrt aus dem gefährlichen Abenteuer heraus.

Charlott und Michael wählten München als Wohnsitz. Michael arbeitete weiter an diesem Bericht seines Lebens. Zwischendurch las er Korrekturen zur Neuauflage seiner Bücher, die nun auch wieder in deutscher Sprache erschienen. Im Mai 1952 vollendete Michael den Roman »Links wo das Herz ist«.

In einer stillen Nacht blickte Michael zurück auf sein Leben. Er sitzt in der letzten Bank, ein verängstigter Knabe, den der Lehrer Dürr nicht mehr aufruft, da aus dem Schwachkopf ja sowieso nie etwas werden würde. Er grübelt jahrelang am Schraubstock darüber nach, was er werden könnte, und kommt als junger Schlosser ins Münchener Café Stefanie, das seine Universität wird. Nach acht Hungerjahren schreibt er in Berlin »Die Räuberbande«, seinen ersten Roman, in dem er auch den Lehrer Dürr, den Seelenmörder, schildert. Die Vorstellung, daß einem Menschen der Kopf abgeschlagen wird, peinigt ihn seit Jahren. Er schreibt »Die Ursache«, das Buch gegen die Todesstrafe, in dem der Lehrer Dürr ermordet wird. Er hat sich mit der »Räuberbande« und der »Ursache« freigeschrieben von den psychischen Ungeheuern, die ihm von diesem Erzieher mitgegeben worden waren auf den Weg ins Leben.

Er ist gegen den Krieg, emigriert in die Schweiz und schreibt ein Buch gegen den Krieg: »Der Mensch ist gut«. Er arbeitet jeden Tag, wie der Arbeiter, Buch nach Buch erscheint, während er als erfolgreicher Mann bewußt die wunderbaren Jahre in Berlin erlebt, das zwischen 1925 und 1930 die Weltstadt der Weltstädte war. Er läßt 1933 wieder alles zurück, emigriert zum zweitenmal und schreibt ein Buch gegen den Nationalsozialismus: »Die Jünger Jesu«.

Sein Leben war das eines kämpfenden deutschen Romanschriftstellers in der geschichtlich stürmischen ersten Hälfte des zwanzigsten Jahrhunderts. Seine Bücher sind Bildnisse seines Innern. Er hat sich von Jugend an um Dinge gekümmert, die ihn nichts angingen, und ist der Meinung, daß Menschen, die das nicht tun, die Achtung vor sich selbst verlieren müssen; daß sie moralisch Selbstmord begehen.

Sein großes Glück war das Leben mit Lisa, sein schwerstes Leid ihr Tod.

Und welchen Schluß zieht er aus den Erfahrungen seines Lebens? fragte Michael sich selbst. Er wird, auf die Gefahr hin, daß mancher Unfehlbare den ersten Stein auf ihn wirft, sein Glaubensbekenntnis schreiben, für die hoffnungslose europäische Jugend, die an nichts mehr glaubt.

Er glaubt, daß unter der kapitalistischen Wirtschaftsordnung, dieser geschichtlichen Phase unermeßlicher materieller Bereicherung der Industrieländer, die Verselbständigung der guten Eigenschaften des Menschen, des reichen sowohl wie des armen, nicht möglich ist. Es spricht für den Menschen, daß er unter der Wirtschaftsordnung extremster Ungleichheit noch so menschlich ist, wie er ist. Er glaubt, daß der Lauf der Geschichte sich in der großen Linie – auf die sozialistische Wirtschaftsordnung zu – eigengesetzlich vollzieht; daß die unterdrückten, vorwärtstreibenden Menschen und Völker nur als ausführende Organe der Geschichte fungieren, als knirschende Sandkörner im Räderwerk des jeweils Bestehenden. Er sagt allen, die es hören wollen, und allen, die es nicht hören wollen, daß die Sandkörner siegen werden, da der Lauf der Geschichte auf die sozialistische Wirtschaftsordnung zu in der großen Linie durch nichts aufzuhalten ist.

Er glaubt nicht an einen Atomkrieg, da nach ihm auch der Sieger splitternackt und tödlich verwundet sein würde; da durch ihn der Kapitalismus Selbstmord begehen und in Barbarei enden würde; da nach ihm ein Zentner der größten Brillanten weniger wert sein würde als eine Handvoll Weizenkörner, falls es nach einem Atomkrieg noch Menschen und Weizenkörner gäbe. (Der bedeutendste Atomphysiker der Welt, der geniale Mann, der gewiß mehr von seiner Sache versteht als die unentwegten Draufgänger, erklärte allen Ernstes, es sei möglich, daß nach einem Atomkrieg das Wachstum auf der Erde aufhöre. Niemand könne das Gegenteil beweisen.)

Michael sagt sich, der Mensch, der jetzt das Mittel besitzt, sich selbst auszurotten, würde, wenn er es täte, den Beweis erbracht haben, daß er von Beginn an eine mißlungene, verkehrtgeniale Kreatur war. Aber Michael glaubt an den Menschen.

Er glaubt, daß die Haben-haben-haben-Wirtschaftsordnung auch ohne Atomkrieg im Jahre 2000 abgelöst sein wird durch die sozialistische Wirtschaftsordnung. Er glaubt, daß die Kindeskinder unserer Kinder glücklicher sein dürfen, als es uns verstattet war.

Michael glaubt, daß der Mensch erst menschlich zu sein vermag und sein wird, wenn er durch nichts mehr gezwungen wird, unmenschlich zu sein. Er glaubt an den Menschen, denn er glaubt dem Blick des unschuldigen Kindes.

Als Michael sein Glaubensbekenntnis Charlott vorlas, lächelte sie und sagte: »Ja.«

Er sagte zu seiner Charlott: »Ich verrate dir jetzt, was das größte Glück für einen Mann ist. Sein größtes Glück ist, wenn die Frau, die er liebt, ihn liebt. Wer das nicht erlebt, hat nicht gelebt.«

Nachwort

Leonhard Franks »Links wo das Herz ist« – der Roman seines Lebens

Im Herbst 1950 kehrte Leonhard Frank aus 17jährigem Exil in seine Heimat Deutschland zurück. Er und seine Lebensgefährtin Charlott mieteten in München ein Zimmer in der Pension »Spitzweg«; die Wohnungsnot in der im Krieg zerstörten Stadt war groß, und so sahen sie sich gezwungen, hier zu überhöhten Preisen (so teuer wie das Hotel Waldorf Astoria, meinte Frank) zu logieren, bis sie 1953 eine geräumige Wohnung in der Tengstraße 34 fanden. Doch war dieses Problem nicht das einzige, das den Heimkehrer erwartete.

Frank hatte bereits in seinem 1949 erschienenen Roman »Die Jünger Jesu« seine zerstörte Vaterstadt Würzburg porträtiert. Er hatte dies von Amerika aus getan, gestützt auf Berichte in amerikanischen Zeitungen. Die Zerstörungen waren größer, als er sich hatte vorstellen können: Zwar malt der Roman ein breites Bild der Ruinenlandschaft, doch konnte er nur unvollkommen wiedergeben, welche Verwüstungen zwölf Jahre nationalsozialistischer Herrschaft im Charakter der Menschen und im Wesen deutscher Kultur und deutschen Geisteslebens hinterlassen hatten. Ernüchternd war für Frank bereits kurz nach der Ankunft in Deutschland, daß er in einer Aachener Buchhandlung seine Bücher vergeblich suchte und man mit seinem Namen dort nichts mehr verband. Dabei galt er bis zur Machtübernahme Hitlers als einer der bedeutendsten deutschen Romanciers, seine Bücher erreichten Höchstauflagen, sein Name wurde in einem Zug mit denen Thomas Manns, Franz Werfels oder Stefan Zweigs genannt. Kein untypisches Emigranten- und Heimkehrerschicksal, wie wir heute wissen. Für Frank jedoch kam diese Enttäuschung unvorbereitet, die Desillusionierung wandelte sich bei ihm in Resignation, die ihn bis zum Lebensende nicht mehr verließ.

Desillusionierung mag es auch gewesen sein, die ihn in den letzten Jahren seines Lebens literarisch weitgehend verstummen ließ. Doch *vor* dieser Phase des Schweigens steht – als Rechenschaft vor sich selbst und als literarisches Vermächtnis für die Leserschaft – sein Roman »Links wo das Herz ist«. Wie unveröffentlichten Briefen Franks an Johanna Ullstein zu entnehmen ist (Deutsches Literaturarchiv Marbach), hatte er das Buch zu großen Teilen bereits in New York geschrieben. Die Absicht war klar: Nach Beendigung des Krieges wollte er – der in den Vereinigten Staaten unglücklich war und auf dem dortigen Markt nicht Fuß fassen konnte – möglichst schnell, sobald sich die politische Lage gefestigt hatte, nach Deutschland zurückkehren und wieder dort anknüpfen, wo er siebzehn Jahre zuvor aus seinem literarischen Dasein losgerissen worden war. Als Eintrittskarte in den wiedererstandenen deutschen Literaturmarkt sollte ihm ein Buch dienen, das die Phantasie eines Romans mit der historischen Authentizität einer Autobiographie verband.

Zunächst ließ sich der Neubeginn gut an. Leonhard Frank kam bei der renommierten »Nymphenburger Verlagshandlung« unter Vertrag. Der Verlag war 1946 von Berthold

Spangenberg gegründet worden und betreute später in Westdeutschland auch die Werke von Klaus Mann, Alfred Kubin und Theodor Fontane. Die Zusammenarbeit zwischen Frank und Spangenberg sollte sich jedoch als schwierig, ja angespannt erweisen.

1952 jedoch war davon noch nichts zu spüren. Frank schien sich in das literarische Leben langsam wieder zu integrieren. An München, das er aus seiner Studienzeit an einer privaten Malakademie in den ersten Jahren des 20. Jahrhunderts her kannte, fand er aufs neue Gefallen. Hier traf er alte Bekannte wie Erich Kästner und Fritz Kortner. Bereits 1951 wurde er Mitglied der Bayerischen Akademie der Schönen Künste und trat in Kontakt zu Ludwig Held, dem Leiter der Stadtbibliothek und Münchens Kulturbeauftragtem, der ihn u.a. bei der Wohnungssuche unterstützte. Im Mai 1952 heiratete Leonhard Frank seine Lebensgefährtin Charlott Jäger. Am 4. September feierte er seinen 70. Geburtstag. Die Stadt München unter ihrem Oberbürgermeister Thomas Wimmer lud ihn am 20. September zu einer offiziellen Feier ins Rathaus ein. In allen Feuilletons des Landes erinnerte man sich seiner mit rühmenden Artikeln und verwies auf seine einst so vielgelesenen Bücher. Charlott Frank hat später in ihrem Buch »Sagen, was noch zu sagen ist. Mein Leben mit Leonhard Frank« (1982) über dieses glückliche Jahr 1952 geschrieben. Dabei hat sie um der Legende willen vieles zurechtgebogen und umgedeutet. So legt sie den Tag des Umzugs in die Tengstraße auf Franks 70. Geburtstag, den 4. September. Tatsache ist, daß das Paar die Wohnung erst im Juli 1953 bezog. Aber auf Fakten kam es der Witwe nicht an, wenn es um das idealisierte Bild ging, das sie guten Willens von ihrem Mann zeichnen wollte.

Sehr wohl inszeniert war jedoch das Erscheinen von »Links wo das Herz ist«: Frank und Spangenberg hatten es geschickt auf den Herbst 1952 gelegt, um mit dem Zusammenfallen von Jubiläum und Lebensrückblick das Interesse bei Publikum und Kritik zu steigern.

Bis heute stellt sich jedem Leser bei der Lektüre die Frage, ob das Buch denn nun eher als Roman oder als Autobiographie zu werten sei. Vieles kommt mit dem Anspruch historischer Authentizität einher. Namen von Weg- und Zeitgenossen begegnen uns und werden – historisch und biographisch belegbar – vor Augen geführt: Franziska zu Reventlow etwa, Franz Blei, Emmy Hennings, Hugo Ball, Heinrich Mann, um nur einige zu nennen. Daneben treten jedoch Figuren auf, deren Namen man selbst in den umfangreichsten biographischen Enzyklopädien vergebens sucht. Ein Beispiel hierfür ist der mysteriöse Doktor Otto Kreuz, ein Morphinist und Freidenker, dem Michael Vierkant während seiner Studienzeit in München begegnet und an den er seine Geliebte verliert. In diesem Doktor Kreuz hat Frank den österreichischen Publizisten und Psychopathologen Otto Groß porträtiert. Groß war ein früher Verfechter der Psychoanalyse. Als Publizist stand er den Anarchisten und den Expressionisten nahe und war u.a. mit Maximilian Harden und Erich Mühsam befreundet. Er war drogensüchtig und litt unter Wahnvorstellungen. 1913 ließ ihn sein Vater entmündigen und in eine psychiatrische Anstalt einweisen, wo ihn C.G. Jung behandelte. Groß starb in völliger Armut und Verwahrlosung 1920 in Berlin.

Dieses Beispiel zeigt, wie fließend die Übergänge zwischen Dichtung und Wahrheit, Fiktion und Fakten sind. Versucht man aber ein biographisches Resümee anhand der vorliegenden Dokumente und Materialien zu ziehen, so wird ersichtlich, daß sich der Autor weitgehend detailgetreu und ehrlich an die Daten und Umstände seines Lebensweges hält. Weshalb aber wählte er dann den auf den ersten Blick mißverständlichen Gattungsbegriff »Roman«? Darauf gab die Nymphenburger Verlagshandlung schon in ihrer Anzeige der ersten Auflage eine indirekte Antwort. Sie kündigte das Buch zum 70. Geburtstag des Schriftstellers als »Roman seines Lebens« an. Und tatsächlich liegt das »Romanhafte« weniger in der schöpferischen Freiheit des Autors als in dem Besonderen seines Lebensweges. Es ist romanhaft im Sinne von »abenteuerlich«, »außerordentlich«, »ungewöhnlich«, »phantastisch«, »unerhört«, wie sich das Schicksal dieses Menschen vollzog. Dieses Leben ist geprägt von Extremen und Widersprüchen.

Aufgewachsen in Würzburg als Arbeiterkind, war dem jungen Leonhard Frank eine höhere Schulbildung verwehrt. Weit schlimmer: Der Volksschullehrer Dürr demütigte den Schüler und brach das ohnehin schwache Selbstvertrauen des Jungen in einem Maße, daß dieser noch viele Jahre von existentieller Unsicherheit, Ängsten, Alpträumen, Selbstmordgedanken, Selbsthaß und einem Drang zur Selbstzerstörung gequält wurde. Um so erstaunlicher schließlich der rasche, ja kometenhafte Aufstieg des Literaten Leonhard Frank: Nachdem er sich einige Jahre eher glücklos als bildender Künstler versucht hatte, begann er um 1911 mit der Niederschrift seines ersten Romans »Die Räuberbande«. Bis dahin hatte er sich nur in einigen der expressionistischen Sprache anempfundenen Prosaskizzen versucht. Der Roman jedoch ließ einen ganz eigenen Ton erkennen. Es ist – ähnlich wie bei Thomas Mann und seinen »Buddenbrooks« –

der seltene Fall, daß ein junger Schriftsteller gleich mit dem ersten größeren Werk einen fulminanten Durchbruch erzielte und sein Name von da an in der deutschen Literatur nicht mehr wegzudenken war. Nicht nur die Geschichte – es ist der Roman einer jugendlichen Initiation inmitten einer überalterten, verknöcherten Gesellschaft – fesselte die Leserschaft, auch die Sprache war eine bis dahin völlig neue. Sie klingt spröde, ohne je ungeschickt zu sein. Im Gegenteil: jedes Wort ist an seinem Platz. Doch fehlt diesem Stil die Leichtigkeit und Geschmeidigkeit eines Stefan Zweig oder Arthur Schnitzler. Alles wirkt durchgestaltet, überlegt, abgerungen – es ist das sprachliche Meisterwerk eines Autors, der seinen Beruf als strenges Handwerk auffaßte. Für »Die Räuberbande« erhielt Frank 1914 den begehrten Fontane-Preis. Bereits ein Jahr später floh er in die Schweiz, da seine pazifistischen Ansichten ihm ein Bleiben in Deutschland unerträglich machten. 1917 erschienen seine Novellen »Der Mensch ist gut«, in denen er sich – der Zeit und den Umständen gemäß überaus pathosbeladen – gegen den Krieg wandte und für eine Versöhnung der Völker auf der Grundlage sozialistischer Ideen und Ideale plädierte. Damit war ein weiterer Themenkomplex Leonhard Franks angeschlagen. Die in der Zeit der Weimarer Republik erschienenen Romane – »Der Bürger« (1924), »Das Ochsenfurter Männerquartett« (1927), »Von drei Millionen drei« (1932) – kreisen um diese beiden Pole seines Schreibens: Leiden an der Ich-Findung und Aufbegehren gegen soziales und politisches Unrecht.

»Romanhaft« war auch Franks Leben in den zwanziger Jahren: Er residierte in einer Villa in Berlin-Grunewald. Ein Millionenpublikum garantierte ihm Höchsthonorare. Öffentliche Anerkennung war ihm sicher. Er erhielt den Kleist-Preis und war Mitglied der Preußischen Akademie der Künste. Auch sein Privatleben zeugte von dem, was man Erfolg nennt: wechselnde Frauen, große Autos, ein ausschweifendes Nachtleben in den Kreisen der Berliner Schickeria, maßgeschneiderte Anzüge – all das waren Attribute einer außergewöhnlichen Erfolgsgeschichte und eines nach außen hin propagierten Lebens als Dandy und Dichterfürst. Aber all diese Attribute waren auch Kompensationsversuche einer verletzlichen und verletzten Psyche.

Und wie aus einem Roman wirkt schließlich auch Franks Sturz in Verfolgung und Not: 1933 floh er aus Deutschland, verbrachte einige Jahre in England, Frankreich und der Schweiz, wurde beim Einmarsch der Deutschen in Frankreich in ein Lager interniert und konnte nochmals fliehen, zu Fuß von der Bretagne bis nach Marseille, von dort aus weiter über Portugal in die Vereinigten Staaten. In Hollywood bekam er – wie auch Heinrich Mann – einen Vertrag als Skriptautor in einem Filmstudio und konnte auf diese Weise, ein Schatten seiner selbst, den Krieg und das Exil »im Gehäus« des Lohnschreibers überdauern, dessen Arbeiten man nicht annahm, ja sogar erleichtert war, auf sie verzichten zu können.

Ein durch und durch »romanhaftes« Leben also, ein Leben, das Glanz und Elend, Ruhm und Verfolgung, Selbstzweifel und überhöhte Eitelkeit gleichermaßen kannte. Von diesem Blickwinkel aus erscheint die Bezeichnung »Roman« für »Links wo das Herz ist« geradezu logisch.

Freilich beinhaltet das Romanhafte auch Idealisierungen, Unterlassungen, Beschönigungen. Die Selbstdarstellung Franks wird an mancher Stelle zum Sich-selbst-Darstellen, nicht immer frei von Eitelkeit und Überhöhung. Eine solche nachträgliche »Korrektur« innerhalb der »Erfolgsstory« seines Lebens läßt sich zum Beispiel anhand von Polizeiakten im Bayerischen Kriegsarchiv nachweisen. Aus ihnen geht hervor, daß Frank in seiner Zeit als Kunststudent in München zumindest zeitweise im Visier der Polizei stand und wohl auch leichtere Delikte verübte. Die Unterlagen nennen Anstiftung zur Erpressung, versuchten Diebstahl und das Tragen verbotener Waffen. Materielle Not mag hierzu beigetragen haben. Jedenfalls steht diese »Schattenseite« im eklatanten Widerspruch zum später gepflegten Image des Selfmademan und strahlenden Erfolgsliteraten. Anlaß genug jedenfalls für den 70jährigen, dieses »unschöne« Detail aus seinem Selbstporträt zu tilgen.

Daß Leonhard Frank das Buch in der dritten Person schrieb und sein Alter ego »Michael Vierkant« nannte, ist nicht nur ein romantechnischer Kunstgriff, sondern geradezu ein Stereotyp Franks. Diese autobiographisch unterlegte Figur begegnet dem Leser auch in der »Deutschen Novelle« (entstanden im Exil in Hollywood, erstveröffentlicht 1954) und in der großen Erzählung »Michaels Rückkehr« (1954). Im September 1952 sagte Leonhard Frank in einem Interview auf die Frage nach der Bedeutung des Namens »Michael Vierkant«: »Also, ich war Schlosser, und da gibt es einen Vierkantstahl. Das ist hart, Michael ist sehr deutsch, und er ist verhältnismäßig weich, das ist so eine Verbindung meines Wesens, weich und hart. Wenn man zu weich ist, kommt man unter die Räder, wenn man zu hart ist, ist man kein Mensch. Es muß also immer eine Balance zwischen weich und hart sein. Das habe ich versucht in meinem ganzen Leben. Und da habe ich auch diesen Namen deshalb gewählt, wenn ich eine Figur in einem Roman habe, wo ich mich hineinschmuggle.«

In den letzten neun Jahren seines Lebens schrieb Frank kaum noch, bearbeitete allenfalls ältere Erzählungen und Schauspiele. Was er plante, war eine Fortführung von »Links wo das Herz ist«. Im Nachlaß haben sich davon einige Skizzen und Fragmente erhalten. Die Manuskripte zeugen von dem harten Arbeitsprozeß, dem sich Frank auch nach eigenem Zeugnis zeitlebens unterzog. Sie sind vielfach mit Streichungen, Korrekturen und Überschreibungen versehen, die oftmals eine Entzifferung und Zuordnung schwierig machen. Das Vorwort des zweiten Teils von »Links wo das Herz ist« sollte folgendermaßen lauten:

»Als Michael Vierkant nach siebzehn Jahren Emigration – in Paris, London, New York, Hollywood – mit seiner geliebten Charlott, die in Amerika seine Frau geworden war, im Bahnhof seiner Heimatstadt Würzburg ausstieg, im Jahre 1950, fragte er sich betroffen, warum er zurückgekehrt sei in ein Land, dessen Machthaber Millionen schuldloser Menschen vergast, den Weltkrieg entfesselt und den Völkern Europas und der Sovietunion unermeßliches Leid zugefügt hatten. Denn kurz bevor Michael ausgestiegen war, hatte im Abteil des Zuges ein Mann zu den Mitreisenden gesagt, schmerzlich bewegt: ›Den Krieg gegen die Sovietunion hätten wir gewonnen und der Führer würde heute der Herr der Welt sein, wenn im Jahre 1942 der Winter nicht so entsetzlich kalt gewesen wäre, daß unsere braven Soldaten im meterhohen Schnee stecken geblieben sind.‹ Alle Mitreisenden im Abteil hatten zustimmend genickt, und Michael hatte gedacht: ›Meine Landsleute haben also nichts gelernt, trotz des namenlosen Unglücks, das sie verursachten, und obwohl auch ihre Städte nur noch riesige Trümmerhaufen waren, unter denen zahllose Deutsche lagen und verwesten!‹ Aber schon Sekunden später hatte er sich gesagt: ›Vielleicht saßen in diesem Abteil rein zufällig lauter nazistisch verseuchte Deutsche. Es wird auch Deutsche geben, die nicht für millionenfachen Judenmord und für Angriffskriege gewesen sind.‹ Das fand er nach einer Stunde bestätigt bei seinen Familienangehörigen – einfachen, kleinen Leuten, die zwar nicht den selbstmörderischen Mut aufgebracht hatten, gegen die Weltschande öffentlich zu protestieren, aber im Herzen dagegen gewesen waren.

Michael, der Zeit seines Lebens in jedem seiner Bücher gegen Unrecht und unnötiges Leid geschrieben hatte, begann erst zehn Jahre nach seiner Rückkehr, im Jahre 1960, wieder einen Roman zu schreiben – erst nachdem er sich gründlich orientiert hatte, was im Laufe der fünfzehn Nachkriegsjahre in Deutschland geschehen war.« (Stiftung Archiv der Akademie der Künste Berlin, Leonhard-Frank-Archiv, Sign. 14, Bl. 150)

Der Impetus zu einer Fortführung seines autobiographischen Romans war klar: Leonhard Frank wollte gegen eine politische Tendenz im Deutschland der Adenauer-Zeit anschreiben, die ihm widerstrebte. Er selbst nannte in einem Interview von 1959 die westdeutsche Haltung, die sich in weiten Teilen der Bevölkerung als Konsumrausch manifestierte, abschätzig »Wirtschaftswunder-Oberflächentaumel«. Auch wenn er in diesen Jahren kaum mehr schrieb, mischte er sich doch in öffentliche Belange ein. So wandte er sich in Aufrufen gegen Wiederbewaffnung und atomare Aufrüstung, gegen eine vielfach geforderte Beschneidung des Rechts auf freie Meinungsäußerung mittels eines

»Schund- und Schmutz-Paragraphen«, setzte sich für einen Dialog zwischen Bonn und Ost-Berlin ein und schließlich auch für die Freilassung des Aufbau-Verlegers Walter Janka. Dieser hatte 1957 eine sechsbändige Ausgabe von Franks gesammelten Werken initiiert, die sich bei der ostdeutschen Leserschaft großer Beliebtheit erfreute. So fühlte sich der Autor in seinen letzten Lebensjahren von der DDR nicht bloß geschmeichelt – er erhielt 1955 sogar den Nationalpreis Erster Klasse aus der Hand von Staatspräsident Wilhelm Pieck –, der Sozialismus stand ihm als Gesellschaftsform auch persönlich nahe. Er machte daraus öffentlich nie ein Hehl, und seine Überzeugung kam auch nicht ins Wanken, als sein Verleger Janka 1957 wegen angeblicher »konterrevolutionärer Verschwörung« zu einer mehrjährigen Zuchthausstrafe verurteilt wurde.

Frank mischte sich ein, dies war sein Lebenscredo. Und unter diesem Aspekt sollte auch heute noch der Bericht seines Lebens gelesen werden. In einem Interview von 1952 hatte er bekannt: »Alles zusammengenommen war mein Leben das eines kämpfenden deutschen Romanschriftstellers in der geschichtlich stürmischen ersten Hälfte des 20. Jahrhunderts. Ich kann sagen, daß meine Bücher wirklich die Bildnisse meines Innern sind. Ich hab mich von Jugend an um Dinge gekümmert, die mich nichts angingen, und bin der Meinung, daß Menschen, die das nicht tun, die Achtung vor sich selbst verlieren müssen.« Und in einem anderen Gespräch, befragt nach der Bedeutung des Titels »Links wo das Herz ist«, hatte er geantwortet: »Ja, es ist links, links, wo das Herz ist, das bin eben ich, ich fasse die Dinge alle nur vom Herzen aus auf, und das Herz ist nun mal links, also ist das ein zusammenfassender Titel meines Wesens.«

Leonhard Franks Bericht, der Roman seines Lebens, ist kein Buch über objektive Gegebenheiten. Aber es ist ehrlich gefühlt, vom Herzen her, und will als ein persönliches Vermächtnis die Leser erreichen. Unter dieser Prämisse des subjektiv Erlebten besitzt es große Authentizität, auch und gerade da, wo es die Darstellung des eigenen Schicksals verläßt und ein Bild seiner Zeit wiedergibt. Gerade dieses Ineinander von Autobiographie und historischer Darstellung macht das Buch heute lesenswerter denn je. Es verbindet »Links wo das Herz ist« mit anderen großen Autobiographien von Schriftstellern des 20. Jahrhunderts, wie den Erinnerungen von Klaus Mann, Elias Canetti, Ludwig Marcuse und Stefan Zweig.

Berlin, im Januar 2003 *Armin Strohmeyr*

Von Liebe und anderen unheimlichen Begebenheiten

BRET LOTT
Das Gewicht der Liebe
Jewel, eine einfache Frau aus dem amerikanischen Süden, läßt sich auf ein Duell mit Gott und der Schöpfung ein. Als sie ihr sechstes Kind zur Welt bringt, prophezeit ihr ein farbiges Dienstmädchen ein großes Unglück. Ein Sensationserfolg in den USA – der Roman über eine Frau, die für ihr Kind und für ein Wunder kämpft.
Roman. Aus dem Amerikanischen von Michael Kubiak. 405 Seiten. AtV 1807

LANA MCGRAW-BOLDT
Hexensommer
Die beiden Freundinnen Polly und Jo halten sich am liebsten auf verbotenem Terrain auf: am Haus, wo der Rhabarber wächst. Denn die Bewohnerin Miss Congreve gilt als Hexe und ihr Neffe Albert als gefährlicher Sonderling. Als in der Nähe des Hexenhauses ein Mädchen ermordet aufgefunden wird, ist Albert der erste Verdächtige. Die Mädchen aber haben eine ganz andere Vermutung.
Roman. Aus dem Amerikanischen von Alexandra Witjes. 296 Seiten. AtV 1473

JOANNA HERSHON
Mondschwimmen
Zum ersten Mal in seinem Leben ist Aaron wirklich verliebt – in Suzanne, eine ebenso schönes wie ungewöhnliches Mädchen aus New York. Doch als er mit ihr zu seinen Eltern fährt, beginnt seine Freundin ein Spiel mit dem Feuer. In einer lauen Mondnacht beschließt sie, seinen Bruder zu verführen.
»Joanna Hershon hat ein Auge für Orte, ein Ohr für fein gesponnene Dialoge und ein wahres Gefühl, Charaktere zu zeichnen. Dieser Roman zeugt von großer Schönheit.« LIBRARY JOURNAL
Roman. Aus dem Amerikanischen von Jörn Ingwersen. 301 Seiten. AtV 1348

JOSEPH PITTMAN
Sanft wie der Wind
Brian Duncan ist ein genialer Werbefachmann, als sein Leben plötzlich aus den Fugen gerät. Die Geschichte eines Mannes, der die große Liebe findet – und erkennen muß, wie zart und zerbrechlich sie ist.
Roman. Aus dem Amerikanischen von Ursula Walther. 323 Seiten. AtV 1750

AtV

Die Familie Mann: Biographien bei AtV

NICOLE SCHAENZLER
Klaus Mann
Eine Biographie
Klaus Mann, als zweites Kind von Thomas und Katia Mann geboren, stand dank seiner ungewöhnlichen schriftstellerischen Begabung schon früh im Rampenlicht. In dieser bislang umfangreichsten Klaus-Mann-Biographie untersucht Nicole Schaenzler die Hintergründe eines Lebens, das nie zum Glück finden konnte. Der Schatten des übermächtigen Vaters, seine Todessehnsucht und seine Homosexualität machten ihn zum tragischen Außenseiter.
611 Seiten. Mit 19 Abbildungen.
AtV 1749

STEFAN RINGEL
Heinrich Mann
Ein Leben wird besichtigt
Eine Biographie
»Ich bin ebenso gewöhnlich wie auserlesen«, sagte Heinrich Mann über sich selbst. Stefan Ringel rückt den Autor des »Untertan« aus dem Schatten seines Bruders Thomas heraus. »Er bietet ein Bild der Persönlichkeit vor dem Hintergrund der politischen, sozialen und geistesgeschichtlichen Veränderungen und informiert in kurzen, klaren Interpretationen über ein Œuvre, das gegen die Brüchigkeit der bürgerlichen Existenz geschrieben wurde.«
BERLINER ZEITUNG.
589 Seiten. Mit 16 Abbildungen.
AtV 1801

JULIA MANN
Ich spreche so gern mit meinen Kindern
Erinnerungen, Skizzen, Briefwechsel mit Heinrich Mann
Julia Mann war eine leidenschaftliche Dichtermutter. Ihrem Stolz auf die Schriftstellersöhne Heinrich und Thomas entsprach die Sorge um das Schicksal ihrer Tochter Carla und die Genugtuung über die gute Partie Julias. Nichts galt ihr mehr als die Übereinstimmung zwischen den Geschwistern. Die Versöhnung von Heinrich und Thomas im Jahre 1921 wurde ihr größter Triumph.
360 Seiten. Mit 23 Abbildungen.
AtV 1041

KLAUS PRINGSHEIM JR.
VICTOR BOESEN
Wer zum Teufel sind Sie?
Ein Leben mit der Familie Mann
Mitglied der weltberühmten Familie Mann zu sein, war für Klaus Pringsheim jr. Privileg und Last zugleich. Seine Memoiren gewähren nicht nur interessante Einblicke in das Haus der Manns in Pacific Palisades, sie spiegeln ein Jahrhundert des Geistes wie der Kriege. »Ein äußerst kurzweiliger Abriß eines bewegten Lebens.«
DIE WELT
Aus dem Englischen von Tilman Lang.
287 Seiten. Mit 11 Abbildungen.
AtV 1799

AtV